U0730597

三国演义

龙争虎斗

邵红———— 编撰

九州出版社
JIUZHOUPRESS

图书在版编目（CIP）数据

三国演义：龙争虎斗 / 邵红编著. -- 北京 : 九州
出版社，2018.12

ISBN 978-7-5108-7810-7

Ⅰ．①三… Ⅱ．①邵… Ⅲ．①章回小说－中国－明代
Ⅳ．①I242.4

中国版本图书馆CIP数据核字(2019)第005084号

三国演义：龙争虎斗

作　　者	邵　红	
责任编辑	张艳玲	
出版发行	九州出版社	
地　　址	北京市西城区阜外大街甲35号 (100037)	
发行电话	(010)68992190/3/5/6	
网　　址	www.jiuzhoupress.com	
电子信箱	jiuzhou@jiuzhoupress.com	
印　　刷	三河市兴博印务有限公司	
开　　本	787毫米×1092毫米　32开	
印　　张	8.5	
字　　数	170千字	
版　　次	2020年8月第1版	
印　　次	2020年8月第1次印刷	
书　　号	ISBN 978-7-5108-7810-7	
定　　价	48.00元	

★版权所有　侵权必究★

用经典滋养灵魂

龚鹏程

每个民族都有它自己的经典。经，指其所载之内容足以做为后世的纲维；典，谓其可为典范。因此它常被视为一切知识、价值观、世界观的依据或来源。早期只典守在神巫和大僚手上，后来则成为该民族累世传习、讽诵不辍的基本典籍。或称核心典籍，甚至是"圣书"。

佛经、圣经、古兰经等都是如此，中国也不例外。文化总体上的经典是六经:《诗》《书》《礼》《乐》《易》《春秋》。依此而发展出来的各个学门或学派，另有其专业上的经典，如墨家有其《墨经》。老子后学也将其书视为经，战国时便开始有人替它作传、作解。兵家则有其《武经七书》。算家亦有《周髀算经》等所谓《算经十书》。流衍所及，竟至喝酒有《酒经》，饮茶有《茶经》，下棋有《弈经》，相鹤相马相牛亦皆有经。此类支流稗末，固然不能与六经相比肩，但它各自代表了在它那一个领域中的核心知识地位，却是很显然的。

我国历代教育和社会文化，就是以六经为基础来发展的。直到清末废科举、立学堂以后才产生剧变。但当时新设的学堂虽仿洋制，却仍保留了读经课程，以示根本未隳。辛亥革命后，蔡元培担任教育总长才开始废除读经。接着，他主持北京大学时出现的"新文化运动"更进一步发起对传统文化的攻击。趋势竟由废弃文言，提倡白话文学，一直走到深入的反传统中去。论调越来越激烈，行动越来越鲁莽。

台湾的教育、政治发展和社会文化意识，其实也一直以延续五四精神自居，以自由、民主、科学为号召。故其反传统气氛，及其体现于教育结构中者，与当时大陆不过程度略异而已，仅是社会中还遗存着若干传统社会的礼俗及观念罢了。后来，台湾朝野才惕然憬醒，开始提倡"文化复兴运动"，在学校课程中增加了经典的内容。但不叫读经，乃是摘选《四书》为《中国文化基本教材》，以为补充。另成立文化复兴委员会，开始做经典的白话注释，向社会推广。

文化复兴运动之功过，诚乎难言，此处也不必细说，总之是虽调整了西化的方向及反传统的势能，但对社会普遍民众的文化意识，还没能起到警醒的作用；了解传统、阅读经典，也还没成为风气或行动。

二十世纪七十年代后期，高信疆、柯元馨夫妇接掌了当时台湾第一大报中国时报的副刊与出版社编务，针对这个现象，遂策划了《中国历代经典宝库》这一大套书。精选影响国人最为深远的典籍，包括了六经及诸子、文艺各领域的经典，遍邀名家为之疏解，并附录原文以供参照，一时朝野震动，风气丕变。

其所以震动社会，原因一是典籍选得精切。不蔓不枝，能体现传统文化的基本匡廓。二是体例确实。经典篇幅广狭不一、深浅悬隔，如《资治通鉴》那么庞大，《尚书》那么深奥，它们跟小说戏曲是截然不同的。如何在一套书里，用类似的体例来处理，很可以看出编辑人的功力。三是作者群涵盖了几乎全台湾的学术菁英，群策群力、全面动员。这也是过去所没有的。四，编审严格。大部丛书，作者庞杂，集稿统稿就十分重要，否则便会出现良莠不齐之现象。这套书虽广征名家撰作，但在审定正讹、统一文字风格方面，确乎花了极大气力。再加上撰稿人都把这套书当成写给自己子弟看的传家宝，写得特别矜慎，成绩当然非其他的书所能比。五，当时高信疆夫妇利用报社传播之便，将出版与报纸媒体做了最好、最彻底的结合，使得这套书成了家喻户晓、众所翘盼的文化甘霖，人人都想一沾法雨。六，当时出版采用豪华的小牛皮烫金装帧，精美大方，辅以雕花木柜。虽所费不赀，却是经济刚刚腾飞时一个中产家庭最好的文化陈设，书香家庭的想象，由此开始落实。许多家庭乃因买进这套书，而仿佛种下了诗礼传家的根。

高先生综理编务，辅佐实际的是周安托兄。两君都是诗人，且侠情肝胆照人。中华文化复起、国魂再振、民气方舒，则是他们的理想，因此编这套书，似乎就是一场织梦之旅，号称传承经典，实则意拟宏开未来。

我很幸运，也曾参与到这一场歌唱青春的行列中，去贡献微末。先是与林明峪共同参与黄庆萱老师改写《西游记》的工作，继而再协助安托统稿，推敲是非、斟酌文辞。对整套书说不上有什么助益，自己倒是收获良多。

书成之后，好评如潮，数十年来一再改版翻印，直到现在。经典常读常新，当时对经典的现代解读目前也仍未过时，依旧在散光发热，滋养民族新一代的灵魂。只不过光阴毕竟可畏，安托与信疆俱已逝去，来不及看到他们播下的种子继续发芽生长了。

当年参与这套书的人很多，我仅是其中一员小将。聊述战场，回思天宝，所见不过如此，其实说不清楚它的实况。但这个小侧写，或许有助于今日阅读这套书的大陆青年理解该书的价值与出版经纬，是为序。

龙争虎斗谁为雄？

邵　红

约在六七百年以前，三国的故事，由说话人的口中传扬开来，我们的祖先在平淡的岁月里，又该增添了多少热闹？在全民教育未被重视推展的明、清，我们的祖先能自我教育，自律自制，三国中或忠、或孝、或勇、或仁的人物，正是他们学习的最佳典范。这一出了不起的传奇，娱乐了每一个中国人，也教育了每一个中国人。

"想秦宫汉阙，都作了衰草牛羊野"，而我们何其有幸，通过文字，近百年的光阴就在我们眼前流过，鼎足三分，变化曲折，纷争扰攘的故事，使我们不但摸清了历史的脉络，确定了兴与亡之间的隔距，更因此而经验到人性的真实以及道德的可贵。我们甚而亲炙了其中贤者的训诲，细读三国故事，由不得我们不与书中人物同喜同悲，同起同落。

《三国演义》原是这样的一本影响绵深的书啊！在改写时，要把六十多万字浓缩成十五万字，还要不失大局，我常面临顾此失彼、忍痛割爱的情形。因此有一些权宜的措施，要在此先向各位朋友表明：

（一）章目：原书分章回是为了说书的方便，如今因时制宜，为求整体的效果，而把章回打散，分成廿四章。章目为求简明，用四字句，然常不能收提纲挈领之效。

（二）语言：原书以浅白的文言为骨干，间杂掺用当时的口语。譬如某人说话稳重，便以文言表达；某人说话粗犷，便以口语表达。现在把这些语言全改写成白话文，不免有损于原书一部分语言的奥妙。

（三）对白：对白的出现，依书中原有的先题名的方式："某曰"。由于人物繁多的缘故而未能把对白穿插在情节的叙述中。

（四）情节：采重点处理的方式。情节中涉及迷信的部分尽可能删去，或者加以简化。

（五）书中的专有名词，如官名、职称、地名，为免影响整个故事的进行，依原典，不作解释考证。

书中写得最多的是智与力的竞赛，往往也能给我们许多启示。我期望读者从历史学家罗龙治先生的力作《〈三国演义〉的文学特质及其悲剧艺术》（见附录一）一文中，去了解，从而去把握《三国演义》一书的精神。我亟盼因这本因陋就简的小书，能吸引读者细读原典，有朝一日，更能进入中国文化的深处。

目　　录

【导读】龙争虎斗谁为雄？ 7

第一章　桃园结义 11

第二章　孟德献刀 17

第三章　孙坚匿玺 23

第四章　计献貂蝉 31

第五章　移驾许都 38

第六章　血字密诏 46

第七章　击鼓骂曹 56

第八章　挂印封金 63

第九章　坐领江东 70

第十章　跃马檀溪 77

第十一章　三顾茅庐 85

第十二章　火烧新野 92

第十三章　结联东吴 100

第十四章　蒋干中计 107

第十五章　赤壁鏖战 113

第十六章　三气周瑜 132

第十七章　议取西蜀 156

第十八章　合淝之战 173

第十九章　智取汉中 181

第二十章　樊城之难 190

第二十一章　吴魏交恶 199

第二十二章　南征西讨 208

第二十三章　出师未捷 218

第二十四章　三分归一 228

附录一　《三国演义》的文学特质及悲剧艺术 .... 罗龙治　242

附录二　原典精选 263

第一章　桃园结义

　　话说汉朝，自从高祖刘邦击败项羽，夺得天下，建立帝业后，历经惠、文、景、武、昭、宣、元、成、哀九朝而国势大衰。哀帝后平帝即位，在位不过五年，孺子婴居摄三年，王莽即趁机起而篡汉，改国号为新。十六年后，光武中兴，史称东汉。又历经明、章、和、殇、安、顺、冲、质八朝至桓、灵两帝，纲纪大坏，宦官主政，加上黄巾起义，国势颓败已到不可收拾的地步。

　　此时，豪杰英雄及一些有志之士，无不想投身国事，力挽危局。灵帝中平元年，瘟疫流行，张角等人用符水替人治病，借机拉拢人心，以至于四方百姓裹着黄巾跟从张角造反的，多达四五十万，声势浩大，眼看就要进逼幽州。这时幽州太守刘焉用校尉邹靖的计谋，打算张贴布告招募义军。布告到涿县时，许多人驻足围观，其中有一位汉室世胄，姓刘名备，字玄德，生得身长八尺，两耳垂肩，唇红齿白，气度非凡。年已二十八岁，见了榜文，念及国势，不禁慨然长叹了起来，当他正黯然自伤的时候，听到身后有人高声地说："是大丈夫就当为国出力，长吁短叹，有什么用处？"

刘备回头一看，原来是一位身高八尺余、豹头环眼的彪形大汉，只听得他的声音，如洪钟，如巨雷般响起："我张飞张翼德专喜欢结交天下豪杰，适才听你长叹，想来也是有抱负的！我家中颇有庄田，变卖了随你一齐招募乡亲，同举大事，可好！"

刘备一听，高兴非常，两人遂结伴往林中小店饮酒庆贺。正喝得有味时，店门外来了一个九尺大汉，髯长至胸，丹凤眼，卧蚕眉，威风凛凛，不可一世。这大汉推着辆车子，在店门刚歇下，便忙不迭地说："酒保，快，快！把酒斟来，待我喝完要到城里去投军。"

玄德一听，赶紧邀他同坐，问他姓名，大汉说："在下关羽，字云长，家住河东。因为土豪仗势欺人，我一怒之下，把他杀了，因此逃亡在外，已五六年了，这番正想从军破贼……"

刘备之高兴，非同小可，立刻把自己的打算告诉关羽，三人决定往张飞庄上商议大事。

来到张飞庄上，张飞只觉三人十分投契，遂提议说："我家庄后有一座桃园，桃花正开，我三人明日去园中祭告天地，结为异姓兄弟，同心协力，商议大事，如何？"

刘备、关羽大喜，齐声应和说："正合我心！明日三人结拜去便了！"

第二天，在桃园中，张飞准备了乌牛、白马、祭礼，三人焚香，祝告天地诸神，再拜之后，口颂誓词说："刘备、关羽、张飞，我等三人虽不同宗，既然结为异姓兄弟，必定同心共力，救助无辜，报效国家，不求同年同月同日生，只愿同年同月同日死。天地诸神明鉴，三人若忘恩背义，甘受天人共罚。"

三人立誓后，依长幼次序拜刘备为长兄，关羽居中，张飞为弟。然后杀牛设酒，聚集乡中勇士三百多人，在桃园中痛饮一番。饮酒正酣，有两客来访，一位是张世平，一位是苏双，两人都从事贩马的生意。刘备遂置酒款待，并谈到诸人讨贼安民的心意，两客大喜，愿意奉送五十匹良马，五百两金银，一千斤镔铁。刘备送别两客后，便命铁匠打造两件兵器，给关羽和张飞使用。关羽用的是一柄青龙偃月刀，又称冷艳锯，重八十二斤；张飞用的是一把丈八点钢矛，三百多位勇士并打铸全身铠甲，又聚集乡勇二百人，因邹靖引见去见太守刘焉。刘焉十分高兴，认刘备为世侄。

数天后，黄巾军将程远志统兵五万来进攻涿县，刘焉便命刘备等三人率兵五百前去破敌。刘备领军到大兴山下，只见众军披头散发，额扎黄巾，来势汹汹；刘备在关羽、张飞左右护翼下，扬鞭大骂："叛国反贼！还不早早投降？！"

程远志和副将邓茂骑马直奔过来，张飞手举丈八蛇矛刺出，直入邓茂心窝，邓茂翻身落下马。程远志见了大惊，拍马舞刀，关羽纵马迎上，大刀一挥，程远志被斩为两段。敌军大乱，纷纷抛下武器，只顾逃命，刘备指挥大军追杀，投降的也不在少数。刘备领军大胜而回，刘焉大喜，亲自犒劳军士。

第二天，刘焉又接到青州太守龚景的牒文，说是城被黄巾军包围，已快不能支撑，请求救援。刘焉立即派刘备率领关、张两人往青州解围。当援兵初抵青州，刘备兵五千即与黄巾军混战，寡不敌众，刘备即令军士后退扎营，对关、张两人说："敌军多，我军少，如今必定得出奇兵制敌，方能取胜。"

于是便命关羽率领一千军在山左埋伏，张飞引一千军在山右埋伏，以鸣金为号，刘备和邹靖亲自领军击鼓鸣锣，以期引起敌军的注意，一当敌军迎战，刘备军便假装败退，敌军不知有诈，追杀过来，方出山岭，刘备军一齐鸣金，关、张两军分别从山左山右涌出。刘备、邹靖军又回身力拼，三路夹攻，敌军大败，青州之围遂解。

青州太守龚景大事犒劳，邹靖欲回军幽州，而刘备说："听说中郎将卢植和黄巾张角在广宗交战，我曾以师礼事卢植，想要去助其一臂之力。"

于是，刘备与关羽、张飞带了五百军开往广宗，见过卢植，卢植对刘备说："今日我被反贼围困在此！张角之弟张梁、张宝正在颍川和皇甫嵩、朱儁对垒，我给你一千兵马，请兄前往颍川探听消息，约定日期，合力围剿如何？"

刘备遂连夜赶路，前往皇甫嵩、朱儁处。此时敌军战不利，退入长社，在长草中扎营，因为敌军在草中结营，皇甫嵩与朱儁设计，可用火攻，遂下令军中，每人手持茅草一束，暗地埋伏，到半夜大风起时，一齐纵火，皇甫嵩和朱儁领兵出战，贼军迎战不能胜，而营寨又火焰涨天，军心大乱，兵士四散奔逃，皇甫嵩率军杀至天明，张梁、张宝领残军夺路逃走。

当张梁、张宝正惶恐窜逃的时候，一队打着红旗的军马把张梁、张宝拦住。为首的是一个身长七尺，细眼长须的官员，这人姓曹，名操，字孟德，是中常侍曹腾的养子。因黄巾之乱，官拜骑都尉，领军五千，奉命来颍川助战，正遇张宝、张梁败走，天纵良机，曹操拦住张梁、张宝军大杀一阵，斩首万人，又夺了许多旗幡、金鼓、马匹，张梁、张宝奋力逃脱，曹操急忙领兵追赶。

刘备领了关、张二人来到颍川支援，只听见一片喊杀之声，皇甫嵩来迎，把一切经过告诉刘备，并要刘备等人前往广宗，对付张角。刘备领命，在回路上，只见一辆槛车，有军马护送，车上的囚犯正是卢植，众人大吃一惊，刘备从马背跳下，急忙问其缘故。卢植说："我军围张角，不能实时有战功，朝廷差宦官左丰来探问消息，又向我索取贿赂，我回答说：'连军粮都不够，哪来闲钱奉承来使？'左丰怀恨之余，回到朝廷竟说我治军不力，军纪隳败，又筑高城墙不应战，因此派中郎将董卓来代替我，要把我押回京问罪。"

张飞一听，怒不可遏，便要杀护送的军人来救卢植。刘备赶忙喝止，说："朝廷自当依法办理，你怎能意气用事？"

关羽眼见卢植被捕，便建议不如引军北返，回到涿郡。走了两天，三人忽然听见山后传来一片杀喊的声音，上马从高岗往下看，只见汉军大败，后面漫山遍野都是头裹黄巾的敌兵，又有一面大旗，上写"天公将军"。刘备说："这就是张角的军队，快，我们迎上去！"

三人领兵迎击张角，张角正俘虏了董卓，杀得兴起，忽然冲来了援军，于是局势大乱，张角的部下纷纷败走，刘备和关、张两人遂救了董卓。回到营中，董卓便问三人现在担任什么职务，刘备说："目前并未担任官职。"

董卓一听，十分轻视的样子，救命之恩也不谢了。张飞大怒，说："这家伙太骄傲无礼！我们亲自冲锋陷阵，拼命血战，才救了他性命，如今不杀了他，实在消不了胸中这口怨气！"

张飞说毕，就要提刀进帐去杀董卓，刘备和关羽赶紧一把拉住，说："董卓是朝廷命官，怎可说杀就杀？三弟快快回来！"

张飞十分生气，便大声说："要是不杀这家伙，反而要在他之下听命，我绝不甘心！二位兄长要留在此，我自己一人投往别处就了！"

刘备一听，立即应道："我三人情同手足，同生同死，怎能轻言分离？不如三人都投靠别处去吧！"于是，三人连夜赶路，去投靠朱儁。

朱儁对他们十分礼遇，四人合力进兵，攻破了张角之弟张宝领的八九万大军。之后，朱儁又与刘、关、张攻下了阳城，收服了黄巾余党韩忠。于是朱儁表奏刘备有功，刘备因得除授中山府安喜县尉，关羽、张飞随侍在刘备左右，食则同桌，寝则同床。刘备到县不过数月，深得县民爱戴。

这时却因朝廷所差督邮来到安喜县，刘备不肯行贿，反被指责为"迫害县民"，三人不得已，只好离开安喜，前往代州，去投靠刘恢。刘备因刘恢的推荐，而任平原县令之职，此时距中平元年黄巾起义，已过了五个年头。

第二章　孟德献刀

中平六年，夏四月时，灵帝病危，召大将军何进进宫，准备商议后事。这何进原是个屠夫，因为妹妹入宫，被灵帝选为贵人，生下皇子辩而被册为皇后，因此何进得以专权。后来灵帝又宠幸王美人，王美人生下皇子协，何后嫉妒，毒杀王美人，皇子协因此养于董太后宫中。董太后每每劝灵帝立皇子协为太子，灵帝也偏爱皇子协。因此当病重时，宦官蹇硕上奏，以为要立皇子协，得先杀何进，以绝后患。于是灵帝便宣召何进进宫。

何进奉旨来到宫门，遇见军司马潘隐，潘隐和何进一向交好，因此急劝何进返回，并把蹇硕的奏言告诉了他。何进大为吃惊，赶忙回宅，召集大臣，想要杀尽宦官。忽然，座中有一人挺身而出，说："宦官岂是容易杀尽！在我朝冲帝、质帝时，宦官专权就到了不可收拾的地步。如今将军想尽杀宦官，如果事机不密，消息泄露，必定会招致灭门之祸，还请将军仔细考虑。"

何进一看，说话的人正是典军校尉曹操。何进心想，这是何等大事，怎容他随意发言，就呵斥他道："你这小辈，哪里清楚朝廷大事！"

大家正在踌躇时，有人进言，说灵帝已驾崩，蹇硕与诸宦官商议先立皇子协为帝，而后才发布灵帝驾崩的消息。何进尚未意会，宫中使者已来到，宣何进进宫商计后事。何进与司隶校尉袁绍，点了御林军五千，全身披挂；又引何颙、简攸等大臣三十余人，相继入宫，以先声夺人。何进率众来至宫中，就在灵帝灵柩前，先立太子辩为皇帝。同年六月，何进又派人毒杀董太后。不久，何进又打算召外兵协助杀尽宦官，曹操遂即向何进谏道："宦官为祸，古今皆有，只要在位国君不将权势轻易交下，便不至于为害国家。如今将军想要治之以罪，也不过只需处分其领头的人。如果想要召外兵协助杀尽宦官，事情必然泄露，而结果必定要失败的！"

曹操的谏言似一头冷水泼下，何进一听，大怒道："孟德，你是别有所图吗？"

曹操未料何进会发怒，只好一言不发，立即退了下去，心中暗想：将来使天下大乱的，恐怕就是这何进了。

就在何进谋诛宦官的时候，破黄巾军无功的董卓，此时却因贿赂宦官，又结交朝廷中的显要，竟又任官，统领西州大军二十万，时时有篡弑之心。侍御史郑泰曾告诉何进，以为董卓其人恰似豺狼，不可引入京城。何进却认为郑泰多疑，不值得与他商量大事，而卢植也曾上谏说："我向来知道董卓是何许人！这人面善心狠，只要一入朝廷，必然引起祸患，当今，最要紧的就是阻止他进京，以免有不测之变。"

何进也不听卢植的劝告，由于他的刚愎，许多部下都弃官求去。此时，董卓正在渑池，按兵不动。张让等宦官获悉何进的阴谋，就要求何太后替他们说情，又要求太后请何进进宫，好在宫中向何进请罪。太后乃降旨宣何进进宫，何进的主簿陈琳劝谏说："太后此诏，定是那批宦官之计，千万去不得！"

但何进一无戒心，他说："太后诏我，会有什么祸事？如今我已掌握了天下的大权，宦官又能奈何得了我？"

袁绍与曹操便选了五百精兵保护何进前往长乐宫，有一位宦官传旨道："太后只传大将军，其余人不得进入。"将袁绍、曹操挡在宫外。何进昂然进入，张让、段珪两人左右围住何进，责备他毒杀国母董太后，不待何进寻路逃走，一刀将他砍为两段。袁绍、曹操久等不见动静，只好在宫外大呼，张让便将何进的首级从墙上抛出来。袁绍厉声大喊，五百人齐来响应，在青琐门外放起火来，袁、曹两人引兵入宫，只要见到宦官，不论年纪大小，一律杀绝。当日号为十常侍中的赵忠、程旷、夏恽、郭胜四人被剁为肉泥，宫中火焰冲天，而张让、段珪、曹节、何览四人将太后、太子等人劫走。袁绍又下令军士，凡是宫中无须的男人，统统杀死，此时曹操一面救宫中之火，一面请何太后暂时管理大事，一面派人追赶张让，寻回少帝。

张让等人劫走了少帝与陈留王皇子协，忽闻后面喊声大起，张让眼见情况危急，就投河自杀了。少帝二人逃走，步行到五更天，只见一所庄院，庄主崔毅得知是天子，就扶二人入庄，跪进酒食。

之后，将瘦马一匹牵给少帝乘坐，一群人护拥着往京城而去，行不到数里，忽见一片旌旗尘土遮天，众人大惊，少帝浑身战栗，口不能言，陈留王勒马向前喝道："来人是谁？"

大队人马中闪出一人，却是董卓。

董卓回答说："我是西凉刺史董卓。"

陈留王惊问："你是来保驾，还是来劫驾？"

董卓顺声回答说："特来保驾！"

董卓下马，行叩拜大礼，陈留王和董卓谈话，一无错失，而少帝则显然怯懦，董卓便暗自立愿，要废立少帝，重立陈留王。此时董卓又招诱何进部下，兵权在握，威重一时。

同年九月董卓即废少帝，立陈留王协，即是献帝。献帝年方九岁，董卓即自称相国，上朝不拜，作威作福，又命李儒以毒酒毒杀少帝及何太后。每夜入宫，荒淫无道，又滥杀无辜，草菅人命，奸淫掳掠，无所不为。一时有志之士见董卓暴虐无道，皆愤恨不平。

当时有一名越骑校尉，名叫伍孚，见董卓如此过分，常在朝服内藏一把短刀，想要伺机杀死董卓。一日，伍孚至阁下迎接上朝的董卓，拔刀就刺，董卓不料有变，仓促间急忙用两手抠住伍孚，他的义子吕布赶来，揪倒伍孚，董卓大怒，问："是谁指使你造反？"

伍孚瞪目大喝，说："你又不是我的国君！我也不是你的属臣，岂能说是造反？你罪大恶极，是人就应当杀了你！我只遗憾不能把你五马分尸！"

董卓大怒，命人将伍孚推出去用小刀凌迟，而伍孚至死骂不绝口。从此之后，董卓出入都带甲士护卫，一刻也不离身。当时袁绍听说董卓挟天子以自命,就派人送密书给王允,探寻谋杀董卓的方法。有一天,王允遇见众多旧臣,便请他们到家小酌。当晚,酒过三巡之后,王允忽然掩面大哭,众官吃惊,惊问是何缘故,王允乃说:"今天我邀约众位,托言在舍下小酌,只是怕董卓起疑。董卓这贼欺主弄权,恐怕国家难保!想起从前高祖灭秦始皇,打败项羽,才建立起汉家天下,大好江山,谁想到今天竟然败于董卓之手?我念及此,才忍不住流下泪来。"

众人感触良多,也纷纷哭了起来,其中有一人偏偏拊掌大笑,说道:"满座百官,从晚上哭到天亮,从天亮哭到晚上,能哭得死董卓吗?"

王允闻言一看,竟是骁骑校尉曹操!大怒说:"你祖先吃的也是汉家俸禄,做的也是汉家职官,如今竟不想报国反而嘲笑在座诸君,你居心何在!"

曹操正色说:"我之所以笑,乃是笑众位想不出一条计策去杀董卓;我虽然没有什么才能,然而立志斩断董卓首级,悬在城门下,以示天下之人!"

王允一听曹操的慷慨陈词,遂辞退众客,单独与曹操密谈,王允问道:"孟德,你有什么高见?"

曹操答道:"最近我事奉董卓,在他手下做事,我的目的实在是想得一机会除去奸贼!如今,董卓对我好似颇为信任,我时常有机会接近他。听说司徒您有一口七星宝刀,希望能借给我,我进入相府时,伺机刺杀,解我心头大恨!"

王允大喜，以为曹操真是有心之人，遂亲自布酒招待，席间曹操沥酒发誓，王允遂把宝刀给了曹操。

第二天，曹操佩着宝刀，来到相府，遇人就问丞相在何处，有人回答说："丞相在小阁中。"曹操入见，只见董卓踞坐在床上，吕布侍立其后。董卓怪道："孟德，你何故迟来？"

曹操说："回丞相，操骑了一匹老马，所以耽搁了时辰。"

董卓回头对吕布说："前天西凉国人进献了几匹好马，奉先，你去亲自拣一匹送给孟德。"

吕布走后，曹操心中暗想，这可是天赐良机，于是自腰间拔出刀来，想要行刺，又恐怕董卓力气大，不敢轻举妄动。董卓体肥，不耐久坐，就倒下身去，面转向床里，曹操又想："这贼今天合该命终！"急忙把宝刀从刀鞘抽出，正要刺时，不料董卓从照衣镜中看见曹操在背后拔刀，连忙回身喝止："孟德！你做什么！"

这时吕布已经牵马来到阁外，曹操仓皇之中，立刻持刀跪下，说："我有一口宝刀，正要献给恩相。"

董卓接过来一看，这把刀长七尺余，刀柄的嵌饰十分精美华丽，刀刃又极其锋利，心中又疑惑又高兴，遂命吕布拿去收了。董卓引曹操出阁看马，曹操向董卓道谢，忙说："真是良马，希望恩相准我试骑一番！"

董卓便把鞍辔交给曹操，曹操牵马走出相府后，立即跃上马背，加鞭快驰，竟往东南方飞奔而去！董卓大怒，才晓得他真是来行刺的。

第三章　孙坚匿玺

在黄巾乱起的时候，吴郡富春地方有一位姓孙名坚的年轻人，是春秋时孙武子之后。十七岁时曾与父亲到钱塘游玩，看见海贼十余人正抢掠商人财物，在岸上分赃。孙坚立刻奋力提刀上岸，扬声大叫，作指挥状，海贼误以为官兵驾到，于是抛下财物就逃。孙坚因此被推举为校尉。黄巾之乱大炽时，孙坚又聚集乡中少年一千五百组成精兵，上会稽县助朱儁攻城，结果斩贼二十余万人。

等到曹操刺杀董卓失败后，各路英雄好汉纷纷集合，商议进兵之策，力图恢复汉室，孙坚也在其中。这时，曹操宰牛杀马，大宴诸侯。会中太守王匡进策，以为既奉忠义之名，要讨乱贼董卓，就当立盟主，以免群龙无首。曹操乃推荐袁绍，起初袁绍再三推辞，而后在众人坚持之下，袁绍登上了坛，与群雄焚香歃血，以表同心。并说："今日我等既立盟主，就当听任差遣，不计强弱，同心协力，以利国家。"

袁绍高居首位，环视四周，乃说道："我无德无才，今被群贤推举，定当奋力以赴，有功必赏，有罪必罚。国有国法，军有军纪，唯望诸君与我共同遵守，以维纲纪。如今，我等当分路部署，各负己责。舍弟袁术可任总督粮草，供应诸营所需，不使有缺。目前更需要一人为先锋，前往氾水关挑战，其余诸人分据各要塞，以为接应。"

孙坚此时已任长沙太守，闻言便自告奋勇，说："我自愿任先锋的工作，前去诱敌。"

袁绍也认为孙坚正是合适的人选。孙坚遂引本部军马杀往氾水关，孙坚手下有四将：程普，使一条铁脊蛇矛；黄盖，使铁鞭；韩当，使一口大刀；祖茂，使双刀。孙坚则身披银铠，闪闪发光，手持大刀，骑花鬃马，在关上骂阵。董卓手下华雄的副将胡轸带兵五千出关迎战，被程普刺中咽喉，死于马下。孙坚挥军攻关，但关上掷下大小不等的石块，随着箭矢如雨般地下来。孙坚不得已引兵回到梁东扎营，派人向袁术报捷，又要求支持粮食。在袁术的谋士中，有一人因此游说袁术，认为：孙坚就如江东的一头猛虎，如果他攻下洛阳，杀了董卓，就如同除去了狼祸而又有虎患一样！当今最好的打算，不如将粮食扣押，断绝孙坚的后援，而后收鹬蚌相争之利！袁术觉得这话说得甚是有理，于是不发粮食。孙坚营中，因此军心大乱。次日，华雄引兵下关，到孙坚寨前，已是半夜，华雄鼓噪直进，孙坚慌忙上马应战，双方正斗得不可开交时，华雄的谋士李肃便叫军士放起火来，孙坚部下军士只好到处窜逃。孙坚、祖茂两人赶忙纵马逃走，祖茂对孙坚说："主公，你头上红色的包巾太显目了，容易被贼人辨认，请您脱下和我交换吧。"

孙坚就将红色头巾给祖茂戴，自己戴了祖茂的头盔，分两路逃走。华雄的部下只望着红巾追赶，孙坚乃趁机从小路逃走。祖茂被华雄追赶得紧急，索性将红巾挂在人家烧过的庭柱上，自己躲到树林中。华雄的部下在月下，远远瞧见红巾，遂从四周围住，发箭射击，却不见动静，上前去细看方知中计，于是向前取了红巾，这时祖茂从林中杀出，挥双刀要劈华雄，华雄大喝一声，将祖茂一刀砍下马。到天破晓时，程普、黄盖、韩当三人，便来寻孙坚，再收拾军马扎营，孙坚则因为祖茂为救自己而死，十分感伤。

在袁绍营中，此时已知孙坚败于华雄之手，便聚集众诸侯商议，正商议时，忽然探子来报：华雄用长竿挑着孙坚头巾，来寨前骂战。袁绍便命骁将俞涉、潘凤前去应战，不想两人交战不及三回合，都被华雄杀下马来，袁绍和众人大惊失色。忽然阶下有一人大呼而出，嚷着要去斩华雄头，原来是丹凤眼、卧蚕眉、面色如赤枣、声响如洪钟的关羽。袁绍便问："这位勇士，如今任何职？"

关羽回说任刘玄德的弓手，袁绍便心中不乐，以为小小的弓手，何足以敌勇猛的华雄？此时曹操便说："这人仪表不俗，华雄哪里知道他只是一名弓手？"

而关羽也说："这次我去和华雄挑战，如果失败，愿意请斩。"

曹操遂叫人烫了一盅酒，要关羽饮了再上马，关羽说："酒且斟好，我去一去就回！"

说着，走出营帐，手提大刀，飞身上马。众诸侯只听得关外鼓声大作，喊声大扬，好似天地崩塌，群山动摇，众人大惊失色，正欲派人去探听，只见关公提了华雄的头，回到帐里，把斩下的首级掷向地面，而曹操所热的酒，此时尚温，正合入口！

　　董卓处，董卓听说上将华雄被杀，急忙召集李儒、吕布商议，一面派兵杀了袁绍叔父袁隗，又起兵二十万要来攻袁绍。董卓先将军队分作两路，一路由李傕、郭汜引五万兵，把住汜水关静候；董卓自己率领十五万人，和李儒、吕布、樊稠、张济等人把守虎牢关，当军马开到虎牢关上，袁绍命吕布领三万大军，先去关前扎营。袁绍手下的探子见到吕布已到关前，急忙来报，袁绍乃分王匡、乔瑁、孔融、张杨、公孙瓒等八路诸侯往虎牢关迎敌，曹操军则往来救援。八路诸侯各自起兵，河内太守王匡引兵先到，吕布带领三千铁骑，飞奔而来，只见吕布头戴三叉束发紫金冠，身穿西川红锦百花袍，外加兽面吞头连环铠；腰系勒甲玲珑狮蛮带、弓箭随身，手持画戟，坐下是嘶声作响的赤兔马，果然是拜董卓为义父的"人中吕布，马中赤兔"。吕布骁勇善战，转瞬间，王匡部将方悦便被吕布一戟刺落马下。八路诸侯，一齐上马，吕布在高处望见，先来冲阵，张杨部将穆顺出马不敌，孔融部将武安国上阵又不敌，曹操建议说："吕布忒会作战，当今我方可会合十八路诸侯共议良策，只要擒住吕布，董卓就容易对付！"

　　众诸侯商议时，吕布又引兵来挑战，八路诸侯军一齐上阵，公孙瓒亲自迎战吕布，不敌败走。此时但听得一声大喝，张飞飞马赶来，大叫："三姓家奴休逃，我张飞在此！"

吕布见了张飞，抖擞起精神，和张飞交手，连战数十回合，不分胜负。关公见了，把马一拍，便舞起八十二斤青龙偃月刀，来夹攻吕布，战到三十回合，又击不倒吕布。玄德一看，遂即掣双股剑，骑上黄鬃马，也来助战。这三个人围住吕布，就像转灯儿般地绕着，奋力厮杀，八路人马看得都呆了！吕布招架不住，往玄德面上虚刺一戟，玄德急忙闪身，吕布趁机倒拖画戟，飞马跑回，刘、关、张三人急急赶上，来到关下。只见关上西风飘动着的青罗伞盖，三人知是董卓所在，想要进攻，而关上矢石如雨般射下，刘、关、张及八路诸侯不得已而退了回来。

在袁绍的营帐中，袁绍正下令孙坚进兵，孙坚带着程普、黄盖却来到袁术寨中，孙坚以杖击地，说："董卓原来和我并无仇隙，而我为了列位诸侯，奋不顾身，先行去挑战，上为国家，下则为了将军个人，而将军你却听信谗言，不发军粮，以致我军失败，你这样做，良心可安？"

正当孙坚严责袁术之时，忽然有人来报说："关上有一将，乘马而来，要见孙将军。"

孙坚一见，这人乃是董卓爱将李傕。李傕说："丞相敬佩的人，在诸侯之中，只有将军一人，如今，特派我来和将军结亲，丞相有女，想要许配给将军之子。"

孙坚一听，怒不可遏，骂道："董卓逆天无道，残暴昏昧，我正想要杀他九族，以谢天下之人，如何能和逆贼结亲！我不杀来使，饶你一命，你趁早离开，如果你还喋喋不休，我一定叫你粉身碎骨！"

李傕回去后，在董卓面前，直嚷孙坚无礼。董卓亦十分生气，李儒乃建议董卓，不如领兵回洛阳，而把少帝迁往长安！因为缺少钱粮，董卓又听信李儒的话，在洛阳遍捉富户，有数千家之多，在他们头上插上"反臣逆党"的大旗，推出斩首，而后夺取他们的财宝金器，又驱赶洛阳数百万人民，前往长安，军队押着百姓，在途中倒地而死的数也数不尽。董卓又放任军士夺人粮食，侮辱妇女，一路上啼哭之声，真是惊天动地！临行前，又在洛阳各城门放火，火烧居民房屋以及宗庙、官府，南北两宫，洛阳的建筑，一时几乎成了废墟。董卓又差吕布去挖掘先皇及后妃的陵墓，夺取陪葬的宝器，军士也趁机大掘官民坟冢，将金珠缎匹，载了几千车，押了天子后妃，开往长安。

此时，董卓手下的一员大将赵岑，见董卓已弃洛阳而去，便献了汜水关，孙坚乃驱兵先入，只见洛阳火焰冲天，黑烟铺地，孙坚救灭了火，令诸侯各于荒地上扎营，安顿人马。这时，曹操来见袁绍，责问他何以不乘势追赶董卓，袁绍托词诸侯疲困，恐怕无法得逞。而众诸侯也以为不可妄动，曹操一听大怒，遂自领兵万余，命夏侯惇、夏侯渊、曹仁、曹洪连夜追赶董卓。大军一行到荥阳，董卓用李儒计，命吕布埋伏在荥阳城外山旁，以偷袭来兵。此时，吕布眼见曹操军渐近，就将军马摆开，两军大战起来，夏侯惇、夏侯渊抵挡不住，曹操只好弃军自荥阳退回，在一荒山脚下埋锅炊饭。这时，徐荣伏兵又杀到，曹操慌忙上马逃走，徐荣搭上了箭，射中了曹操的肩膀。而后两个军士将曹操捉住，正在刻不容缓之际，曹洪骑马冲来，挥刀将两军士砍死。在逃亡途中，夏侯惇、夏侯渊又领数十人前来营救，曹操终于能回到营中，乃决定聚集残兵，回到河内。

在洛阳的众诸侯，此时正分别在各处屯兵。孙坚救灭了宫中余火，将营帐安扎在建章殿前；又命军士扫除殿中瓦砾，凡是董卓所挖掘的陵寝，全部加以掩蔽。他还命人在太庙前，构筑了简单的三间殿屋，请众诸侯立先人的神位，以太牢来祭祀先人。这一夜，星月交映下，孙坚按剑而坐，仰观紫微星座，一片漫漫白气笼罩着，低头俯想人间的动乱，孙坚叹息道："帝星不明，以致贼臣误国，生灵涂炭，京城不保！"

说完，眼泪便禁不住地流了下来。

孙坚正在伤感时，殿中有一军士自井中得到一方玉玺，方圆四寸，上面刻着五龙，印旁缺一角，镶以黄金，玺上有篆文八字，是："受命于天，既寿永昌。"孙坚得到这方玉玺，并不知道来历，程普便将这玉玺的来历一一说明，并且说："今天主公得到这方玉玺，是天授予的，将来必能登上天子之位！此处不能久留，我军还是速回江东，再图大事罢。"

两人商议已定，便拔营离开洛阳。袁绍恨孙坚得玉玺而不交出，乃差人连夜送书给荆州刺史刘表，希望刘表在半路拦截孙坚。

此时，曹操见袁绍、孙坚等人各有异心，不能合力完成大事，遂自领兵,投往扬州。玄德和关、张两人听公孙瓒的建议,离开袁绍,为防有变,乃拔营北行,到平原守地养军。袁绍见众人各自分散,也就领兵拔营,离开洛阳,投往关东。

在荆州,刘表因袁绍的要求,在半路击败孙坚,孙坚幸得程普、黄盖、韩当三员大将相救得以脱险,而军队折了一半,孙坚等人便急忙夺路回到江东,刘、孙两人因此结为死敌。

稍后,袁术向刘表借军粮,刘表不给,袁术遂挑拨孙坚伐刘表。孙坚也打算报仇雪耻。孙坚有四子:孙策,字伯符;孙权,字仲谋;孙翊,字叔弼;孙匡,字季佐。孙坚命黄盖在江边安排战船,携着孙策,杀向樊城,大胜;大胜之余,又领兵要围攻襄阳。此时刘表手下谋士蒯良献计,要健将吕公领一百人上岘山,寻石子并执弓伏在草丛树林中,又令五百人马出阵诱敌,追兵到山下时,山上埋伏的百人便矢石俱发,然后城中军士便出来接应,两面夹击。果然,当孙坚和吕公交手,吕公诈走,孙坚随后赶入,忽然一声锣响,山上石子乱下,林中乱箭齐发,孙坚身中石箭,脑浆迸流,人马都死在岘山之下。孙策只得把父亲葬在曲阿附近,罢战回江东,在江都安顿下,努力招贤纳士,罗致人才,而由于孙策屈己待人,一些豪杰也都渐渐投附他,乐于为他所用。

第四章　计献貂蝉

董卓来到长安以后，放肆奢华，一日甚于一日。听说孙坚已死，十分高兴，以为除去心腹大患。又得知孙策才十七岁，董卓更不以为意，从此愈加骄横，自号"尚父"，出入所行都是天子之礼，有仪仗随行。董氏宗族，不问年长年幼，无不封侯。又在离长安城二百五十里处，驱役百姓二十五万人筑郿坞，城郭高下厚薄，完全和长安相同，城内宫室仓库之中，又囤积了足够二十年食用的粮食，强选民间少年及美女八百人，令他们背井离家住在郿坞。而在郿坞堆积的金银财宝，已到无法胜计的地步。董卓时而往来长安，公卿还得列队在城门外送行！

有一天，董卓出城门，大列宾宴，百官送行的时候，忽然从北方招降来的降卒有数百人经过此地，董卓即命人把他们抓到座前，或砍断手足，或凿出眼睛，或割掉舌头，或用大锅煮，哀叫的声音震天动地。百官看了这一幕，无不胆战心惊，站也站不住，坐也坐不稳，连手中的筷子也掉了下来，然而董卓却谈笑自若。董卓的滥杀无辜、草菅人命，也是到了令人不能忍受的地步。

司徒王允是个有心人，眼见董卓如此残暴，总想设计除去他。一日，王允步入后园，在荼蘼架侧仰天垂泪，忽然听到有人在牡丹亭畔长吁短叹。王允悄悄地走过去一看，原来是府中的歌伎貂蝉。这貂蝉自幼选入府中，色伎俱佳，王允对待她就像亲生女儿一样。王允便问她是何缘故到了入夜时分还在园中长叹？貂蝉回答说："妾蒙大人教养，自小训练歌舞、学习礼仪，虽是粉身碎骨，我也难报教养之恩。近来只见大人两眉深锁，想来必是国家大事困扰，今晚又见大人坐立难安，因此长叹。大人如果用得着妾，妾绝不推辞。"

王允一听，忽然灵机一动，用手杖击地说："没料到大汉天下却掌握在你的手中！来，貂蝉，随我到画阁中来！"

王允和貂蝉来到阁中，王允忽然跪下，貂蝉大惊，急忙扶起。王允说："如今董卓专权，百姓痛苦不堪，正待人援救。又听说董卓即将篡位，朝中文武百官，都无计可想。董卓有一义子，名叫吕布，这人十分骁勇，帮着董卓为非作歹，滥杀无辜，这两人务必要除去，天下生灵方能安居。我看吕布和董卓两人都是好色之徒，我想用连环计，先把你许嫁给吕布，然后把你献给董卓，用来离间他们父子的感情，叫他父子反目，使吕布杀了董卓，然后再建立大汉社稷。你是否愿意解救天下苍生？"

貂蝉一听，便回答王允说："妾愿意借此报答大人！大人可以尽快把我献出，妾心中自有盘算！"

第二天，王允将家藏的几颗夜明珠，命良工嵌造金冠一顶，叫人密送吕布，吕布便亲自到王允府邸来道谢，王允请入后堂，殷勤劝酒，酒至半酣，两名着青衣的婢女引着貂蝉出来，吕布一见，惊为天人，王允说道："这是小女貂蝉。允承蒙将军错爱，将军对于我，就好像至亲一样，所以令小女前来和将军相见。"

王允便命貂蝉把盏劝酒，貂蝉和吕布两人，眉来眼去，吕布请貂蝉坐，貂蝉假意要进去，王允便劝止貂蝉，假称将军是挚友，稍陪坐无妨。貂蝉便坐在吕布旁边，吕布目不转睛地看。又饮过数杯酒后，王允便问吕布，愿不愿意纳貂蝉为妾，吕布大喜过望，连声道谢。王允许诺再过数天，定将貂蝉送入吕布府中，并说："王允本来想留将军在舍下过夜，但恐怕太师怀疑。"

过了几天，在朝堂上，王允见吕布不在，伏地拜请董卓到家中小宴，董卓同意前往。王允回到家中，在前厅大加布置，以锦绣铺地，内外各设幔帐，预备下了山珍海味。次日近中午时分，董卓来到，王允穿上朝服跪迎。在席间王允不住地赞美董卓，将他比为伊尹、周公，董卓十分高兴。天晚酒酣时，王允又请董卓进入后堂，王允捧着酒杯阿谀董卓理当继汉室为天子，董卓更乐。当堂中点上画烛，王允便告诉董卓，要请家伎献歌舞。王允放下帘栊，笙簧声起，貂蝉在帘外起舞。舞罢，貂蝉又转入帘内，向董卓深深再拜，董卓一见，惊为天人，称赏不已。王允乃命貂蝉敬酒，董卓笑道："真正美如天仙！"

王允就说："允想把这家伎献给太师，不知太师是否肯接纳？"

董卓大喜，再三称谢。王允就命人驾车，把貂蝉送入相府。

回程时，车行到半途，只见吕布骑马执戟而来，吕布一见王允，便一把揪住衣襟，厉声问道："有人告诉我，你用车把貂蝉送入相府，是何缘故？你既然以貂蝉许我在先，怎么又把貂蝉送给太师？你如何这般戏弄我！"

王允连忙请吕布到家中，说道："将军如何能怪我？昨天太师在上朝时对我说，要到舍间，有事相告，允因此准备，等候太师。酒席间，太师对我说：我听说你的女儿，名唤貂蝉的已许配我儿奉先，我想看一看貂蝉。老夫一听太师此言，不敢违命，便唤貂蝉出来见太师，太师说：'今日是良辰，我就把这女带回去，和奉先完婚罢。'将军，您想一想，我王允岂有不答应之理？"

吕布听了这番解说，自觉鲁莽，便向王允道歉，遂回府去了。到了次日，吕布到太师府中打听，一点消息也没有，吕布直入中堂，侍妾们对吕布说：太师和新人共寝，还未起身呢！吕布一听，愤然大怒，就偷入董卓卧房，这时貂蝉已起身，见窗下池中有一人影，正是吕布，貂蝉随即故蹙双眉，作忧愁不乐之貌，又频频以香巾拭泪。当董卓起身用餐，吕布侍立在董卓身后，但见绣帘内，貂蝉微露半面，以目传情，吕布真是神魂飘荡。董卓一见，心中猜忌吕布，便令吕布退出。

从此以后董卓为色所迷，经常三四十天不理政事。有一回，董卓患病在床，貂蝉衣不解带地细心看护，董卓心喜，而吕布却常借探病的机会前往董卓寝室和貂蝉相见。有一次董卓正假寐时，貂蝉以手指心，又以手指董卓，挥泪不止。吕布觉得十分心碎。

正在眉目传情时，董卓蒙眬中看见吕布目不转睛地注视着貂蝉，就怒骂吕布说："小子大胆！竟然敢戏弄我的爱姬！"

董卓把左右叫来，拉吕布出门，不许他再进入内室。吕布愤恨而归。

董卓病愈后，入朝议事，吕布执戟相随，见董卓与献帝正谈得起兴，便溜回相府，寻找貂蝉，貂蝉要吕布到后花园谈话，吕布遂提戟前往，在凤仪亭旁等候。不久，见貂蝉分花拂柳而来，正如月宫中的仙子。貂蝉哭泣着对吕布说："妾虽非王司徒的亲女，然王司徒待我如己出，妾自从见到将军，又得父命许配将军，于愿已足！而不料太师起不良之心，将妾淫污，妾愤恨而尚未自尽，就是等着和将军一见！如今能见到将军，表明心愿，真是死而无憾了。"

貂蝉说完，手攀池边的曲栏，便要往荷花池中跳。吕布慌忙抱住，激动地说："我今生不能娶你为妻，我就不是英雄！"

吕布搂住貂蝉，好言相劝，两人偎偎倚倚，不忍分开。此时董卓在殿上，一回头不见吕布，心中怀疑，连忙向献帝告辞，驱车回府，一看，吕布所骑之马就系在门前，问门吏，得知吕布在后花园，急忙赶到后花园，正好瞧见吕布和貂蝉亲热地在凤仪亭下谈心，画戟倚在一边。董卓火冒三丈，大喝一声，吕布回身就走，董卓抢起画戟来追赶吕布。董卓肥胖，赶不上吕布，就掷戟刺向吕布，一刺不中，董卓再拾起戟来追赶，吕布已经走远了。

董卓不得已，回到后堂，叫貂蝉来问话，貂蝉一见董卓，顿时泪流满面，哭着说："妾在后花园看花，吕布突然来到，妾立刻回避，不料吕布说：'我是太师之子，何必回避？'提着戟赶妾到凤仪亭。妾见其存心不良，要投荷花池自尽，却被他抱住，正在生死之间，幸好太师及时赶来，救了我性命！"

董卓有些不相信，就假意问道："我就把你赐给吕布，怎么样？"

貂蝉大哭，说道："妾已身事贵人，如今竟要把妾赐给家奴，还不如死的好！"

貂蝉要拿壁间悬挂的宝剑自刎，董卓慌忙抱住她，表明自己不舍之意，董卓又安慰貂蝉，欲将貂蝉安置在郿坞。在百官送行之时，貂蝉在车上遥见吕布亦在众人之中，立即虚掩其面，假装痛哭，吕布望着车骑扬起的尘土，叹惜痛恨。正想用什么法子才能得到貂蝉时，王允相邀到府中，对他说："太师竟然淫污我的女儿，强夺将军的妻子。我恐怕天下人笑的不是太师，而是我和将军！我年已老迈，被天下人耻笑也就罢了。可惜将军啊，将军你是盖世英雄，怎能受此污辱！"

吕布被王允一激，怒气冲天，他说："我誓当杀此老贼来洗雪我的耻辱！唉，只是念及父子之情，恐怕后人议论。"

王允一听此言，微笑着说："将军姓吕，太师姓董。当太师掷戟要追杀你的时候，又哪里念到父子之情了呢？"

吕布至此心意已定，便和同郡骑都尉李肃商议，请李肃往郿坞，假献帝之旨宣董卓来朝。次日，董卓摆列仪队进朝，李肃手执宝剑，扶车而行，到了北掖门，军兵尽挡在门外，只允许御车二十余人同入。董卓远远地看见王允等人各执宝剑立在殿门口，大吃一惊，王允遂即大喊："反贼在此！壮士们在何处？"

自两旁转出一百多人，有的持戟，有的挺槊，向董卓刺来，不料董卓身披甲衣，刀枪不入，董卓大叫："我儿救我！"吕布从车后厉声说："有王命要讨贼！"一戟直刺董卓咽喉，李肃一刀已把董卓首级割下。董卓死后，兵士从他的肚脐里取出膏油来点灯，百姓经过董卓尸体的，无不取石投掷其头，用足践踏尸身！

第五章　移驾许都

董卓死后，他的心腹之将李傕、郭汜便逃往陕西，派人到长安上表求降，王允不同意，遂聚众十余万人，分作四路，杀向长安来。王允令吕布领军退敌，数天之后，董卓余党李蒙、王方等人又在城内响应，于是四路贼军便拥入城中。吕布阻挡不住，便投奔袁术去了，贼兵杀了王允，便想就势把献帝杀了。因张济、樊稠之谏，遂各自写上职衔，强要天子赐官，献帝只得听从。李傕、郭汜逐渐掌握大权，不将天子及诸侯放在眼中。

这时，青州黄巾又起，聚众数十万人，劫掠百姓，有人向李、郭二人推荐曹操，以为非他不能破敌。李、郭二人遂命曹操和鲍信一同破敌，鲍信战死，而曹操兵马到处，敌军无不投降，不过百多天，敌人就投降了三十余万。从此，曹操威名日振，朝廷诰封他为镇东将军，曹操也刻意发展自己的势力，努力地网罗人才，一时，荀彧、程昱、典韦等人都为曹操所用，曹操幕下有文士，有武将，势力更加强大，其称雄的野心也一日甚于一日。以后又得到勇士许褚、徐晃，谋士董昭，更如虎添翼，其威势益发强劲。

自从曹操平了山东，表功朝廷，朝廷便加封他为建德将军费亭侯。这时，李傕自封为大司马，郭汜也自封为大将军，两人横行无忌，朝廷无人敢劝谏。于是太尉杨彪、大司马朱儁，暗中上奏献帝，说："如今曹操拥兵二十万，谋臣和武将数十人，如能得到这人的帮助而剿除李、郭两奸贼，国家和人民就可以安宁了！"

献帝一听，不免想起受迫的种种，于是哭着说："朕被那俩贼人欺凌很久了，如果能得曹操之力，把他们杀了，那就太好了！"

杨彪说："臣有一计策，可以使两贼自相残杀。然后再诏令曹操引军进杀，扫清贼党。"

献帝立即问道："你是如何计划的？"

杨彪回道："臣听说郭汜的妻子生性妒忌，可派人往郭妻处，行反间之计，使郭、李两人反目。"

于是，献帝就暗中派人送密诏给杨彪，杨彪妻子借机前往郭汜府，告诉郭妻说："听说郭将军和李司马的夫人有染，事情经过，知道的人还不多，然而万一被李司马知道，恐怕就有大麻烦了！夫人，您要设法使他们断绝来往才好！"

郭汜的妻子很惊讶地说："难怪他常常深夜不归，却干出了这么无耻的勾当！如果不是夫人见告，我还被蒙在鼓里，这一下，我得好好应付！"

杨彪的妻子告别回府，郭妻再三道谢，两人始分手。几天后，郭汜又要到李傕府去喝酒。郭妻乃说："李傕这人底细摸不清！如今两雄对立，不知他会做出什么事来，如果他酒里下毒，我要怎么办哟！"

郭妻再三劝阻，到了晚上，李傕见郭汜始终不来，就派人送酒菜到郭府。郭妻就暗中在酒菜中下毒，在郭汜将食用时，郭妻就说："自外面送来的东西，岂能不试试就吃的？"

郭妻就把酒菜先给狗尝，狗立刻毙命。从此，郭汜心中对李傕就十分不满，心存怀疑。有一日，李傕又力邀郭汜去家中饮酒。到深夜才散席。郭汜喝醉了，肚子偶然有点疼，郭妻就说："一定是李傕下毒了。"

郭妻赶紧把粪汁灌入郭汜口中，郭汜大吐，怒道："我和李傕两人共图大事！如今他竟无缘无故要置我于死地，如果我不先发动，恐怕有朝一日就要死在他手中了。"

于是郭汜暗整军队，要攻李傕。有人把消息告诉李傕，李傕大怒，说："郭汜竟敢如此胆大！"

李傕也就点齐兵马，来杀郭汜，两处合兵，有数万之多，就在长安城下混战，趁机掳掠百姓。

李傕侄李暹领着军队，用两辆车，一辆载了天子，一辆载了皇后，并押了宫人内侍出后宰门，正遇郭汜军队来到，乱箭齐发，不知射死多少宫人内侍。李傕随后杀来，郭汜军稍退，车驾冒险出城，不由分说，李暹便将车驾拥到李傕营中。郭汜领兵入宫，到处抢掳嫔妃宫女，又放火大烧宫殿。次日，郭汜方知李傕劫了天子，便领军来营前厮杀，天子和皇后都受到了惊恐。郭汜兵稍退后，李傕便将帝后移到郿坞，令李暹监视，断绝内史，由于饮食不足，侍臣都有饿色。献帝派人向李傕要五斛米、五副牛骨以便让左右饱餐。李傕不允，反而拿腐肉、朽粮给天子，种种虐待，使献帝既愤怒又伤心。

正在献帝泪湿龙袖的时候，忽然有人来报，说："启禀皇上，有一路军马，刀枪闪闪，鼓声震天，要来救驾！"

献帝一打听，竟是郭汜，心中不禁由喜而忧。只听到郿坞外喊声大起，原来是李傕引兵出迎郭汜，李傕挥鞭指郭汜大骂："我待你不薄，你如何要谋害我？"

"你乃反贼，我如何能不杀你！"郭汜回道。

李傕说："我在此保驾，如何是反贼？"

郭汜说："这明明是劫驾，如何是保驾？"

两人言辞来往，针锋相对，骂个不休。李傕不禁性起，便说："你我两个不必多言！你我两人不用军士，拼它一场，赢的就把皇帝取走就是了！"

二人就在阵前厮杀起来。战到十回合，不分胜负。只见杨彪拍马而来，大叫："两位将军请停一下，老夫特地邀请众官，来和二位讲和。"

李傕、郭汜一听，遂各自领军回营。杨彪和朱儁，会和朝廷官僚六十多人，先到郭汜营中劝和，郭汜竟把众官员一齐监禁起来。众官说："我等好端端地来劝和，你如何这般对待？"

郭汜竟说："李傕能劫天子，难道我就不能劫公卿！"

李傕、郭汜自此之后，一连五十多天，滥杀无辜，死者不知有多少。李傕的军队多是西凉人，献帝乃派谋士皇甫郦前往西凉，扬言李傕谋反。西凉军军心渐渐涣散，又加上郭汜不时来攻，李傕从此军势渐衰。这时，张济趁机上表请天子驾幸东都。献帝往东都途中，又遇郭汜来劫驾，幸得徐晃保驾，前往弘农。

李傕、郭汜所到之处，大事劫掠百姓，杀老孺，强拉壮丁充军，在战场中，又把民兵赶在队伍之前，称为"敢死军"，声势颇为浩大。献帝与皇后得徐晃、杨奉的保护，来到黄河边，贼兵追赶得急，侍臣李乐找到一艘小船，急请天子渡河，这时天寒地冻，边岸又高，无法下船，行军校尉用绢包着帝后，把两人放下小船。李乐和伏德在船头保护，岸上有不得下船的，纷纷争扯船缆，李乐不得不把他们砍死，一些争先渡过的，都被李乐砍下手指，一时哭声震天。

献帝已渡到对岸，左右侍从总共剩下十多人，杨奉找到一辆牛车，把献帝载到大阳。晚上宿在瓦屋中，粮食已用尽，有野老进献粟饭，帝后却因粟饭粗粝而无法下咽。这时李乐又自以为保驾有功，专权妄行，任意在帝前骂人，故意送浊酒粗食给献帝。董承、杨奉商议差人修洛阳宫院，打算送天子回东都，李乐又不从，竟然暗中派人结联李傕、郭汜一同劫驾。

李乐诈称李傕、郭汜来追车驾，天子大惊。杨奉识透李乐诡计，遂令徐晃出战，不过一回合，李乐便被徐晃砍于马下。献帝遂入洛阳，只见宫室烧尽，街道荒芜，满眼望去都是蒿草。帝后来到小宫，百官朝驾，都站立在荆棘之中。于是献帝下令改元，改兴平为建安元年。这一年，又逢大饥荒，城中居民无以为食，剥树皮草根来吃，一些达官显要也出城打柴，捡拾野菜，汉末气运之坏，已经到了无以复加的地步。

这时，曹操正在山东，听说车驾已经回到洛阳，便聚集谋士商量。荀彧进言说："从前晋文公接纳周襄王，而各国诸侯尊为盟主；汉高祖因为义帝发丧，而深得天下民心。如今天子蒙尘，将军可趁此时发动义兵，尊奉天子来争取民心，这是成就大事业的方法。如果不把握机会，恐怕有人捷足先登了。"

曹操一听荀彧的话，但觉心有戚戚焉，正要收拾起兵，忽然有使者带来圣旨要征召曹操，曹操当日便领兵西进。

原来献帝在洛阳，百废待举之时，李傕、郭汜又领兵来攻。董承建议往山东避难，出发之时，百官无马匹可骑，都随马步行。才出洛阳不远，只见无数人马杀将过来，帝后战栗得话都讲不出来。忽然一骑飞奔前来，报告说："曹将军发动了山东的全数军队，应诏来保驾，听说李傕、郭汜已经来攻，所以先派夏侯惇为先锋，领精兵五万，前来护驾。"

不多久，曹洪等人也来见驾。献帝便命夏侯惇分两路迎战贼兵，尽力攻击，这一次战役，李傕、郭汜大败，死了万余人。第二天，曹操领大队人马来到洛阳。李傕、郭汜得知曹操领军来到，打算速战速决，李傕军马先来挑战，曹操便命许褚、曹仁领三百铁骑冲进李傕营中，冲入冲出三遍之后，方才布阵。李暹、李别两人上阵，还未开骂，便被许褚砍下人头。许褚回到营中，曹操极为高兴，抚着他的背，说："仲康，你真是我的樊哙啊。"

又命夏侯惇领兵从左出，曹仁领兵自右出，自己亲自上阵，领兵由中间冲入敌阵，鼓声一响，三军并进，贼兵抵挡不住，大败而走。曹操亲自举着宝剑，领军连夜追杀，杀戮极多，李傕和郭汜自知不敌，又无处可容身，便逃亡山中落草，当强盗去了。

曹操立了大功，自不免得意。献帝宣召入宫议事，曹操出见使者，只见那人眉清目秀，精神充足，原是董昭，字公仁。两人相谈投机，曹操便问起董昭有关朝廷的大事。董昭说道："如今将军兴义兵以除乱贼，又能入朝辅助天子，这就是五霸的功业。但是，诸将人多，意见也分歧，未必服从将军。如今留在洛阳，恐有许多不便的地方，不如移驾前往许都，方是上策。虽然朝廷一再迁动，并非好事，天子又在新近才回到洛阳，国内不论远近无不关心东都的动态。如今又行迁都，恐怕还有反对者的意见。然而，一个人要做不寻常的事，方能建立不寻常的功业啊！这一点还望将军仔细考虑。"

曹操听了董昭的话，心中大喜，便用董昭的说辞，告诉大臣，因为京师缺乏粮食，不得不驾幸许都。许都靠近鲁阳，转运粮食十分方便。曹操便和谋士密议迁都的事情。

次日，曹操见献帝，说明移驾许都的理由，献帝不敢不听从。群臣因畏惧曹操势力，纵有异议，也不敢提出，遂择日出发。曹操领军护送，百官都步行随从。行不到几里，前面有一高陵，忽然李傕的旧将杨奉、韩暹领兵拦路，徐晃在前，大叫："曹操想要劫驾往何处！"

曹操出马，一见徐晃威风凛凛，便令许褚应战，两人刀斧交锋，战了五十多回合，不分胜败。曹操鸣金收军，对谋士表明爱才的心意，遂由满宠去将徐晃说服，投降了曹操。曹操得到许褚、徐晃两人，真是如虎添翼。杨奉、韩暹失去徐晃，势孤力单，只好领着军队投靠袁术去了。

曹操收军回营，厚待功臣谋士。迎銮驾到许都后，大兴土木，盖造宫殿屋宇，立社稷宗庙，又修城郭府库，封董承等十三人为列侯，赏功罚罪，一任曹操决定，曹操自封为大将武平侯。从此之后，大权就落到曹操手中，朝廷大事，先禀曹操，然后才能上奏天子。

第六章　血字密诏

　　曹操坐大后，处心积虑地要对付刘备、吕布。曹操谋士荀彧以为许都新定，不可轻易用兵，不如用"二虎竞食之计"，让刘备与吕布两人自相吞并，互相残杀。不妨奏请天子诏令授刘备为徐州牧，暗中叫刘备杀了吕布，不论事成不成，二虎为患，终去一虎。

　　曹操果然封密书一封，派使者送到刘备处，刘备却不愿杀前来投靠的吕布，反在吕布来访时，将密书给吕布看，并对吕布表明曹操欲令二人不和的用心。使者回去见曹操，报知刘备不杀吕布的事，荀彧又献"驱虎吞狼之计"：暗中派人往袁术处，告诉袁术刘备上密表，要去攻打南郡，袁术必然怒攻刘备，而后，由曹操诏令刘备讨伐袁术，两边相并，吕布定会起疑心。曹操依计而行。

　　就在刘备领兵往伐袁术的时候，负守城之责的张飞因酒误事，失了徐州，竟被吕布所占据。刘备不得已，辗转投奔曹操。这时孙策也极力巩固自己的地位，尽量拉拢人才，得到周瑜和太史慈两人的鼎力相助。

　　当时，袁术在淮南，地广粮多，又得到孙策所质押的玉玺，不免自大起来，想要称帝。袁术大会属下，和他们商议道："从前汉高祖不过是一个泗水亭长，也能拥有天下，至今已四百年，气数也已衰竭了。我家四世三公，都是天下人崇敬的英雄。我应当顺应天人，登天子之位，你们众人以为如何？"

袁术的部下默然不语，主簿阎象进谏说："主公万万不可！从前周的祖先积德累功，一直到文王，三分天下有其二，还以臣礼事殷纣。主公家世虽然显贵，然及不上文王；汉家如今虽势力不振，也不像殷纣般的暴乱。这事绝对不能去做……"

袁术不听，反而大怒说："我袁姓原来出于陈氏，陈乃是舜的后代，如今我又有传国的玉玺，如果不顺天应人为天子，恐怕违背了天意。我已经决定了！你们不用多说，谁敢再劝谏就斩谁！"

于是袁术建号仲氏，设立台省等官，出入乘天子坐的龙凤辇，又建立南北郊的封禅大礼，立冯方之女为后，以子为东宫。组织军队分七路去征伐徐州。吕布用陈登之计痛击袁军，袁术率军退回淮南，派人往江东，向孙策借军粮。孙策怒道："你赖我玉玺不还，私自僭封帝号，背叛汉家天子，实在大逆不道，我正要领军讨伐，如何还能借粮与你，帮助你这反贼吗？"

袁术大怒。孙策从此派兵守住江口，以防袁术的军队来袭，有一天，曹操使者忽然前来，封孙策为会稽太守，令他起兵征讨袁术。孙策用长史张昭的建议，劝曹操南征，两军夹攻袁术。曹操遂兴兵南征，令曹仁守许都，领马步兵十七万，粮食辎重千余车，和孙策、刘备、吕布一齐讨伐袁术。出发时，曹操传令各营的将领，说："三日内如果不能合力攻下寿春，都要以军法论斩！"

曹操亲自来到寿春城下，监督军士搬土运石，填壕塞堑。城上箭下如雨，部队中有两员副将畏惧退缩，曹操亲自持剑将两人斩死，自己又下马运土填坑，于是大小将士无不士气高昂，曹操的部下争先登上城墙，开关落锁，大军拥入，焚烧伪造的宫室殿宇，寿春城中被抢掠一空。这时，忽然使者来报曹操，说是张绣依附刘表，就要来攻许都。曹操乃命孙策跨江布阵，抵制刘表。自己班师回许都，来抵制张绣，令玄德和吕布结为兄弟，勿再相攻。吕布领兵徐州，而曹操又暗中告诉玄德，说："我令你军屯扎在小沛，这是掘坑待虎之计。你但与陈珪父子商议，我自做你军的外援。"

吕布回到徐州后，每当宾客宴会之际，陈珪父子必然当面阿谀吕布，陈宫怀疑陈珪父子动机不善，然而吕布不信。一日，陈宫俘得一人，正是玄德的使者，陈宫自使者怀中搜得玄德给曹操的一封密书，吕布一看，刘备所写乃是："奉丞相命要对付吕布，备岂敢不日夜用心？只是士卒太少，不敢轻举妄动。丞相如发动大军，备自愿做前锋。备正严整军队，等候丞相之命。"

吕布一见，既惊又怒，遂将使者斩杀，又派陈宫、臧霸等人，先取下山东兖州诸郡，令高顺、张辽来沛城攻玄德。关、张两人守城不出战，曹操此时听荀攸计来助玄德，命夏侯渊、夏侯惇等人领军五万先行，然而又被吕布大军截杀。吕布领军乘势攻入城门，玄德一见情势已急，只得弃妻小不顾，走出西门，匹马逃难。

玄德在逃难的途中，背后有一人赶到，原来是孙乾。孙乾建议玄德投奔曹操，玄德无奈，只好寻小路往许都，在途中断粮，曾往村中讨食物吃，村中人听说是刘豫州，纷纷进献食物。玄德出城，遇到曹操所领大军，正欲用计来攻打徐州。玄德便暂随曹军行动。曹军连攻了几个月，吕布因误信陈珪、陈登父子，不听陈宫之言，而被里应外合，两面夹攻，失去徐州，引军向东逃走，直奔下邳。吕布在下邳，自恃粮食足备，又有泗水之险，以故安心坐守，不听陈宫"以逸击劳"之谏，又顾念妻小，以致失去先机，声威不振，属下离心，只好终日饮酒解闷，所仗恃之赤兔马又被侯成盗走，献与曹操。曹操一方面招降下邳城中诸将官，一方面竭力攻城时，吕布被手下宋宪、魏续绑住，生擒活捉，献与曹操，曹操令人将吕布缢死，然后枭首示众。

曹操下邳战后，大犒三军，拔寨还师，路过徐州时，徐州百姓在路边焚香迎送，请求留下刘备刘玄德为州牧。曹操表示且待面奏圣上，再作决定。大军回到许昌，封赏出征有功人士，曹操把玄德留在自宅。次日上朝时，曹操引玄德见献帝。献帝问起玄德家世，玄德乃说："臣是中山靖王的后裔，孝景皇帝的玄孙，祖父名雄，父亲名弘。"

献帝命人将宗族世谱取来查看，又令宗正卿宣读。论起辈分，玄德乃是献帝之叔。献帝大喜，请玄德入偏殿，以叔侄礼相待。封玄德为左将军宜城亭侯，自此，人称玄德为刘皇叔。

曹操回府后，谋士程昱便劝说曹操："如今丞相威名一日远甚一日，何不乘此时机称霸天下？"

曹操弄权已久，早想独霸，然而顾及朝廷将相仍多，不敢
轻举妄动，遂请天子田猎，试探众人的反应。于是拣选良马、名
鹰、俊犬、弓矢，先聚兵城外，然后入宫请天子田猎。献帝觉得
不妥，然而曹操说："古时候帝王春、夏、秋、冬四季，出郊示武
艺，令天下人臣服。如今四海之内并不平静，正好借用田猎来显
示武艺。"

献帝不敢不从。玄德和关、张三人各弯弓插箭，领数十人随
驾出许昌；曹操骑着骏马，领十万大众，和天子在许田行猎，曹
操和天子并行，只有一马头之隔。四周都是曹操的心腹，文武百
官，任谁也不敢近前。

献帝说："朕想看皇叔的射艺。"

玄德领命上马，草中有一兔，玄德发射，正好射中。献帝不
禁喝彩。大队人马转过土坡，忽然从荆棘中赶出一只大鹿，献帝
连射三箭不中，回顾曹操说："你射了它吧。"

曹操就把献帝的宝雕弓、金鈚箭取了过来，扣满一射，正中
鹿背，鹿倒在草中，群臣见了鈚箭，以为是天子射中，都雀跃山
呼万岁。然而曹操纵马直出，在天子之前接受喝彩，众人都大惊
失色。关、张两人见曹操欺君罔上，尤其愤怒不已。献帝回到宫
中，流着泪对伏皇后说："朕自即位以来，奸雄并起，先是董卓，
后是李傕、郭汜。常人所不曾受过的苦，我和你两人都受过了。后
来得到曹操，以为可以分担国家大任，不料他专横弄权，作威作福，

到了如此地步。朕每一次见他，都觉芒刺在背。今天在围场上，站在我面前接受呼贺，尤其无礼！唉，他早晚会有阴谋，到时，你我不知葬身何处！"

伏皇后说："满朝文武百官，难道竟无一人来解除国难吗？"

话未说完，有一人从门外走来，原来是伏皇后之父伏完。伏完说："许田射鹿，曹操专横，任谁也看得清楚！满朝官员，不是曹贼宗族，就是他门下！如今，如果不是国戚，恐怕未必肯尽忠讨贼。车骑将军、国舅董承应该是可以托付重任的！"

献帝唯恐事机泄漏，便咬破了指尖，用血写道："朕听说人伦之常，父为子先；尊卑之异，君为臣重。近日曹操欺君弄权，结党营私，败坏朝纲，私行封赏，完全无视朕之存在！朕日夜忧心，恐怕天下的局面将要大乱。卿是国中的大臣，是朕的骨肉之亲。应当念及高帝创业的艰难，结合忠义两全的烈士，殄灭奸党，使国家得到安宁。今破指洒血，将这密诏交付，望卿再三计划，不要辜负了朕心。建安四年春三月诏。"

而后，献帝穿上锦袍，令伏皇后将密诏缝在玉带的衬里内，自己将带系在腰上，令内史宣告董承入宫，献帝将锦袍玉带赐给了董承，又嘱咐董承回去细看。董承会意，穿上锦袍，系上玉带，便行辞出。早已有人向曹操报告，曹操便来到宫内等候，董承无法闪避，只得站在路侧行礼。曹操便说："衣带解来我看！"

董承心中猜想衣带中有诏书，唯恐曹操看破，迟疑着不解。曹操便命左右强将玉带解下，看了半晌，笑道："果然是条好玉带！再把锦袍脱下我瞧瞧！"

董承不敢不从，曹操亲手提起锦衣，对着日光仔细翻看，自己穿在身上，系上了玉带，对左右说："长短如何？"

左右连连赞好。曹操便说："国舅，这套袍带就转送我了吧？怎么样？"

董承求道："这锦袍玉带乃是天子所赐，我不敢转赠。丞相，容我另外订制一套，再奉献给丞相。"

曹操说："国舅接受这衣带，其中是否有什么阴谋？"

董承大惊，说道："我董承如何敢？丞相如果真想要这袍带，就请留下吧。"

曹操听董承如此说，便说道："天子赐你的锦衣玉带，我哪里真想要？不过和你开开玩笑罢了！"

就把袍带脱下，还给了董承。董承回到家中，深夜时分，独自坐在书院中，反复仔细地将锦袍看了很久，并不见有什么异样的地方。随即又拿起玉带检看，缝缀得十分整齐，不觉有什么破绽。董承看了很久，觉得很疲倦，正想伏在桌上小睡一番，忽然灯花落在玉带上，烧着紫锦的衬里，破了一个小洞。董承一惊，只见紫锦之内，微露素色的绢布，隐然有血迹，一看乃是天子手写的血字密诏。董承看毕，不禁涕泪交流，一夜不能安睡。第二天清晨，董承又到书房中，将诏书再三观看，沉思如何消灭曹操之计。由于一夜不能安眠，此时竟不知不觉睡着了。以致侍郎王子服寻来竟浑然不觉。王子服与董承一向友好，此刻见董承伏几而睡，袖底压着素绢，微露"朕"字，子服便取来一看，看了之后，子服默然良久，便将密诏藏在袖中，说："国舅呀，你好自在！亏你还睡得着！"

董承惊觉，不见诏书，魂不附体，手脚慌乱。子服说："你竟要杀曹公！我要去检举你！"

董承流泪，求告说："兄台如果真如此做，那么汉室的命运就太可悲了！"

王子服这才说出自己原不过是开开玩笑，祖宗世世代代做汉朝官，岂能不忠心王室？董承大喜，又寻来吴硕、吴子兰、西凉太守马腾，五人取酒歃血为盟，誓死效忠汉室。席间马腾建议去求豫州牧刘玄德，以为玄德也是有心之人。董承恐曹操怀疑，在次日黑夜方直接来到玄德住处，将衣带诏令给玄德看，玄德看了以后，真是既悲且愤。董承希望即刻能觅得十人，共同计谋讨伐曹贼，然而玄德以为事不可急，当缓慢谨慎，从容计议。董承就回府去了。

此后玄德言行更加小心，为防曹操猜忌以致坏了大事，便整日在后园种菜，亲自浇灌，韬光养晦，以图大计。关、张两人并不谅解，以为玄德竟学那小人之事。

有一天，关、张两人不在府中，玄德正在后园浇菜，许褚、张辽两人领了数十人来到园中，言明丞相有请。玄德随两人来到相府见曹操，曹操笑着说："你在家做得好大事！"

吓得玄德面如土色，曹操随即牵着玄德手来到后园，曹操说："玄德，学老农也挺不容易啊？"

玄德的一颗心这时才放了下来。原来曹操只见园中青梅已经结成，打算请玄德在园中煮酒尝鲜。二人对坐，开怀畅饮。酒喝到半酣，曹操忽然问起玄德，可知当世之英雄？玄德谦辞，但在曹操坚持之下，玄德只好说："淮南袁术，兵粮足备，可以算得上是英雄了。"

曹操却笑道："冢中的枯骨！我早晚要捉到他！"

玄德说："河北的袁绍，四代之中，身居高位者有三人。在他的门下又有许多官吏。如今他盘踞了冀州之地，部下能干的人极多，可以算得上是英雄了。"

曹操说："袁绍外强中干，实在是个贪利胆小之徒，又缺少谋略，一味爱惜生命，算什么英雄！"

玄德又说："有一个人，人称八俊，声威震动九州，名叫刘景升的，应当可以说是英雄了。"

曹操不以为然，他说："刘表这人徒得虚名，毫无实力，绝不是英雄。"

玄德说："有一个人血气方刚，是江东地方的领袖，孙伯符是真正的英雄。"

曹操说："孙策不过是仗赖着他父亲的声名，不是英雄。"

于是玄德问道："益州的刘季玉可以算得上是英雄吗？"

曹操说："刘璋虽然是宗室，然而不过像是一只守门狗，哪里配称得上英雄！"

玄德搜索枯肠，已想不出有作为的人物，遂向曹操说："像张绣、张鲁、韩遂这班人怎么样？"

曹操鼓掌大笑道："这群碌碌无用的小人，何足以挂齿！"

玄德说："除了这些人以外，我实在也想不出了。"

曹操说："所谓英雄，是胸中怀大志，腹中有良谋，有包藏宇宙的机心，吞吐天地的志向的人哪。"

玄德深觉曹操所言不差，就问道："当今之世，丞相以为何人能当得上英雄两字呢？"

曹操以手指玄德，然后再指向自己说："当今之世的英雄人物，不过只有使君你和我两人罢了！"

玄德一听，大吃一惊，手中所拿着的筷子，竟然落到地下。席散后回到府中，对关、张两人说起此事后，玄德说道："我之所以学老农种菜，正是希望曹操知道我并无大志，不料还是被他指我为英雄。"

这事以后，玄德借着带兵往徐州伐袁术的机会，急忙远离曹操，另谋发展。在伐徐州之时，玄德得到关、张两人，以及朱灵之助，杀得袁术军尸横遍野，血流成河，逃亡的士卒，多得不能尽数，袁术就在这一役后的逃亡途中吐血而死，这时正是建安四年六月。

第七章　击鼓骂曹

建安四年六月，玄德得了徐州后，为防曹操来攻，遂用陈登计，与袁绍商议合力兴兵攻打曹操，令手下书记陈琳草拟檄文。陈琳，字孔璋，一向有文名，此时驰骋其文才，洋洋洒洒，细数曹操罪行，指责曹操放纵跋扈，残害忠良，贪残酷烈，无德无行，更是篡逆胁主的暴臣。陈琳在檄文中并呼吁说：此时便是忠臣肝脑涂地之秋，烈士成名立功之会，如果有人得到曹操首级，封五千户侯，赏钱五千万。而若曹操手下来降，也一律宽赦。

袁绍看毕陈琳所写的檄文，不觉大喜，遂令人在各处关津隘口张挂。檄文传到许都，曹操一见，毛骨悚然，出了一身冷汗，急忙招聚众谋士商量迎敌之策。

曹操先命前将军刘岱、后将军王忠，领兵五万，虚张声势，打着丞相旗号去徐州攻打刘备。曹操自领兵二十万，进黎阳去抵拒袁绍。然而刘岱、王忠尚未交战，便被玄德降服，反而回到曹营为刘备关说，曹操大怒，欲斩刘、王两人，孔融说道："刘岱、王忠原本就不是刘备对手，如今杀了他们，于事无补，反而失去将士之心，丞相，还是放过他们吧。"

曹操乃免去两人死罪，降官减禄，作为惩罚。曹操又想要带兵去伐刘备，孔融道："如今天气正值严冬，天寒地冻，动兵不易，不如等到来年春天再兴兵不迟。这段时间，丞相不如派人先招安张绣、刘表，然后再打算进兵徐州。"

曹操觉得孔融言之有理，于是派遣刘晔去游说张绣，张绣便随着刘晔、贾诩来到许都投降，在阶下行跪拜礼。曹操连忙扶起，牵着张绣的手说："过去的一切，不要记挂在心。"

曹操便封他做扬武将军，封贾诩为执金吾使。曹操又命张绣写信招安刘表，但贾诩说："刘景升专喜欢结交名流，最好是派遣一位有名望的文士去游说，刘景升才可能降从。"

曹操便问荀攸何人合适，荀攸推荐孔融，但孔融说："丞相想要得一位有文名之人，作为使者，我的朋友祢衡，字正平，这人的才情胜我十倍，其能力也足以辅佐天子，不仅仅只能担任一位通信的使者，我应当把他推荐给天子。"

于是孔融上表奏请献帝任用，献帝将奏折看毕，便叫曹操去请祢衡，祢衡来到，作揖完了，而曹操并未请他坐下。祢衡便仰天叹道："普天之下，竟然没有一个有见识能力的人吗？"

曹操说："我手下有几十个人，个个都是当代英雄，怎么能说天下没有一个可用的人？"

祢衡问："谁算得上当代英雄？"

曹操说："在我手下的荀彧、荀攸、郭嘉、程昱，机深智远，就是汉初的萧何、陈平也赶不上。张辽、许褚、乐进、李典诸人勇不可敌，虽是岑彭、马武也比不过。吕虔、满宠能办事，于禁、徐晃会带兵，夏侯惇是天下的奇才，曹子孝是运道最好的大将。你如何能说当今之世没有具有见识能力的人？"

祢衡笑着说："丞相这话就说错了。你所说的这班人，我全认识。荀彧这个人可以派他去吊丧探病；荀攸可以差他去看守坟墓；程昱可以做做关门闭户的琐事；郭嘉这人只配捧着白纸念念词赋；张辽或许可以差他打打战鼓；而许褚的本领只在牧牛放马；乐进还能拿着状子谈谈诏令；李典却只能送送书信公文；吕虔专会磨刀铸剑；满宠不过善于喝喝老酒；于禁力大，可以负版筑墙，做做守御工事；徐晃最适合杀狗宰猪；如果夏侯惇可以称作'完体将军'（因为夏侯惇瞎了一只眼睛），曹子孝就是'要钱太守'。其余诸人更是一群衣架！饭袋！酒桶！肉囊！"

曹操一听，怒火三丈，反问祢衡："你又有什么本领？"

祢衡从容回答道："我祢衡，天文地理，无一不通，三教九流，无一不晓。上可以辅佐国君，使国君的成就在尧舜之上；下可以修养品德，和先贤孔颜等人并比。岂能和你这种俗物谈什么道理？"

这时张辽在场，想要拿剑斩祢衡。曹操便说："我正少一个击鼓的小吏，早晚上下朝及祭祀时，可以让他击击鼓，祢衡正好担任这鼓吏！"

祢衡听了，也不作声，应声而去。张辽说："这人出言不逊，何不把他杀了？"

曹操说："这人一向有虚名，远近的人都知道，如果今天我把他杀了，天下人必以为我不能容纳他，他自以为了不起，所以我故意叫他担任鼓吏来折辱他。"

几天后，曹操来到大厅大宴宾客，命鼓吏击鼓。祢衡穿着破旧的衣服入场，击《渔阳三挝》，音节十分动听，其间好似传出金石相撞击的声音。坐客听了，没有不慷慨流涕、意气风发的。当时击鼓的习惯，一定要穿新衣，此时曹操左右便喝道："为什么不换新衣！"

祢衡当众脱下旧衣，裸体而立，浑身上下，不着一物。坐客大惊，人人用手掩面不敢看，过了一会儿祢衡才慢慢地穿上裤子，脸色始终不变。

曹操觉得十分尴尬，乃叱骂祢衡，说："厅堂之上，竟然这般无礼！"

祢衡说："什么才是无礼？欺压国君，僭越弄权，才是无礼，我不过露出父母所给予我的清白之身罢了。"

曹操说："你是清白的人，谁又是污浊的？"

祢衡说："你不能明辨人的贤愚，这是眼浊；一向不读诗书，这是口浊；不接纳忠告，这是耳浊；不明白古今势变，这是身浊；排挤其他诸侯，这是腹浊；常常想着篡位弑君，这是心浊！我祢衡是天下名士，而你竟然令我为鼓吏，就好像春秋时阳货轻视仲尼，战国年间臧仓诋毁孟子。你想要成就王霸之业，而竟如此轻视人吗？"

这时孔融也在座，深恐曹操性起，要杀祢衡，赶紧为祢衡脱罪，求曹操不要计较。曹操指着祢衡愤愤地说："现在我命令你到荆州去做使者，如果刘表因此投降，我便用你做公卿。"

祢衡不肯去。曹操便叫人准备三匹马，两个人挟持祢衡出东门，又让手下文武百官在东门外整酒送行。荀彧对其他人说："如果祢衡来，你们不可以起身。"

当祢衡来到城东，下马看见众人端坐着，并没有一个起身为礼，祢衡就放声大哭。

荀彧问他："你为何而哭？"

祢衡说："我在棺柩之中，看到了这么多死人，怎能不哭？"

众人不料祢衡竟如此嘲笑他们，就说："我们这群人是死尸，你就是无头狂鬼！"

祢衡说："我是堂堂的汉朝大臣，不肯阿附曹操那家伙，如何无头？"

众人大怒，想要杀他，荀彧急忙制止，说道："唉，像这种鼠雀般的小人物，何劳诸位的宝刀！"

祢衡说："如果我是鼠雀，我还有人性，你们这群不知廉耻的人不过是蜾虫罢了。"

众人心中愤恨不已，也就不欢而散了。祢衡来到荆州，见到刘表，表面上是称赞刘表，其实句句含着讥讽，刘表知道曹操要借他的手杀祢衡，使自己得一个杀害贤良的恶名，虽然祢衡戏谑自己，却不肯杀祢衡，令他到江夏去见黄祖。祢衡见了黄祖，两人对饮，已有十分酒意。黄祖便问祢衡："你在许都还有什么亲戚？"

祢衡说："大儿孔文举，小儿杨德祖。除这两人外，别无亲人了。"

黄祖问他："你看我是何等人物？"

祢衡说："你就像那庙中的土神，虽然受人供奉祭祀，可是从不灵验。"

祢衡责他是行尸走肉。黄祖大怒，就把祢衡杀了。祢衡至死，还骂不绝口。

曹操听说祢衡已死，讥讽地说："区区腐儒，口才犀利，反而害了自己！"

曹操一无怜惜之心，又不见刘表来降，便想用兵问罪，荀彧加以劝阻，认为袁绍、刘备方是最大的心腹之害。

建安五年，元旦朝贺时，曹操的态度愈加骄横。董承与王子服等人无计策可以灭曹操，反而因家奴庆童密告，曹操在董承房中搜出衣带诏并义状，曹操嘲笑着说："鼠辈们竟敢如此！"

便命人将董承全家监禁起来，回府之后，和众谋士商议，要废献帝，更立新君。程昱劝道："丞相之所以能够威震四方，号令天下，正是因为打着汉家的旗号！如今诸侯并未完全顺服，如果不加考虑，废立献帝，恐怕诸侯假借这事发动战争！"

曹操只好打消废立的念头。只将董承等五个人，曾在义状上签名的，全家老小，一律处斩，死者共七百多人！城中官民眼见，没有不流下泪的。曹操杀了董承等人，怒气未消，又带剑入宫，要来杀董贵妃。这时董贵妃怀孕已五个月。曹操对献帝怒道："董承谋反，陛下你是知道还是不知道？"

献帝说："董卓已经正法了呀。"

曹操大声地说："不是董卓，是董承。"

献帝战栗道："朕实在不知此事。"

曹操便说："你忘了割破指头写的密诏吗？"

献帝无法回答。曹操便命武士捉拿董妃，献帝哀求道："董妃已经怀了五个月的身孕了，还望丞相可怜。"

伏皇后也求曹操："就把董妃贬在冷宫，等到分娩之后，再杀也不迟。"

曹操愤愤地说："留下逆种，将来为母报仇吗？"

于是曹操令武士将董妃牵出宫外，在宫外勒死！这时正是建安五年正月。

第八章　挂印封金

董妃死后，曹操便对全体宫监说："今后如果有外戚宗族，不奉我的命令就进入宫中的，以死论罪！太监们守御不严的也一律处死。"

曹操又拨心腹之人三千充作御林军，来监视进出宫中的人。曹操对程昱说："如今董妃已死，但马腾、刘备还在，不能不除去。如今刘备在徐州，气候虽不够强大，然而刘备是人中之龙，不能不及早杀掉。"

曹操于是兴起二十万大军，兵分五路进攻徐州。玄德和孙乾商议，派人向袁绍求救，然而袁绍不愿发兵。玄德很是忧虑，这时张飞献计，要乘曹军远来疲乏，先行劫寨，可以攻破曹军。可是曹操早已料到，即刻分兵九队，只留一队虚扎营寨，其余八队分作八面埋伏。刘玄德则分两队兵进发，留下孙乾守小沛。

张飞自以为得计，领轻骑突入曹营，只见零零落落，人马不多，说时迟，那时快，只见四边火光大起，喊声震天。张飞知道中计，急忙冲出，然而八处军马一齐杀来，张飞的手下尽皆投降，张飞突围而走，只有数十骑随从。当玄德领军来劫寨时，也遭遇到同样命运，只见曹军漫山遍野，截住去路，玄德不得已，只得匹马单骑，落荒而逃，去投靠袁绍。袁绍亲自引领众官在邺郡三十里外迎接玄德，对玄德十分礼遇。

曹操攻下了小沛，随即进兵攻徐州，守徐州的陈登弃守。曹操便入了徐州，打算要攻取下邳。下邳由关羽把守，玄德妻小俱在城中。曹操因深爱关云长的武艺人才，想要得云长来帮助自己，于是派张辽去游说。程昱献计说："云长不是等闲之将，非智取不能降服。如今可差刘备手下的降兵逃回城中作为内应，引关公出城，假装失败，引诱他到无路可退的地方，然后以精兵截住归路，在这种情况下，游说云长，方能成功。"

曹操觉得程昱说得很对，第二天便差夏侯惇领兵五千来骂战，关羽大怒，领三千兵出城，夏侯惇边战边退，约二十里路，关羽唯恐下邳有变，想要退回，这时左边有徐晃，右边有许褚的军队拦截，关羽夺路就走，然而两边伏兵排下弓箭手，箭如飞蝗，关羽无法通过。一直战到黑夜，关羽无路可退，退到一座土山，曹兵把土山团团围住。关羽居高临下，只见下邳城中火光冲天，原来是那诈降的兵卒偷开城门，曹操自领大军杀入城中，令军士举火来煽动关羽的心。关羽一见下邳失火，想起玄德家小还在城中，心中惊惶万分，连夜几次冲下山来，但都被乱箭逼回。挨到天亮，正想再往下冲，只见一人骑马上山，原来是张辽。张辽对云长说："玄德如今不知身在何处，翼德也生死不明。昨夜曹公已经攻取下邳，军民都不受伤害，并且差人保护玄德家眷，不许任何人惊扰。我特地来把这情形向你报告。"

关公怒道："你这是来游说我投降曹操吗？我今天虽身处绝境，然而视死如归。你尽管离开，我就要下山迎战。"

张辽大笑，说道："兄台这番话说出来，岂不要叫天下之人耻笑？"

关公说："我乃秉持忠义而死，天下人如何能笑我？"

张辽从容答道："如今你若赴死，身犯三罪：当初刘使君和你结义之时，誓同生死，如今刘使君刚失败，你就战死，倘若有一天使君复出，想要得你的帮助，而你已不在人间，这岂不是违背了当年的盟约？这是一。刘使君把家眷都托付予你，如果你一战而死，两位夫人依靠何人？这是二。你武艺超群，又通文史，而不打算帮助使君共同辅佐汉室，只想赴汤蹈火，逞个人一时的意气，怎么称得上'忠义'？这是三。"

关公一听，似乎言之有理，便沉吟道："你说我有三罪，依你的看法，我该如何？"

张辽说："如今四面都是曹操的军队，你若不降，则必死无疑。然而徒死无益，不如暂时投靠曹操，一面打听刘使君的行踪。知道他的住处，然后你再去投靠。这方法你觉得如何？"

关羽道："在同意之先，我有三个要求。第一，我曾和皇叔立下誓言要共同匡扶汉室。如今我只投靠汉帝，不降曹操。第二，两位嫂嫂，请支给皇叔的俸禄，闲杂人等不许骚扰。第三，只要我得知皇叔去向,不管千里万里,我也要去相随。这三个条件如果全依我,我就休战,如果不依我,我宁可战死。"

张辽报知曹操,曹操不得不同意。关羽入城见了两位皇嫂之后,领了数十骑来见曹操。曹操自出军门来迎接并设宴款待关羽,次日便还师许昌。在旅途中曹操有意要紊乱君臣之礼,使关羽和两位皇嫂共处一室,然而关羽秉烛站在户外,一直到天亮,脸上毫无倦色。曹操准备了绫罗绸缎和金银器皿送给关羽,关羽都送给两位嫂嫂收存。曹操送了十个美女给关羽,关羽只叫她们服侍两位嫂子。有一日,曹操见关羽所穿绿锦战袍已经破旧,就量身为其做了一袭新的战袍。关羽接受了,然而穿在里层,外层仍罩上旧的战袍。曹操以为关羽太节俭了。

关羽说:"我并非节俭。旧袍是皇叔赠我,我穿了就如同见了兄面。"

曹操口中虽赞关羽是义士,然而心中十分不悦。曹操又赐纱锦所做的锦袋,给关公护髯。有一日早朝时,献帝见关羽胸前垂着一个纱锦囊,就令关羽解开锦袋,只见关羽的须髯已经长过胸腹,献帝不禁赞道:"真是美髯公啊!"

自此以后,众人都称关羽为美髯公。曹操又见关羽马瘦,便将得自吕布的赤兔马赠予关羽。关羽拜谢。曹操不高兴地说:"我屡次送你美女金帛,你从未下拜。如今我送你一匹马,你反而拜谢,这是什么缘故?"

关羽说:"我知道这匹马日行千里。今天我有幸得到它,一旦得知兄长下落，我就可以早一天见到他了。"

曹操愕然，觉得十分后悔，对于关羽的常怀去心，也始终不能释怀。

却说玄德在袁绍处，因关公、张飞不知下落，妻小又落在曹操之手，而日夜烦恼。这时已是春分时候，袁绍先遣大将颜良做先锋，兴兵攻伐曹操。两军交战，不过三数回合，颜良便杀了曹操的部将宋宗宪，又击退徐晃。这时关公上阵，凤目圆睁，蚕眉直竖，倒提青龙刀，上了赤兔马，直奔颜良，一刀就把颜良砍倒马下，割了颜良首级，提刀出阵入阵，直似进入无人之境。曹操大喜。颜良部下逃回军营的，在半路遇见袁绍，报告说被赤面长髯、使大刀的勇将破了战阵，斩了颜良，袁绍惊问此人是谁？袁绍的谋士沮授说："这必定是刘玄德的结义弟关云长！"

原来曹操令关公破袁绍兵是一石二鸟之计：令关公去破敌，一则引起袁绍对刘备的猜忌，杀了刘备；如刘备死了，而关公无所投靠，便只得安心待在曹操手下。果然，袁绍大怒，要斩玄德，玄德从容地说赤面长髯之人，不一定就是云长。天下容貌相同的人多得很，袁绍方才释怀。袁绍手下大将文丑，要为颜良报仇，自请上阵，文丑骁勇，张辽、徐晃合力迎战。而张辽被文丑一箭射中头盔，张辽仍奋力作战，又被文丑射中面颊。徐晃自料敌不过，拨马就逃。这时云长提刀飞马杀将过来，交战不到三回合，文丑就被云长的大刀斩下马来。袁绍得知文丑被关公杀死，大怒骂刘备道："大耳贼竟敢佯装不知！"

就要杀玄德，玄德说："容我先说几句话再领死不迟。如今曹操令云长来攻，正是因为知道我在公处，使云长杀了颜良、文丑，正要激起公之怒气，好借公手杀了我。"

袁绍一想，这话有理，便喝退左右，仍请玄德上座。玄德也再派心腹之人去见云长，告知助袁伐曹之意。关羽在得知玄德在袁绍处后，随即告知二位嫂子，来到相府，要向曹操辞别。这时曹操早已得知事情经过，便在门口悬上回避牌，关羽只得快快而回，命旧日随从的人收拾车马，留下所有原赐之物，分毫不可带走。次日又去相府辞行，又不见曹操，关羽一连去了几天，都不得见。于是上了辞呈，领了旧日随从，骑上赤兔马，手提青龙刀，护送着车仗，径自走出北门。这时有人向曹操报告，说是关羽封金挂印，只带着原来从人和随身行李，出北门去了。曹操大惊，对张辽说："云长不忘故主，来去明白，真是人中之英雄。如今挂印封金，正足以证明财帛不足以打动他的心，爵禄不足以改变他的志向，这人我深为敬佩。料想他去得不远，我做个人情给他，你先去请住他，待我替他送行，更以路费征袍相送，作为日后的纪念。"

于是曹操领着张辽、许褚、徐晃、于禁、李典等人飞奔而去，张辽大叫："云长且慢！"

曹操见关羽在桥上，横刀立马并不下马，表示自己曾几次至相府辞别，均不得见，并且挂印封金，还予曹操，如今得知故主在河北，所以不得不急去。曹操令一将托上黄金一盘，要送给云长。云长不收，曹操又要将锦袍一袭，赐给云长，曹操说："我也算是天下的一个盟主，我要取信天下，如何能食言？云长是天下义士，我只恨福薄，不能将你留住。如今送上一袭锦袍，只是略表寸心而已。"

云长闻言，不得不领情，又恐怕有变故，不敢下马，乃用青龙刀尖挑锦袍披在身上，勒马回头向曹操道谢，然后便急忙追车仗，往北而去了。以后云长过五关，斩六将，终得与玄德、张飞相见，在此途中，云长得了勇士周仓、义子关平；玄德得了骁将赵云，在汝南古城杀牛宰马，拜谢天地，遍劳诸军，兄弟重聚，欣慰无比，一连饮了数日。

第九章　坐领江东

玄德之所以能自袁绍处来到汝南，全得力于孙乾所献的脱身之计，因此自玄德逃离之后，袁绍大怒，欲起兵伐玄德，然郭图进言道："刘备不值得担心，曹操方是劲敌，是不能不除去的人。如今刘表占据了荆州，然势力不强。在江东，孙伯符威镇三江，地连六郡，谋臣武士极多，可以派人和他联合，一起攻打曹操。"

袁绍就派人去见孙策。孙策自从进驻江东，兵精粮足，到了建安四年，袭取庐江，击败刘勋；遣虞翻招降豫章，豫章太守华歆投降，自此之后声势大振！孙策遣使上表奏捷，求任大司马的官，曹操不许，因此孙策怀恨在心，便时常有攻打许都之心。当时吴郡太守许贡深知孙策的用心，便暗中派人送书给曹操，信中称："孙策这人十分骁勇，和项羽相似。朝廷应当表示奖励笼络之意，不可使他独自在江东发展，以免后患无穷。"

然而送信的使者要渡江时，被在江边防守的将士捉住，送到孙策处，孙策一见此信，勃然大怒，便将使者杀了，又假意请许贡来商量大事，待许贡一来，命武士将他绞死。许贡有家客三人，想为许贡报仇，一直没有机会。有一天，孙策领军在丹徒的西山上狩猎，为了赶一只大鹿，孙策纵马来到树林中，只见三个人持枪带弓站着，孙策正要举辔离开，忽然一个人挺枪就往孙策左腿刺来，孙策大惊，急忙取佩剑从马上砍下，一人早已搭弓射箭，这时箭发，正中孙策面颊，孙策就把脸上的箭拔出，回射那射箭的人，那放箭的人应声倒地。余下的两个人举枪向孙策乱搠，大叫："我们是许贡的家客，要为主人报仇。"

这时孙策手中已无器械，只有弓一张，便以弓拒敌，且拒且退，二人死战不退，孙策身中数枪，马也受了伤。正在危急时，程普带了数人来援救，把许贡家客剁成了肉泥。孙策血流满面，受伤很重，便以刀割袍，把伤处包裹起来，急忙回吴郡养病。

孙策受伤回郡以后，派人请华佗医治，不料华佗往中原去了，华佗的徒弟说："箭头有药，毒已深入骨中了，必须静养三四月，方能痊愈，最怕怒气冲激，这伤就难治了。"

而孙策这人，性子最急，恨不得早一天痊愈。休息了二十多天，只听张纮说郭嘉不服，以为自己"轻而无备，性急少谋"，便不等伤好，就要出兵。孙策正与张昭谈话，有使者传来袁绍打算联结东吴一起攻曹操的消息，孙策心情激动，想立即起兵，不料伤口迸裂，昏倒于地。过了一会儿，神志稍醒，便对夫人说："唉，恐怕我不能好了！把张昭和权弟召来吧。"

当张昭、孙权来到卧榻前，孙策嘱咐道："如今天下正乱，以吴越的军容，又加上有地利之便，实在大有可为。子布啊，你要好好地辅助仲谋！"

于是，孙策又命人将印绶取来，交给孙权，说："说到领着江东大军，在战场上和敌人周旋，来争夺天下，这点你比不上我；至于举用贤能的人，使他们尽心尽力来保卫疆土，这点我却不如你，希望你体念父兄创下基业不易，好好地持守住。"

孙权听了大哭，跪着接受印绶。孙策又交代母亲，倘如内政有疑难，可以问张昭；在战争攻伐上有困难，就可以请周瑜解决。孙策又勉励诸弟，要他们同心辅佐孙权，不可有异心，如有异心，死后不得入葬祖坟。最后，孙策又交代妻子乔夫人转告周瑜尽心尽力辅佐孙权，方不负自己一向的器重。

孙策死时才二十六岁，孙权哭倒床前，张昭立刻谏道："眼前并不是将军哀痛的时候，如今要一面治理丧事，一面接管军国大事。"

孙权至此才停止哭泣。张昭请孙权出堂，受文武百官的进贺。孙权长得方颐大口，碧眼紫髯，形貌奇伟，骨骼非同凡人。这时孙权接掌了江东之事，周瑜自巴丘领兵回吴，来见孙权，向孙权道："自古有话说：得人心的人国必昌隆，失人心的人国必灭亡。方今之计，必定要寻访高明有远见的人来辅助，然后江东方能安定。我愿意推荐一个能士给将军。这人姓鲁，名肃，字子敬。胸怀大略，又懂兵法，平生又十分慷慨仗义，善于击剑射马，主公，您不妨去征召他。"

孙权大喜，随即请周瑜前去聘请。鲁肃因周瑜的举荐，就来见孙权，孙权十分敬重他，和他谈论天下大事，整日不觉厌倦。有一天，孙权下朝后独留鲁肃一起饮酒，到了晚上，两人抵足而眠，夜半，孙权对鲁肃说："如今汉室危在旦夕，四方纷扰不安，我秉承着父兄的余业，想要效法齐桓公、晋文公，你有什么办法吗？"

鲁肃从容应道："从前汉高祖打算尊事义帝而不能，是因为项羽为害的缘故。如今的曹操，就好比是项羽，将军又如何能和齐桓、晋文一样？我估计汉室无法重振，曹操势大，短时间内也无法铲除。如今，只有鼎足而居，暂时在江东发展，来等待天下情势的变化。不过，也不妨乘着北方多事之时，先剿灭黄祖、进伐刘表，据守长江以东的地方，然后建号称帝，进一步打算天下大事，这也就是高祖建立功业的步骤！"

孙权大喜，披衣起身，向鲁肃道谢，次日，厚赐鲁肃。鲁肃又推荐一人见孙权，这人博学多才，事母至孝，姓诸葛，名瑾，字子瑜。诸葛瑾劝孙权和袁绍断绝，姑且顺从曹操，以等待机会，孙权依言而行。这时孙权又得到顾雍，这人严厉公正，孙权任用他为丞相，从此之后，孙权威震江东，深得民众的拥戴。

在北方的袁绍试图联络江东的军队齐伐曹操不成之后，大怒之余，遂率领冀、青、幽、并等处人马七十余万，要来攻打许昌。曹操派张远、许褚应战，两军棋逢敌手，不分高下。袁绍部下审配见曹军前来冲阵，便下令放箭，一时万箭并发，中军内弓箭手也一齐射出乱箭，曹军不敌，退至官渡。又令军士在曹营前筑起土山，令弓箭手在土山上扼住咽喉要路，又不时自上往下放箭。曹操不得不集合谋士商量对策，刘晔乃建议造"发石车"数百辆。发石车做成后，当袁军射箭时，兵士一齐拽动发石车，一时炮石飞空，往上乱打，敌军的弓箭手死者遍地皆是，袁军称呼发石车为"霹雳车"，至此不敢再登高发箭。审配又设计用铁锹掘地道，直透曹营，号称"掘子军"，此时刘晔又建议曹操绕营掘深坑，当袁军掘地道掘到坑边，不能掘入曹营，徒然浪费军力。

以后，曹操苦守官渡，军粮一天比一天少，军力也疲惫不堪，只得用荀彧计，令军士死守，又派轻骑数千人，半路截取袁军粮食，并放火焚烧。同时在袁绍手下，审配与谋士许攸不和，当曹操军粮告竭，急派使者往许昌运粮时，使者行不到三十里，就被许攸截下，搜到催粮的书信，许攸去见袁绍，进言曹操将立刻起兵，建议两路分击曹营及许昌。然而袁绍以为曹操用诡计诱敌，反而怀疑许攸。许攸因此投靠了曹操，曹操大喜，来不及穿上鞋子，赤足前去迎接，曹操乃问许攸如何才能破袁绍之兵，许攸说："我曾教袁绍以轻骑部队进攻许都，用首尾相攻之法。"

曹操大惊，说："呀！如果袁绍用你的计策，我就一败涂地了！"

许攸说："如今丞相营中的军粮还有多少？"

曹操说："可以维持一年。"

许攸笑道："恐怕未必罢。"

曹操就说："还有半年的草粮。"

许攸拂袖即起，快步走出军帐，说道："我投靠你，原是出自一片诚心，而你却这等欺瞒，岂是我当初的打算？"

曹操立即起身挽留，说道："子远，子远，你别生气，容我老实对你说，军中的粮食只能支持三个月了。"

许攸笑着说："人说曹操是奸雄，果然如此！"

曹操也笑着说："难道不曾听说过'兵不厌诈'这句话？"

于是附耳低言，说道："军中只剩下这个月的粮食了。"

许攸大声地说："休要瞒我，粮食已用完啦！"

曹操愕然，问道："你如何知道的？"

许攸方才把如何捉得使者、搜出书信的事和盘托出。于是曹操牵着许攸的手说："子远，既然你顾念往日交情来到我营中，希望你能教我如何击破袁绍的军队。"

许攸这才献上乌巢烧粮之策。当乌巢粮草尽被曹军烧尽之后，袁绍营中，一时军心惶惶，又逢曹操用计，分散袁军军力，然后，八路兵马齐冲袁绍军营，袁军至此大败，袁绍甚至来不及披甲，单衣上马，领着长子袁谭，急忙渡河逃往冀州。

曹操又急攻冀州，袁绍、袁谭再整人马与曹操大战，曹操用程昱"十面埋伏"之计，袁军大乱。袁绍聚集了三子一甥，赶忙杀开血路，逃到仓亭，袁绍兵败，怒火攻心，不禁昏倒。而曹操正在犒劳军士之际，听说刘备、关、张、赵云等人领数万之兵打算偷袭许都，又不得不亲自领兵往汝南来迎击刘备。当曹操来到，玄德鼓噪而出，曹操出马，在旗下以鞭指骂说："我以贵宾之礼来接待你，你怎么这般忘恩负义？！"

玄德说："你名为汉相，其实是国贼！我乃是汉室宗亲，如今奉天子密诏来讨伐反贼！"

然而当两军交锋时，赵云、云长敌不过许褚及夏侯惇，刘辟已弃城逃走，张飞去救龚都，也被围住，不得已玄德只好随着赵云落荒而逃，这时孙乾进言玄德：刘表所领荆州，兵强粮足，又是汉家宗亲，不如去投靠他。玄德觉得言之有理，于是领着众人往荆州投靠刘表去了。曹操得知玄德动向，原打算攻打荆州，但程昱谏道："如今袁绍尚未除去，而贸然攻打荆襄，倘若袁绍从北起兵来夹攻，胜负就难说了，不如回兵许都，养精蓄锐，等待来年春暖，然后引兵破袁绍，再取荆襄。"曹操深觉程昱说得对，于是班师回朝，这时已是建安八年的岁末了。

第十章　跃马檀溪

次年正月，曹操又商议着要攻打袁绍，先差夏侯惇、满宠镇守汝南，以抵拒刘表；留下曹仁、荀彧守许都；又亲自统领大军前往官渡屯扎。此时袁绍身体稍好，一听曹兵要攻打冀州的消息，便急着要自领大军迎敌。袁尚自告奋勇，要提兵前去迎战，不待袁绍集合青州袁谭、幽州袁熙及并州高干四路军，便鸣起战鼓，去对抗曹军，然而交战不过三回合，就大败而退。袁绍一听这消息，吐血数斗，昏倒在地，病势又更加严重了起来，待审配、逢纪来到榻前，袁尚生母刘夫人便问袁尚是否可以继位？袁绍点头，审配便在榻前写了遗嘱，袁绍翻身大叫，吐血而死！袁绍死后，审配、逢纪便依遗嘱立袁尚为大司马将军，领冀、青、幽、并四州牧。这时袁绍长子袁谭不服，乃屯兵城外，不肯入冀州，恐被杀害，时时怀着争冀州之心。

建安八年春三月，曹操分路攻打袁谭、袁熙、袁尚、高干，四军大败，曹操又引兵追赶直到冀州，袁谭、袁尚入城坚守。曹操连日攻打不下。这时郭嘉进言，说："袁绍不立嫡长子而立幼子，已造成兄弟之间的不和，两人各自发展势力，不是短时间的事了。如今袁尚、袁谭两人，情事危急时就彼此结合，情事稍缓，就彼此相争。如今我方不如举兵南下，攻打荆州，征讨刘表，静观袁氏兄弟间的变化，然而再全力进攻冀州。"

曹操觉得郭嘉的话说得有理，乃引大军向荆州进兵，以松懈袁氏兄弟的防备。在冀州，袁尚、袁谭得知曹军退兵，互相庆贺，然而过了不久，两人又各怀鬼胎，彼此对付，甚至两人亲自交锋。曹操就趁两人阋墙之时，夺得冀州，自领冀州牧，又杀了袁谭。袁尚逃往幽州投靠袁熙，曹操又分三路进攻幽州，一面命李典、乐进攻并州。袁尚、袁熙自知难敌，便逃往乌桓，幽州刺史遂投降曹操。而高干也中计，被曹操诱杀，曹操遂平定了并州。随后便打算攻打乌桓，正逢袁熙、袁尚会合冒顿军数万人前来，两军大战，二袁不敌，便逃往辽东，辽东太守公孙康用公孙恭的建议：如果曹兵来攻远东，则留下二袁相助；如果曹军按兵不动，则杀二袁以结交曹操。在曹操却用了郭嘉计不举兵，公孙康便计诱二袁，杀了两人，砍下二袁之头，用木匣盛好，送往易州，来见曹操，曹操大大重赏来使。

曹操领兵返回冀州，程昱等人认为北方已经平定，当务之急便是攻下江南刘表，曹操觉得十分有理。一面领着袁绍的降兵五六十万回许都，一面聚集谋士商议，如何南征刘表。而荀彧以为大军北征而回，疲惫已极，在半年之间，实在需要养精蓄锐，方能南下攻伐刘表，进而打击孙权。曹操认为很对，遂分兵屯田，等待来春兴师。

玄德自到荆州投靠刘表，刘表相待十分优厚，玄德也颇为刘表建立了不少军功。赵云、张飞、关羽也随处不离，时时为玄德尽力。因而引致了蔡夫人的不满，蔡夫人在夜晚时，屡次提醒刘表，要如何如何来防备刘备。刘表听得多了，就对玄德说："贤弟长久留在荆州，恐怕荒废了你的武艺，襄阳附近的新野，是有余粮的好地方，贤弟就领着本部兵马前去屯扎，好吗？"

因此，玄德次日就辞别刘表，前往新野，玄德自到新野后，政治一新，军安民乐。就在建安十二年春，甘夫人生下刘禅，乳名阿斗。这时曹操正要统兵北征，玄德往荆州游说刘表，希望刘表利用曹操北征，许都空虚的机会，领荆、襄的军队趁机攻伐。然而刘表畏忌蔡夫人，始终不敢有所行动。这年冬天的某一日，玄德和刘表在后堂喝酒，喝到微醺时，刘表忽然潸潸然流下泪来，玄德便问他到底什么缘故，刘表说："前妻陈氏所生的长子刘琦，人虽有才，然而性情懦弱，看起来不能成大事；后妻蔡氏所生的幼子刘琮，人颇聪明，我打算废长立幼，又恐怕有碍礼法，心中真是难以决定。"

玄德正色说："自古以来，兄弟阋墙，就是因为废除嫡长子改立幼子的缘故，这样最易导致混乱。如今蔡氏一族把持军务，实在可以慢慢削弱他们的权势！千万不能因溺爱幼子而废立长子。"

刘表听后，默然不语。这时玄德和刘表的谈话，正被屏风后的蔡夫人听到，蔡氏心中对刘备真是十分痛恨。玄德如厕，因为自己大腿骨的肉又松弛了起来，不觉流下泪来。入席之后，刘表觉得奇怪，玄德说："往常我总是东征西讨，身不离马鞍，腿骨的肉十分结实。如今久不骑马，腿骨的肉都松了，我想到日复一日，年岁也老大了，功业却未建立，所以伤心啊。"

刘表就提到从前玄德和曹操在许昌煮酒论英雄的事，他说："当时贤弟举尽天下英雄，而曹操只说：'天下英雄，唯玄德与我两人罢了！'以曹操如此权势，还不敢居先，贤弟何须发愁功业不能建立？"

玄德因着酒兴，失口回答说："我如果有发展的基础，则天下平庸之辈，实在不值得一顾。"

刘表听后，不发一言，玄德猛地酒醒，知道自己失言，只好假托酒醉，赶忙回馆休息。刘表心中十分不乐，加上蔡夫人在屏风后听到这番对话，鼓动刘表要除去玄德，刘表十分为难。这时蔡氏就密诏其弟蔡瑁前来，商量这事，打算先斩后奏，派人到馆舍中杀了玄德，再行禀告刘表。这事却被伊籍知道了，三更时分，急忙去见玄德，告诉他蔡瑁的阴谋，于是玄德连夜逃回新野。

暗杀不成之后，蔡瑁又与蔡夫人商议，在襄阳频会众官，打算设法在襄阳将玄德处死。玄德带着赵云和马步兵三百人前去赴会。蔡瑁出城迎接，态度十分谦谨，入馆舍之后，赵云便披甲挂剑，行坐不离玄德左右。

当九郡四十二州官员都到齐后，蔡瑁便对蒯越说："刘备实在是当今最大的心腹之害，不能不尽早除掉。刘荆州已经给我密令，要除去刘备。如今东门岘山大路，由吾弟蔡和领军把守，南门是由蔡中把守。北门由蔡勋把守，只有西门不必把守，因为前有檀溪阻隔，就是有数万人保护，也不容易逃脱！"

当天杀牛宰羊，大开宴席，各人坐定后，蔡瑁使人强请赵云坐另一席，军士戒备森严，把外面收拾得和铁桶似的，将玄德带来的三百军士遣回馆舍，只等到酒酣之时，就要下手。

伊籍对于蔡瑁的阴谋十分清楚，在席中，故意把盏斟酒，到玄德面前，暗示他"更衣"，玄德会意，立刻起身如厕。伊籍来到，急忙告诉玄德蔡瑁要加害的情形："城外东、南、北三处，都有军马把关，只有西门可走，玄德，快逃要紧！"

玄德大惊，飞身上马，不顾随行的人，径往西门直奔，门吏问话，玄德也不回答，加鞭快跑。门吏飞报蔡瑁，蔡瑁发觉玄德真不见了，急忙领五百人追赶。玄德撞出西门，跑了数里，前面横了一条大溪，拦住去路，只见那溪涧阔数丈，流往襄江，水势很急。玄德回身，又见追兵来到，心想：这次死定了！玄德心慌之余，奋不顾身，纵马下溪，走了几步，马的前蹄又陷在泥中，衣袍完全浸湿。玄德就加鞭大叫，那马忽然从水中挺身而起，一跃三丈之高，飞上西岸，玄德只觉腾云驾雾，似醉如痴，就来到了对岸。蔡瑁等人赶到岸边，只见玄德已飞马越过檀溪，惊诧之下，也无可奈何。

玄德越过檀溪后，策马往南而行，这时日已西沉。玄德来到一座庄院前，清幽的琴韵不时传出，玄德因此得见庄主司马徽，人称水镜先生，玄德把襄阳事件告诉了水镜，又自叹命途多蹇。水镜以为不然，认为是玄德左右没有一个得力的人。玄德说："我虽是个无才之人，然而在我手下，能文之士有孙乾、糜竺、简雍等人；能武之士有关、张、赵云等人，他们都对我忠心耿耿，尽力辅助我。"

水镜笑道："关、张和赵云，确实是能敌万人的勇将，然而未必懂得如何用兵；至于孙乾、糜竺，只是白面书生罢了，算不上是运筹帷幄之才。"

这下玄德才悟到在自己左右，少了能知兵法的人，于是向水镜打听哪些人是天下奇才？水镜说："卧龙、凤雏两人，若能得到其中一个人的帮助，就能安定天下了。"

玄德就问谁是卧龙，谁是凤雏？水镜不答，只拊掌大笑，说："好！好！"

当晚玄德听到有人来访水镜，来者号元直，但不知是何人。第二天玄德又问起谁是卧龙，谁是凤雏？水镜又避不作答，只笑道："好！好！"

这时赵云、关羽、张飞等人都寻到庄上，众人便辞别水镜，将要回新野，在途中，玄德见到一人，身穿葛巾布袍，长歌而来，歌词中似有欲投明主之意，于是玄德下马相见，邀请回城，待为上宾。这人姓单名福，玄德拜他为军师。

到了这时，曹操养兵已近半年，便时时有先攻荆州的打算，命曹仁、李典诸人在樊城屯扎，监视荆、襄，又以为刘备在新野招兵买马，积贮粮食，志不在小。曹仁轻敌，自请领兵五千，要来新野厮杀。单福用计将曹仁打得落花流水，大败而逃！曹仁又想来劫营，又被单福识破。当曹仁、李典出战时，樊城就被关公夺下了。

当刘备领兵进入樊城，樊城县令刘沁请玄德到家，设宴相待，刘沁甥寇封长得器宇轩昂，侍立在后，玄德一见，十分喜爱，遂不顾关公劝阻，收寇封为义子，改名刘封。

曹仁和李典兵败回到许都，向曹操请罪，告诉曹操原是单福为刘备军师，设谋定计，以致军败。曹操便问："单福是何许人？"

程昱答道："这人乃是颍川人徐庶，字元直，单福只是他的假名。"

曹操问程昱说："这人比你的才学如何？"

程昱应道："十倍于我！"

曹操说："可惜呀，可惜！这么好的人才为刘备所用，并且羽翼已成了呀！"

程昱说："虽然如此，丞相要请他来并不难。我听说徐庶是个孝子，只要老母吩咐，徐庶绝不敢不听。"

曹操大喜，派人把徐母骗到许昌，命她写信召回徐庶，徐母愤然不从，并取石砚掷打曹操。后来，程昱骗来徐母笔迹，仿其字体，写了一封家书，寄给徐庶。

在新野城，徐庶读毕来信，没想到是假信，泪如泉涌，便向玄德告别，玄德也大哭！两人对泣，从入夜至天明。临行之前，徐庶表白心迹，说明自己虽为曹操所迫，绝不为曹操所用。玄德送别徐庶时，在林畔看着徐庶乘马和随行的人匆匆过去，哭着说："元直这一次离开后，我要怎么办哪？"

欲凝泪远望，却被树林隔断视线，于是玄德以鞭指着前面的树林说："我要砍尽这些林木！因为它们隔断了我的视线，使我见不到元直，不能以目送行。"

玄德正在哀怨惆怅，忽然徐庶拍马而回，玄德心中大喜，以为徐庶改变了心意。徐庶说："我心绪烦乱，忘了一件事。在襄阳城外二十里的隆中，有一位奇才，使君可以亲自去求他相助！如果能得到他的辅佐，就无异像文王得到吕尚，高祖得到张良了。"

玄德说："这人比起先生的才略怎么样？"

徐庶说："啊！以我和他相比，好似驽马配麒麟，寒鸦比凤凰，这人实在是天下独步的经天纬地之才。他复姓诸葛，名亮，字孔明，原是琅琊人，和弟弟诸葛均正在南阳耕读。他的居处称作卧龙冈，人都称他为'卧龙先生'。您如果能得到他，那何须烦恼天下不能平定？他正是卧龙，和凤雏庞统齐名。"

徐庶在马上推荐了孔明后，便告别玄德，策马远去了。这处玄德似醉方醒，如梦初觉，便领着众将回到新野，预备了丰厚的礼物，要同关、张两人前去南阳请孔明下山相助。

第十一章　三顾茅庐

　　当玄德同关、张两人，和一些随从来到隆中，只见山畔有数人荷着锄头，正在种田，口中唱着歌，歌词说：

苍天如圆盖，陆地似棋局。世人黑白分，往来争荣辱。
荣者自安安，辱者定碌碌。南阳有隐居，高眠卧不足。

　　玄德觉得歌词深刻，不像农夫所作，便问农夫，歌词是谁作的？有一位农夫回答说："歌词乃是卧龙先生作的。"

　　玄德又问卧龙的住处，农夫说："这山以南一带的高冈，就是卧龙冈，冈前树林内的茅屋，就是诸葛先生的住处了。"

　　玄德便领着从人往前行，来到庄前下马，亲自叩柴门，有一位童子前来应门，玄德说："汉左将军宣城亭侯领豫州牧皇叔刘备，特来拜见先生。"

　　童子说："我记不得许多名字！"

　　玄德说："你只说刘备来访就成了！"

童子说:"先生今早就出门了。"

玄德说:"先生往何处去了?"

童子说:"踪迹不定,也不知道他往何处去了。"

玄德问:"先生几时回来?"

童子说:"归期也不一定,或者三五天,或者十几天。"

玄德心中十分惆怅。张飞无奈,便说:"既然见不着,我们就回去算啦。"

玄德要再等片刻。云长说:"不如先回去,再派人来打听。"

玄德便嘱咐童子,待诸葛先生回来时,告诉他刘备曾来拜访。于是上了马,回头观看隆中景色,真是山不高而秀雅,水不深而澄清,地不广而平坦,林不大而花盛,猿鹤相亲,松篁交翠。正在赏览之时,忽然有一人从山间小路走来,这人容貌轩昂,风姿俊爽,玄德心想,这大概就是卧龙先生了,急忙下马行礼,问道:"先生是否卧龙先生!"

那人回答道:"我是博陵人崔州平,孔明是我的好友,我不是孔明。"

原来孔明和博陵崔州平、颍川石广元、汝南孟公威和徐元直四人是密友。玄德和崔州平两人便在林间石上坐下,州平问玄德道:"将军何故要见孔明?"

玄德说:"如今天下正乱,四方战事不住地发生,我想见孔明,就是要请教他安邦定国的方法。"

州平就说:"将军以定乱为个人的抱负,确是出于一番仁心。

然而自古以来，治乱无常，就以本朝为例，自从高祖起义，推翻秦二世，平定天下，天下由乱入治。至哀、平之世，二百多年太平日子已久，王莽遂行篡逆，这是由治而乱。以后光武中兴，重整基业，又由乱而入治。如今又已二百多年，战争纷纷发生，也不过就是由治而乱罢了。情势所趋，不见得能借少数人的力量而使之平静。将军想要得孔明来斡旋天地，补缀乾坤，恐怕不容易达到目的，只是徒然浪费心力罢了！"

玄德说："先生所说的，真是一番高论，然而我身为汉胄，如何能不尽心？"

玄德还想邀州平回到县中，州平表示无意求名，便长揖而去。张飞等候已久，十分急躁，便说："孔明见不着，却遇到了这个腐儒，白白浪费了许多时间！"

三人只好回到新野。玄德常常派人去探听卧龙回来了没有。有一天，使者回说卧龙已经回家，玄德就令人备马，张飞说："看起来也不过是乡下人，何必哥哥亲自去？派个人叫来就成了。"

玄德叱骂张飞无礼，上马再访孔明，关、张两人照例跟随。这时正值深冬，天气十分寒冷，彤云密布，北风吹得正猛烈，张飞说："天寒地冻，尚且不适合打仗，竟要来拜访这个没有用的人？不如早些回新野避风雪。"

玄德听了不高兴，表示自己正想使孔明知道自己的诚意。走近酒店，听见店中有两人击桌而歌，歌声激昂慷慨，玄德就进去问道："卧龙先生在这里吗？两位之中谁是卧龙先生？"

原来两人是卧龙的朋友颍川石广元及汝南孟公威。玄德只好告辞上马，向卧龙冈走去，来到庄前下马，叩门问童子说："先生今天是否在庄上？"

童子回答道："此刻正在庄上读书呢。"

玄德大喜，就跟着童子进门，来到中间，只见门中对联上写："淡泊以明志，宁静而致远。"

玄德正看着对联，又听到吟咏之声传来，从门边看入，只见一个少年，在草堂上拥炉抱膝唱着歌。玄德等他歌毕，就上前施礼，说道："我长久以来，便想结识先生。今天冒雪而来，能够见着，真是万幸。"

那少年慌忙答礼，问道："将军莫非是刘豫州，想见家兄？"

玄德惊讶地说："难道先生又不是卧龙先生？"

少年回答说："我乃卧龙之弟诸葛均，兄弟三人，长兄诸葛瑾正在江东孙仲谋处。孔明乃二家兄。"

玄德怅然若失，便问孔明去向。诸葛均说："家兄昨天被崔州平邀约出去闲游，或在江湖之上驾小舟，或者往山中访僧道，或者在村落中寻朋友，或者在洞府内下棋奏琴，我并不知道两人去向。"

玄德觉得自己真是福薄缘浅，心想我到此处，岂能不留下片言只字，便借纸笔写了一封短信，留给孔明，表达自己仰慕的赤忱。只见张飞忍耐不住，一直嚷着风雪这么大，不如早回去。玄德心中十分不快。

玄德回新野之后，经过了一段时日的忙碌之后，便命人选择了佳期，自己斋戒沐浴，打算再往卧龙冈去见孔明。关、张两人不悦，希望玄德打消去意，关公以为玄德两次前访，执礼太过，张飞却说："哥哥，你错啦，想来这个卧龙，也不过是一个村夫，哪里是什么大贤？这趟用不着哥哥去，我来对付，他如果不肯来，我只用一条麻绳绑来就得了！"

　　玄德怒叱张飞无礼，且说道："这次你不用去，我自和云长两人去便了。"

　　张飞却又说道："两位哥哥都去，小弟如何能落后？"

　　于是玄德再三叮咛张飞，千万不可失礼。三人上马便往隆中出发，在不到草庐约半里的地方，玄德就下马步行。走了一程，正遇到诸葛均，玄德急忙施礼，问道："令兄是否在庄上？"

　　诸葛均说："昨晚方回庄，此刻正在庄上。"

　　说罢，便飘然自去了。玄德觉得十分侥幸，这次必能见到孔明，而张飞却不满诸葛均不曾引见。三人来到庄前叩门，童子出来应门，玄德说："有劳仙童转告，说刘备特来拜见先生。"

　　童子说："今天先生在家，但是正在草堂小睡。"

　　玄德说："既如此，就先不要通报吧。"

　　玄德吩咐关、张两人只在门口等着，自己慢慢走入，只见孔明仰卧在草堂几席之上。玄德从容不迫，便在阶下拱手站立。

　　过了半个时辰，孔明犹未醒来。关、张两人在门口等得不耐烦，便进来见玄德，只见孔明高卧不起，玄德正侍立阶下。张飞大怒，对云长说："这先生太傲慢！等我到屋后去放一把火，看他起是不起！"

云长再三劝阻，张飞乃强行捺住怒气。玄德仍命二人在门外等候，二人望向堂上，只见孔明翻身将起，却又朝里睡着了。童子欲通报，玄德拦阻不肯。因此，玄德又立了一个时辰，孔明方才醒来，吟道："大梦谁先觉？平生我自知。"便问童子，是否有俗客来访，童子回报说："刘皇叔在此站立等候很久了。"

孔明赶紧起身，整衣出迎，玄德见孔明身长八尺，面如冠玉，头戴纶巾，身披鹤氅，飘飘然好似神仙，便行下拜，对孔明说："备是汉室末胄，涿郡的愚夫，早已听说先生大名，两次晋谒，不得见面，今天有幸能见到先生。"

孔明谦逊一番，两人分宾主坐下。玄德立即表明自己渴慕孔明，欲得孔明相助的赤忱。孔明笑着说："我希望听听将军的打算。"

于是玄德移坐促席，慷慨陈言，表明自己欲伸大义，辅佐汉室，又希望孔明念及天下苍生，能教诲开导自己。孔明方才说："自从董卓弄权以后，天下豪杰纷纷起义。曹操的势力不及袁绍，而能继袁绍而起，完全是仰仗人谋的缘故。如今曹操已拥有百万之军，挟天子以令诸侯，无法和他争锋。孙权占据江东，已有三代，占地利之便，又得江东百姓的拥护，一时无法打算和他相争。而荆州这地方，原是兵家用武之地，是上天要助将军取得的，不应该放弃。益州有天险，土地又肥沃，从前高祖就因为据有此地而成就了帝业，然而刘璋昏昧柔弱，不能善持这民殷国富的情势。

至于将军，信义名闻四海，又能求贤若渴，又有英雄相辅佐，如果能拥有荆、益两州，依恃地利，对内修理政事，对外安抚西戎南越，和孙权联络，一待天下有变，领着荆州之兵，攻向许都，则可以成大业，可以兴汉室！如今曹操居北占天时，孙权居南占地利，而将军可占人和，先取荆州，后取西川，和曹、孙成鼎足而居之形势，然后才能打算进攻中原。"

玄德听后，离席拱手向孔明道谢，他说："先生这一番话，真令我茅塞顿开，好似拨云雾而见青天，然而荆州的刘表、益州的刘璋，都是汉室宗亲，我如何能忍心去抢夺？"

孔明表示刘表已不久人世，刘璋并非能立业者，荆、益两州日后定归玄德。玄德顿首拜谢，力请孔明出山相助，孔明不肯，玄德就流下了眼泪，说道："先生不出，要把天下的苍生怎么办？"

玄德眼泪沾湿了袍袖，连衣服前襟也都被泪沾湿了。孔明感觉玄德的心意真是十分诚挚，才说："既蒙将军不弃，我尽力效劳就是了！"

玄德大喜，命关、张入见，又送上金帛礼物，孔明坚持不受。众人在庄中住了一晚，次日，孔明嘱咐诸葛均说："我受了刘皇叔三顾之恩，不能不出山相助！你要在此好好耕读，不要让田亩荒芜！待我功成之日，我立即归隐。"

玄德便和孔明、关、张诸人，辞了诸葛均，同回新野。玄德以师礼待孔明，食同桌、寝同榻，终日谈论天下大事。

第十二章　火烧新野

在许都，曹操自免除三公之职后，自己以丞相兼三公，重用了毛玠、崔琰、司马懿三人。这司马懿，字仲达，河内人，原是颍川太守司马隽的后代，父亲是京兆尹司马防，司马懿之弟司马朗也在曹操手下任主簿之职。此时曹操又打算向南征讨，夏侯惇为此进言说："近来刘备在新野，每天训练士卒，势力日趋扩大，应当早早对付。"

于是曹操命夏侯惇为都督，令于禁、李典两人为副将，领兵十万，直抵博望扎营，打算近窥新野的动静。荀彧及徐庶都劝夏侯惇不可轻敌，但夏侯惇眼高于顶，根本不把刘备看在眼中。

在玄德这方，自从得到孔明之后，不免和关、张两人疏远，两人始终不高兴，认为孔明无甚才学。当夏侯惇屯兵博望，玄德心中发愁，孔明遂叫玄德招募民兵三千人，自教御敌之法。有一天，探子来报夏侯惇领兵来犯的消息，张飞一听说，便对云长说："叫那孔明前去迎战，不就成了？"

玄德正色说："翼德，在战场上，智赖孔明，勇还得靠二弟，如何可以推诿？"

三人遂去请孔明商议。孔明唯恐关、张两人不肯听命行事，遂向玄德要了剑印。孔明聚集众将听令，张飞对云长说："我们姑且去听听看，看他怎生调度？"

只见孔明传令军中诸将，说道："博望的左边有豫山，右边有安林，两处可埋伏军马。云长领一千军在豫山埋伏，等敌军来到，放过他，千万不要攻击；因为对方的辎重粮草，定在队伍之后，只要一见南面火起就立刻放火烧粮草。翼德领一千军在安林埋伏军马，一见南面火起，便向博望城旧日屯贮粮草处放火焚烧。关平、刘封引五百兵在博望坡后两边等候，到初更时分，敌军来犯，就可以开始放火。"

孔明又命赵云自樊城赶回，担任前锋，和敌军交手，只要输，不要赢。云长等人尚未心服孔明，这时云长便说："我们都要迎敌，不知军师你做些什么事？"

孔明说："我只需坐守这城。"

张飞大笑，说："我们都去厮杀，你却在家里坐着，真好自在！"

孔明说："剑印在此，胆敢抗命的人处死！"

玄德从中关说："云长、翼德，岂未听说'运筹帷幄之中，决胜千里之外'两句话？"

张飞冷笑而去，云长对张飞说："我们且看这孔明使的计成不成，应不应。如果不灵，那时再来问他也不迟。"

除关、张二人外，诸将也都疑惑不定，不知孔明有否胜算。孔明又对玄德说："今天主公就领兵在博望山下屯住，等待敌军来攻时，主公就弃营而起，只要看到火起，立即回军厮杀。"

又命孙乾、简雍准备庆功宴席，同时安排"功劳簿"，待战争结束时计算军功。孔明的部署，就连玄德也颇为疑惑。

这时夏侯惇和于禁引兵已到博望，一半精兵做前队，一半军士保护粮草。夏侯惇来到博望，一见诸葛亮所布的阵势，不禁仰天大笑，因而轻敌之心更甚往日。战争的进行一如孔明所料，当夏侯惇所领曹军来到狭窄的南道，孔明就用火攻，烧尽粮草辎重，杀得曹军尸横遍野、血流成河。

孔明收军回营，关、张两人下马拜伏，至此才真正对初出茅庐就立战功的孔明感佩莫名。孔明回到县中，就对玄德说："这次夏侯惇失败，曹操必定自领大军前来。新野是个小县，已不能久居，我听说刘景升近日病情十分严重，不如乘此机会攻打荆州，作为安身之地，一方面也能因此抵拒曹操。"

然而玄德却觉得十分为难，只觉自身蒙受了刘表大恩，这种背义之事，是宁死也不愿做的！孔明只好另作商议。

在许昌，夏侯惇兵败逃回，自缚而见曹操，伏地请死。曹操责备夏侯惇说："你自幼熟读兵法，竟然不知道在狭处需防火攻？"

夏侯惇认罪，并对曹操表示李典、于禁在战前曾经谈及此，于是曹操重赏两人。这时已是建安十三年秋七月，曹操传令起大兵五十万，又令许褚为折冲将军，引三千兵为先锋，前去对付刘备、孙权，扫平江南。

当曹操起兵来攻时，玄德正在刘表处，刘表病重，自知不久人世，便请玄德前来交代后事。玄德一听曹操自统大军来伐，便急忙赶回新野去了。刘表病中得知曹兵进犯，吃惊不小，便打算把长子刘琦立为荆州之主。蔡夫人闻言大怒，一面使蔡瑁、张允把住外门，不许刘琦探病，刘琦不得已仍回江夏，而刘表病危，望刘琦不到，到了八月戊申日，大叫数声而死。蔡夫人便假拟遗嘱，令次子刘琮为荆州之主。蔡氏宗族分领荆州之兵守荆州，蔡夫人和刘琮往襄阳驻扎以防刘琦、刘备。刘表死，也不讣告刘琦和玄德。刘琮刚抵襄阳，曹操便领大军往襄阳来，这时傅巽进言，认为不如把荆、襄九郡献给曹操，以免三面受敌。于是刘琮便写了降书，命人送给曹操，曹操假意要命他永远镇守荆、襄两州。

刘琮投降曹操之事，传到玄德耳中，玄德大哭。正值伊籍奉刘琦命来报哀，伊籍以为玄德不如以吊丧为名，前赴襄阳诱刘琮出迎，夺了荆州。孔明也以为伊籍所言极是，然而玄德垂泪说："吾兄在临终时托孤给我，如今我若捉住了他的儿子又强占他的土地，他日若在九泉之下，我有何面目去见他呢？"

玄德以为不如前往樊城暂避。正在商议间，探马飞报，曹兵已到博望了。玄德慌忙请伊籍回江夏整顿军马，一面和孔明商议如何拒敌。孔明说："不如早到樊城去，新野住不得了！"

遂令差人在城四门张榜，晓谕百姓无论男女老幼，愿意随行的即日前往樊城。一面差孙乾往河边调拨船只，以备百姓乘坐。先叫云长领一千军去白河上头埋伏，孔明吩咐道："每个人都带着布袋，袋中多装沙土，堵住白河之水。明天三更时分，只要听见下流人喊马嘶的声音，就赶紧把布袋取走，让水冲下，而你们也顺着水杀将下来。"

孔明又唤张飞领一千人去博陵渡口埋伏，吩咐道："此处水流得最慢，曹军被大水冲淹，一定是从此逃脱，你们可以趁机砍杀。"

孔明又唤赵云，说道："你领三千，分成四队，埋伏在城的东、西、南、北四门，一方面在城内人家的屋顶上多藏一些硫黄焰硝引火的东西。曹军入城，一定要找民房屯住，明日黄昏后，定有大风，只要风一起，就令西、南、北三门埋伏的士卒将火箭射入城中。当城中火势大作，就在城外呐喊助阵，只留下东门放曹军逃走，而你自率东门之士卒从后攻击。天明和关、张二将军会合，收军回到樊城。"

孔明再令糜芳、刘封两人，带两千人，一半持红旗，一半持青旗，在新野城外三十里鹊尾坡前屯扎。孔明说："只要一看到曹军到，红旗军走在左边，青旗军走在右边，曹军心疑，一定不敢追赶。你们两千人就赶紧分头埋伏，只要一见城中火起，就出来追杀败兵，然后到白河上流接应。"

孔明安排已定，乃与玄德一同登高瞭望。

曹仁、曹洪领十万军为前队，许褚引三千铁甲军开路，浩浩荡荡，杀向新野来，来到鹊尾坡，只见坡前一队人马，打着或青或红的旗，许褚催军向前，青红旗各分左右，许褚赶紧报告曹仁。曹仁以为是疑兵，就加速进军。许褚回到坡前，提兵杀入时，已不见一人。此时日已向西，只听得山上大吹大擂，抬头一看，玄德和孔明正对坐饮酒，许褚大怒，想要领军上山，山上炮石又打将下来。折腾半日天色已晚，曹仁领兵来，遂令士卒夺新野城。当军士来到城下时，只见四门大开，曹军进到城中，发觉城中连一人都没有，竟是一座空城。曹洪便命部下安歇，明日再进兵。到初更以后，狂风大作，守门军士飞报失火。曹仁不疑有他，以为是军士烧饭引起。接着，西、南、北三门都起了火，曹仁急令众将上马，这时满城火起，只见上下通红一片。曹仁听说东门不曾起火，便率众急忙奔出东门，军士自相践踏，死者无数。曹仁等人方才脱出火圈，只听背后一片喊声，赵云领军来攻。曹仁大败，夺路而逃，到四更时分，人马困乏至极，军士个个焦头烂额，奔到白河边，只见河水不深，于是人马尽都下水。当人声马鸣传至上游，云长急令军士把布袋移开，这时水势滔天，往下流冲去，曹军死者不胜其数！曹仁领着残军往水势慢处夺路而走，来到博陵渡口，又遇上了张飞，截住曹军就杀，曹军纷纷逃走。接着张飞、玄德、孔明等人沿河来到上流，一起渡河，往樊城去，过了河，孔明便令人将船筏放火烧毁。

曹操得知战败的消息，就下令三军在新野安营扎寨，一眼望去，漫山遍野都是曹军。曹操命军士一面搜山，一面填塞白河，又命大军分作八路，一齐要去攻打樊城。此时孔明以为应当急取襄阳，玄德因有百姓相随，行动迟缓，一路上扶老携幼，连男带女，滚滚渡河，两岸哭声不停。来到襄阳东门，只见城上遍插旌旗，壕边密布鹿角。玄德勒马大叫："刘琮贤侄，我只是想救救百姓，并无他意，请快开门。"

然而刘琮害怕，不敢出应，蔡瑁、张允不得刘琮同意，来到城楼令军士射下乱箭，城外百姓，无不望着城楼而哭。城中忽然有一将名叫魏延，领着数百人上了城墙，杀了守门将士，开了城门，放下吊桥，急唤玄德进城。这时蔡瑁的手下文聘与魏延交战不休，玄德向孔明表示本打算保民，如今反而害民，因此不愿进入襄阳。孔明以为江陵是荆州要地，不如先往江陵。这时襄阳百姓有乘乱逃出的，随着玄德，与玄德同行的军民已有十余万人，大小车辆数千辆，挑担背负者也不计其数。

玄德始终不忍放弃百姓，拥着百姓缓缓而行。孔明对玄德表示：追兵不久即到，请云长赶紧往江夏向刘琦求救，令张飞断绝后路，赵云保护老小。每日行走十余里。这时曹操在樊城，使人渡江至襄阳，召刘琮相见。刘琮不敢去见曹操，而蔡瑁、张允却催促刘琮即刻去见曹操。王威暗中献计，对刘琮说："将军既已投降，玄德又已离开，曹操必定松懈。希望将军能整奋奇兵，趁机攻打，如果能把曹操制服，那么中原虽广，将都一一臣服于将军，这难得的时机，希望将军不要放过。"

刘琮不但不听，又把王威的话告诉了蔡瑁。蔡瑁和张允去拜见曹操，辞色十分谄佞。曹操想命刘琮为青州刺史，即令上路。刘琮大惊，心中十分不愿。再三推辞而曹操不准，刘琮只得和蔡夫人同往青州，在途中，曹操命人把刘琮母子杀了。襄阳便落入了曹操的手中。

曹操取得襄阳后，日夜赶路，要追上刘备。刘备领着众人马，一程一程地挨着向江陵进发，来到当阳县的景山，玄德停住屯扎。

约四更时分，忽然听到西北喊声震天，玄德派了二千人去迎战，曹军士气高昂，玄德正在危迫之际，幸好张飞赶来，杀开一条血路，往东而走，到天明时分，方才歇下，看看随行的人只不过百余，其余百姓老小都不知下落！赵云在乱中因不见玄德家小，急忙单骑去寻，幸而寻得，冲破重围而出。不料又在阵外遇到钟缙、钟绅兄弟拦住厮杀，杀了一阵才碰见张飞赶来相救，赵云终于和玄德相见。

张飞待赵云离去后，手持蛇矛站在长坂桥上，圆睁环眼，倒竖虎须，向西立视曹军。并在桥后树林中命随行的二十余骑砍下树枝，拴在马尾上，在树林内往来奔驰，扬起尘土，使曹军起疑，以为有埋伏之军。此时曹操部将曹仁、李典、夏侯惇、夏侯渊、张辽、许褚等见张飞怒目横矛站在桥上，又恐怕是孔明之计，都不敢近前。因此暂时阻挡了曹军的进攻。玄德等人即从小路往沔阳进发。曹操大军又火速进兵，追赶而来，正在紧急之时，关公领着由江夏借得的一万军马，从半路杀出来，曹军不敌，向后退军。云长回军保护玄德等人到汉津，刘琦也率江南水军前来援助。三支兵马会合在一起，商议如何破曹，孔明对玄德及刘琦说："夏口有地势之险，又有钱粮，可以据守，请主公先往夏口，公子自回江夏整顿战船，收拾军器，共同来抵挡曹操。如果大家齐归江夏，则势力反而孤单了。"

刘琦却想先请玄德赴江夏，当军马整顿好时，再回夏口，于是留下云长领五千军守夏口，玄德、孔明、刘琦三人回到江夏。这时，曹操恐怕由水路先被玄德夺了江陵，先赶往江陵，守荆州的邓义、刘先自料不能抵挡曹操，就投降了曹操，于是曹操又得了荆州。

第十三章　结联东吴

曹操入荆州以后，大势安定，乃和众将商议，说："如今刘备已经前往江夏，恐怕他会联结东吴，发展势力，这该如何处理？"

荀攸回答说："将军不妨大振兵威，遣使者送檄文到江东，请孙权到江夏会猎，一块儿来对付刘备。只要孙权臣服，那么大事也就定了！"

曹操觉得荀攸说得有理，于是一面发檄文到东吴，一面计算马步、水军八十三万，对外号称一百万，水陆并进，船骑并行，沿江而下，队伍迤逦，约有三百里长。

这时江东的孙权屯兵在柴桑，早已听说曹操大军取得了襄阳，如今又日夜赶路，要往江陵攻打江南，乃聚集谋士商议如何应敌。鲁肃说："荆州地势险要，又与我国国土相邻接，不仅利于攻守，而且土地肥沃，居民一向安居乐业。如果我们能先据有荆州，必定能成就帝王之业！如今刘表已逝，刘备新近大败。我愿意承命前往江夏吊丧，借此游说刘备，要他安抚刘表众将，同心一意来击破曹操，如果刘备同意，就不需顾虑曹军来进犯了！"

孙权乃命鲁肃前往江夏吊丧。

当鲁肃来到江夏时，玄德正与孔明、刘琦共商对策。孔明以为曹操势力大，一时无法抵御，不如结联东吴，以为援助，使曹、孙相争，而从中牟利。玄德恐怕江东人物极多，不肯轻易相容。孔明遂道："如今曹操领着百万之众，盘踞江、汉，声势浩大，江东如何能不派人来探虚实？如果有人来此，我愿随着他到江东，凭着三寸不烂之舌，游说孙权，使他和曹操对垒，互相吞并。如果南军胜，我方就和他们共诛曹军，夺取荆州之地，如果北军胜，则我方乘胜可以取得江南。"

这时，有人来报告江东孙权差鲁肃来吊丧。孔明笑着说："大事成了！"

孔明乃叮咛玄德，若是鲁肃问起曹操动静，只要推说不知，鲁肃如坚持要问，就请他问诸葛亮。

鲁肃见礼毕，果真如孔明所料，追问曹军的虚实，而玄德也推说不知虚实。鲁肃说："听说皇叔用诸葛孔明之计，两场大火烧得曹操魂亡胆落，怎么能说不知曹军虚实。"

于是玄德说，只有诸葛亮清楚曹军动向。鲁肃乃来见孔明。孔明表示对于曹操奸计，完全洞悉，只是力量薄弱，不足以对付。鲁肃就问："皇叔今后准备留在江夏吗？"

孔明说："刘使君和苍梧太守吴巨交情不错，准备去投靠他。"

鲁肃说："吴巨兵少粮缺，尚且不能自保，如何能去投靠这种人？"

孔明表示不过是暂时的打算。鲁肃就说："孙将军虎踞六郡，兵精粮足，又十分敬重贤者，江东英雄，早已归附。如今为你们打算，不如派遣心腹之人前去东吴输诚，和东吴结联，方足以成大事。"

孔明说："刘使君和孙将军向无交情，只怕到了东吴，徒然浪费口舌。而且也找不出什么心腹之人！"

鲁肃说："先生令兄诸葛瑾就在孙将军手下为参谋，先生何不自任使者，和我同往江东见孙将军，共图大事呢？"

孔明假意推托，玄德也佯装不许，而鲁肃坚邀，孔明方说："事情也十分紧急了，我就奉命走一趟罢。"

鲁肃遂别了玄德，和孔明登舟，前往柴桑。

两人在前往柴桑的途中，鲁肃一再告诫孔明，千万不要在孙权面前说曹操兵多将广。两人上了岸，鲁肃便请孔明到馆舍中暂歇，自己前去见孙权，孙权就把曹操的檄文交给鲁肃看，檄文上说："孤近日来奉命讨伐有罪之人，大军南向，刘琮束手投降；荆、襄之民亦望风而归顺。如今统领百万雄师，上将千人，想和将军在江夏会猎面商，共同讨伐刘备，分其地土，永结盟好！"

鲁肃看完后便问孙权作何打算，孙权表示还未决定。这时张昭对孙权说："曹操拥有百万大军，借天子之名四处征讨，如果要抵抗，恐怕力有所不及。主公所仰仗的天险，就是一条长江，如今曹操既然得到了荆州，可以说和我方同样地得了地利之便。情势使然，根本无法和曹操为敌，不如投降，方能保全江东。"

张昭说完了话，孙权低头不语。过了一会儿，孙权到后堂去更衣，鲁肃跟随在后，孙权知道鲁肃有话要说，便执着鲁肃的手说："子敬，你打算怎么办？"

鲁肃说："张昭等人的想法，适足以延误将军。众人都能投降，只有将军不能投降！"

孙权就问鲁肃不能投降的理由，鲁肃说："像张昭和我这班人投降曹操，曹操大可以打发我们回到乡党，赐个官做，也许还能做上州郡之长！将军若要投降曹操，曹操要怎样安排将军呢？了不起封个侯爵，给几个随从，岂能有机会面南而王？众人主张投降，是各自为自己打算，而不曾为将军打算啊！"

孙权感叹地说："众人之见，实在令我深感失望，如今子敬所说，正和我的想法相同。然而目前曹军大兵压境，恐怕很难抵挡得了。"

鲁肃便向孙权推荐诸葛亮。次日，鲁肃引见孔明前，又嘱咐孔明说："如今去见将军，万万不可说曹操兵多。"

孔明笑着答应。鲁肃和孔明来到孙权处，只见张昭、顾雍等一班文武大臣，早已整衣端坐。张昭心想，这人器宇轩昂，不是等闲人物，恐怕是前来游说的说客，便先发言挑战。张昭说："刘豫州三顾茅庐，始请出先生相助，想要席卷荆、襄，如今何以被曹操占先？刘豫州在未得先生之时，尚割据城池，如今得先生，反而弃新野、走樊城、败当阳、奔夏口，无一容身之地？"

孔明回答说："我主刘豫州躬行仁义，所以不忍夺同宗的基业。

刘琮懦弱，暗自投降，方使曹操如此猖獗。豫州在未得我辅助之时，军败于汝南，寄迹刘表，兵不满千，将止关、张、赵云而已。此后，博望烧屯，白河用水，使夏侯惇、曹仁辈心惊胆裂，亮也尽了一己之绵力。当阳兵败，全由于数十万赴义之民相随，一日只行十里之故。寡不敌众，也是兵家常事。至于说到国家大计，社稷安危，端赖主谋，不是由徒口夸辩、虚誉欺人的人所能担当的！"

张昭听罢，哑口无言。虞翻、步骘、薛综、陆绩等纷纷发难。这时有一人自外进入，厉声说道："孔明乃当代奇才，你们以唇舌相难，岂是待客之道？曹操大军就要临境，不思对付之法，而还在这徒斗口舌吗！"

这人正是黄盖，字公覆。黄盖对孔明说："金石之论，应当为我主言之，不需和这班人大肆辩论。"

于是孔明、鲁肃、黄盖一起去见孙权，孙权问孔明曹军虚实。孔明回答道："马步水军，大约有一百万。曹操在兖州时已有青州军二十万，平了袁绍又得五六十万，中原新招的兵卒有三四十万，如今又得荆州之兵二三十万，大约不在一百五十万之下。曹军有百万之多，恐怕吓着江东之士了吧？"

鲁肃在旁，听到孔明这么说，不禁颜色大变，以目向孔明示意，孔明只是故作不见。孙权说："曹操部下战将还有多少？"

孔明说："足智多谋之士，能征惯战之将，何止一两千！"

孙权说："如今曹操攻下了荆、襄，还有什么进一步的打算吗？"

孔明说："眼前曹军沿江扎营，准备战船，不攻取江东还能攻取哪里呢？"

孙权表示自己正处于战与不战两难的情况，孔明分析道："前不久天下大乱时，将军起兵江东，刘豫州收服汉南，和曹操共争天下。如今曹操陆续除去心腹之害，扩充领土，新近又得荆州，威势真是震惊了天下。在这种情势下，纵有英雄，也毫无用武之地，所以刘豫州投奔江夏。但愿将军量力而为！如果能以吴越大军和曹军对抗，不如早早表明立场，和曹操决裂；如果吴越之军不能和曹军对敌，何不就听从谋士们的意见，按兵束甲，以臣礼事曹操？"

孙权听了这话，不觉勃然变色，对孔明说："曹操平生最痛恶的，就是吕布、刘表、袁绍、袁术、刘备和我！如今吕布等人都被剿灭，只有豫州和我还活着。我自然不能以全吴之地，受曹操的控制。我已经有所决定了：和刘豫州联合起来，共同抵挡曹操。然而刘豫州新近败于曹操，还有能力来对抗曹操吗？"

孔明说："豫州虽然新败，然而关云长手下还有精兵数万人，刘琦的江夏战士，也在万人之上。曹军远来疲惫，又和豫州交战，轻骑部队一日夜行军三百里，这种情势实在如强弩之末，力道已失，甚至穿不过一片薄丝。而且北方人不熟悉水战，荆州地方的百姓，暂时投靠曹操，也是迫于情势的缘故。如今将军真能和豫州同心协力，一定能攻破曹军，曹军如果被攻而逃回，那么荆、吴势力增大，鼎足三分的情势也就确定了。成败的关键，实在就在今日啊！希望将军好好考虑，再作决定。"

孙权虽然决定要和玄德联合攻曹，心中仍是犹疑，便和周瑜商量。周瑜见了檄文，乃笑对孙权说："老贼以为我江东无人，竟敢如此侮辱我们！"

这时张昭说道："曹操挟天子之名而征讨四方，动辄以朝廷为借口，近日又得荆州，威势更大。我江东唯一可资抵御的，就只有一条长江。而如今曹操的战舰就不止千百，水陆并进，如何抵挡得住？不如先投降，再做打算。"

周瑜以为张昭的意见真是迂儒之见，江东自割据以来已经三代，如何能说放弃就放弃？便对孙权道："曹操虽然托名为汉相，其实就是汉贼！将军神武雄才，又有父兄留下的基业，据有江东肥饶之地，兵精粮足，正应当横行天下，为国家除去残暴之贼，如何能投降？并且这次曹兵东来，多犯兵家之忌：北方尚未安定，马腾、韩遂是其后患，而曹操却一意南征，此其一。北军不熟悉水性，曹操又舍陆战而用水战，想和东吴争衡，此其二。这时正值严冬，天气酷冷，马无粮草，不利战争，此其三。赶着一群北方人，远涉江河，多半水土不服，多生疾病，此其四。如今曹操，在这种情况下要和东吴交战，必然会招致失败！将军要捉拿曹操，眼前就是最好的时机！我愿意请领精兵数千，进驻夏口，为将军击溃曹操！"

孙权听了矍然而起，说："我和老贼势不两立！"

孙权拔出佩剑砍下面前奏案的一角，对群臣说："诸官如果还有人进言要投降曹操者，就和这奏案一样！"

于是把佩剑赐给周瑜，封他为大都督，封程普为副都督，鲁肃为赞军校尉，准备大举破曹。

第十四章　蒋干中计

　　当周瑜驻兵夏口时，曹操派使者送信来，封面上写着："汉大丞相付周都督开拆。"周瑜一看大怒，将来信撕碎，并且将来使杀了，又派人把首级送回给曹操，一面派甘宁为前锋，韩当、蒋钦分别为左、右翼，周瑜自己领兵接应。

　　曹操得知周瑜毁书斩使，勃然大怒，便叫蔡瑁、张允领着荆州降将为前军，曹操自为后军，催督战船，到达三江口。这时正逢甘宁率东吴船只前来，甘宁令万余兵士齐发弓箭，曹军不能抵挡。曹军大半来自北方，不善水战，在江面上，战船摆动，早就立不住脚，这时蒋钦和韩当又冲入曹军中，曹军中箭的和被炮轰击的，不计其数。曹军败退，曹操就责问蔡瑁、张允，何以众不能击寡？蔡瑁谈到北方人不善水战，于是，曹操便命人先立水寨，令蔡、张两人每日操练水军，而两旁岸上旱寨长达三百余里。

　　周瑜得胜当夜，登高观望，只见西边火光照得水面通红，左右告诉他说是北军军营透出的灯火。周瑜亦十分心惊。第二天，周瑜亲自坐了一条小船前去窥探水寨的动静，得知蔡瑁、张允两人谙习水战，此时正在调教北方来的士卒如何打水战，乃寻思如何能先除去蔡、张两人。

而在曹操营中，有人报告周瑜探营，曹操自觉挫了锐气，正在发怒，思忖如何用计破周瑜，帐下一人表示愿凭三寸不烂之舌去江东游说。曹操一看，原来是幕宾蒋干。曹操十分高兴，便派遣蒋干到周瑜营中。这时周瑜正在军帐中商议兵事，听说蒋干来到营中，便笑着对其他人说："说客到啦！"

周瑜就对众将密语一番，众人应命而去。于是周瑜整整衣冠，领着数百人，都穿上了锦衣，戴上花帽，来接见蒋干。蒋干领着一个青衣小童，昂然而入，向周瑜说："公瑾，别来可好？"

周瑜先发制人，立即说："子翼辛苦了！这趟跋山涉水，为的就是做曹操的说客吗？"

蒋干愕然，赶忙分辩："我和你久不相见，特来叙旧，怎么怀疑我是说客？你对待老朋友竟是如此，我还是回去的好。"

周瑜笑着挽着蒋干手臂，说："我只怕你为曹操来游说，既然只是来叙旧，那再好也没有了！何必急着要走？"

周瑜便请蒋干入帐，传令下去，请江东豪杰，都来和蒋干相见。不一会儿，文官武将，个个穿着锦衣来到，营中小将们也披上了锦铠，分两行进入。周瑜便命他们坐在两旁，大张筵席，饮酒奏乐，周瑜特地告诉众官，说："这位是我的同窗好友，虽然从江北来到此地，却不是曹操说客，你们不用担心。"

说罢，又把佩剑解下，交给太史慈，吩咐太史慈说："如今请你佩上这把剑，做监酒官。今天的宴会，我们只叙朋友之情，如有谁提起曹操和东吴军旅，就立即斩首。"

蒋干一时惊愕不已，不敢多发一言，周瑜又说："我自从领军，向来滴酒不沾，今天见了老朋友，心中又无顾忌，应当好好开怀痛饮。"

说罢，大笑畅饮，轮番敬酒，吆喝之声不绝于耳，一时觥筹交错。周瑜饮到半酣，便携着蒋干的手，两人来到军营之外，左右军士，全都披甲执戈肃立着，周瑜问道："子翼，我手下的军士，军容还雄壮吧？"

蒋干说："真是熊虎之士！"

周瑜又引蒋干到军帐之后，只见堆积如山的都是粮草，周瑜说："我方的粮食还充足吧？"

蒋干说："兵精粮足，真是名不虚传！"

周瑜佯醉，执起蒋干之手说道："大丈夫处世，如果遇到知己之主，表面上有君臣之别，实际上亲如骨肉，言必行，计必从，共祸福。纵然来了如苏秦、张仪、陆贾、郦生般的说客，口似悬河，舌如利刃，又哪能说动我呢？"

周瑜说罢大笑，蒋干一时面如土色。周瑜又带着蒋干回到营中，指着诸将说："这些人都是江东的英杰，今天这次集会，真可以称作'群英会'啊！"

满座欢笑。到了深夜，蒋干向周瑜表示，已经不能再喝了，周瑜乃命撤席，佯作大醉状，要求蒋干抵足而眠。周瑜吐得满地狼藉不堪，蒋干睡也睡不着，伏枕静听，只见军中击鼓报二更的声音，这时周瑜鼾声如雷，看似沉睡。蒋干便起身，看见桌上放着一卷文书，偷偷一看，都是来往的书信，其中一封写着："蔡瑁、张允谨封"，蒋干大惊！信上大略说着："我们投降曹贼，并不是贪图荣华享受，而是迫于情势！如今已经把北军骗得困在水寨中，只要一有机会，便将曹贼的首级割下，献到军中。随时都会派人来传递消息，请都督放心……"

蒋干心想，原来蔡瑁、张允这两个家伙联结东吴，便把这封信暗藏在衣袖内，正想再翻看其他书信时，床上睡着的周瑜翻身向外，蒋干急忙就寝，只听见周瑜口中含糊地说："子翼，几天之内，我叫你看看曹贼的头！"

蒋干勉强虚应着。周瑜又说："子翼且慢……叫你看看曹贼……"

蒋干心下生疑，不知周瑜是睡是醒，便问周瑜话，可是周瑜又睡着了。蒋干伏在床上，已是四更时分，只听到有人入帐，轻唤道："都督醒了吗？"

周瑜好似梦中忽然被人唤醒，故意问来人说："床上睡着的是谁？"

来人回道："都督请蒋干同寝，难道忘了吗？"

周瑜十分懊悔地说："我平日向来不曾喝醉，昨天竟然醉得毫无知觉，不晓得自己有没有失口说什么醉话。"

来人对周瑜说："江北有人来，要见都督。"

周瑜喝道："小声点！"

便唤蒋干，而蒋干只管装睡。周瑜悄悄出营，蒋干沉住气，仔细听营外的谈话声，只听到有人声说："张、蔡两都督说：'急切之间，还无法下手。'"

后面的话，由于声音太低，听不真切。不多久，周瑜回到营帐中，又唤"子翼"，蒋干只是不应，蒙头假睡。周瑜也解衣就寝。蒋干心中想道：周瑜是个精明人，天亮找不到信，一定会怀疑我，……睡到五更，再也忍耐不住，想要逃走，便唤周瑜，周瑜却不应，蒋干就赶紧起身，穿戴整齐，潜出营帐，叫醒了小童，要出军门，守门军士问道："先生要去哪里？"

蒋干说："我留在这里恐怕会耽误都督办事，所以先行告别。"

军士也不阻挡。

蒋干飞船回去见曹操，曹操便问他事办得如何？蒋干表示无法打动周瑜，曹操一听，面带怒气，蒋干趋上说："虽然不能打动周瑜来降，但为丞相探听到一件事，请丞相屏退左右。"

曹操便让左右侍从离开。蒋干取出书信，将自己所见所闻，说给曹操听。曹操大怒说："这两个贼人竟敢如此无礼！"

立刻差人把蔡瑁、张允两人叫来，张、蔡两人来到营中，曹操说："我想要你们两人即刻率兵出征。"

蔡瑁说："丞相，军士还不熟悉水战，不能轻易说要出兵啊。"

曹操怒道："等军队练熟，我的头就要献给周瑜了！"

蔡、张二人不知曹操的话有何用意，惊惶之余，不能回答，曹操便喝令武士推出去，在营外就地斩首。当军士把两人首级献上时，曹操忽然醒悟："哎呀！我中计了！"

心中颇为懊恼，然而又不肯认错，反而对众将说："这两人怠慢军法，所以把他们就地正法！"

众将心中感慨不已。于是曹操在众将之内选了毛玠、于禁两人为水军都督，来代替蔡、张两人。

第十五章　赤壁鏖战

周瑜自从计退蒋干之后，在营中聚集众将，请孔明前来议事。周瑜问孔明道："曹军不久就要来攻，水陆并进，先生以为我方应当用哪一种兵器来御敌？"

孔明回答，在大江之上，当然用弓箭最好。周瑜一向对孔明十分畏忌，总以为如孔明之多谋，对东吴而言，是最大的威胁，因此想要借机为难他。周瑜说："先生之见，正合我意，但是如今军中缺少箭矢，能否烦请先生监造十万支箭来应敌？这是公事，请先生千万不要推辞。"

孔明说："既然是都督的吩咐，自当尽力去做。请问十万支箭，几时要用？"

周瑜说："十天之内，能办完吗？"

孔明说："曹操大军即日来攻，如果要等十天之久，恐怕误了大事。"

周瑜一听，心中十分诧异，十万支箭竟然难不倒孔明，于是又问孔明道："那么几天之内，可以办完？"

孔明说："只要三天，就可把十万支箭送到都督处。"

周瑜便说："军中无戏言！"

孔明表示绝无问题，三日之内如果办不好，甘愿接受重罚，周瑜大喜。孔明说："今天赶造已来不及，从明天起算，第三天请都督差五百军士到江边来搬箭。"

孔明说完，就告辞离去，稍后，鲁肃得知这件事，十分为孔明担忧，急忙赶着去见孔明。孔明说："公瑾之意，原是要害我！三天之内如何能造出十万支箭来？子敬啊，你得要救一救我！"

鲁肃便责备孔明，说他是自取其祸，十天之内不能办成的事，而自己招揽，说是三天之内就能完成。孔明又说："希望您能借我二十只船，每一条船上要三十位军士，船上用青布为幔，各束草千余把，分置在船的两边，我自有妙用，第三天包管有十万支箭。只是，这件事不好叫公瑾知道，如果被他知道，这计就使不成了。"

鲁肃答应孔明秘密行事，私下就拨了快船二十只，一切孔明所叫准备之事，都已准备妥当，就等着孔明调用。然而，第一天不见孔明动静，第二天也是。到了第三天清晨四更时分，孔明才密请鲁肃来到船中，说是请鲁肃一块儿去取箭。鲁肃只见空船，心中疑惑，但孔明要他不需过问。鲁肃只见孔明命人把二十只船，用长索连在一起，直往北岸驰去。这天晚上的天气，大雾漫天，长江之中，雾起得更浓，甚至对面来人，也看不真切。孔明催促船只快行。到了五更时，船已经接近曹操水寨，孔明就叫船只头西尾东，一字排开，在船上擂鼓呐喊。鲁肃大惊，说："这还了得，如果曹兵出营来攻击我们，要怎么办？"

孔明笑着表示，重雾之中，曹兵一定不敢出，他对鲁肃说："我们只顾饮酒取乐，等雾散了就回去。"

这时，在曹营中听到擂鼓呐喊的声音，毛玠、于禁两人慌忙飞报曹操。曹操心想，重雾迷漫，敌军恐有埋伏，所以命令手下拨水军弓箭手发射乱箭。又差人到旱寨去传张辽、徐晃，各带弓箭手三千，火速赶到江边助阵。这时一万多人，尽向江中放箭，一时箭如雨发，孔明叫人把船头掉转，头东尾西，逼近水寨，好让箭射得到船上，一面更加擂鼓呐喊。等到太阳升起，雾渐渐散了时，孔明急令船只回航，二十只船两边束草上，排满了箭。孔明下令船上军士齐声喊："谢丞相的箭！"

等到曹军寨内有人把经过通报曹操时，这里船轻水急，已经驰离了二十余里，追赶不及了，曹操懊悔不已。

孔明在船中对鲁肃说："每条船上大约有五六千支箭，不费江东半分力气，就得到十万支箭，明天用它来回射曹军，岂不甚好？"

鲁肃十分佩服，然而他不明白何以孔明知道今日晨间有大雾。孔明解释说："身为大将而不通天文，不识地理，不晓得天气的变化，不明白布阵、地势、人情的，就是庸才。我在三天之前就算定了今天有大雾，所以敢在公瑾面前夸下海口，以三天为限，用计取得这十万支箭啊！"

鲁肃真是佩服得五体投地，船到岸边，周瑜已差五百人在江边等候，军士计算的结果，共得了十五六万支箭，周瑜自鲁肃处得闻孔明草船借箭的经过，心中也不由得叹服三分。

事后，孔明入寨去见周瑜，周瑜出营帐来迎接，至此，才真正表示了佩服之意。周瑜邀孔明入营帐中共饮。周瑜说："昨天孙将军派使者来催促我进兵，我未有奇计，愿先生教我。"

孔明谦让，说自己不过是个碌碌庸才，会有什么妙计，周瑜说："我昨天探营仔细观察了曹操水寨，看起来十分严整而有秩序，如不用奇计，恐怕攻不下，我想得一计，不知可用否，请先生为我做一决定。"

孔明立即说："都督且不要说，我们两人各自把所想之计写在手掌之内，看看是同还是不同？"

周瑜很高兴，觉得这方法不错，遂叫人取来笔砚，先暗自写了，待送给孔明看，孔明也暗自写下，两个人移近坐榻，同时把手掌摊开，互相观看，看完不禁开怀大笑。原来周瑜掌中，是一个"火"字，孔明掌中也是一个"火"字。周瑜便对孔明说："既然我们两人所见相同，那么这计策应当可行，这计策你我要保密，千万别泄漏才好！"

两人饮酒罢，便各自分散，在周瑜手下，并无一人知道这事。

当瑜、亮两人用计之时，曹操正为了平白折了十五六万支箭而在生气。荀攸进言说："如今江东有诸葛亮和周瑜两人用计，急切之间，很难攻得破，不如差人到东吴诈降，作为内应，暗传消息，使我方能掌握东吴动态。"

曹操表示此计甚好，但是未必有适合的人选，荀攸乃推荐蔡瑁的堂弟蔡中、蔡和，两人正在曹营任副将之职。荀攸以为蔡瑁被曹操所杀，蔡中、蔡和若去东吴诈降，东吴定然不致起疑。

当夜，曹操便传令两人入军帐，嘱咐两人如何如何行事，事后必有重赏。次日，蔡中、蔡和便领着五百军士驾了数只船，顺风往南岸来。在南岸营寨中，周瑜正在处理进兵之事，忽然使者来报，江北有船来到江口，称是蔡瑁之弟蔡中、蔡和，特来投降。周瑜接见两人，表情愉悦，重赏两人，令两人和甘宁同为部队的前锋，两人拜谢，以为周瑜中了计。然而周瑜吩咐甘宁说："这两人投降不带家小，恐怕是诈降，替曹操当奸细。如今我想将计就计，叫他通报消息。你好好招呼他们，一边提防两人，到发兵的那一天，却要杀他们两个来祭旗！"

当天晚上，周瑜坐在军帐中，忽然见到黄盖暗中来见，周瑜问他："公覆，你何以深夜来见，是有什么指教吗？"

黄盖说："彼众我寡，在这种情况下要用火攻！"

周瑜微惊，忙问："是谁教你的计策？"

黄盖表示正是自己想出来的，周瑜乃说："我的意思也是如此，所以故意留下诈降的蔡氏兄弟，令他误传消息。遗憾的是，没有一个人为我到曹营去诈降。"

黄盖表示自己愿意诈降，而周瑜说："不受些苦，恐怕对方不信。"

黄盖以为自己深受孙氏厚爱，此次虽然肝脑涂地，也不怨悔。周瑜起身拜谢，说道："公覆如肯行这苦肉之计，那真是江东人民之福！"

黄盖辞出时，向周瑜表示了自己坚定的信念。

第二天，周瑜鸣鼓大会诸将，孔明也在座。周瑜说："如今曹操领着百万大军，连绵三百里长，非短时间内可破，如今命令诸将各领三个月粮草，准备御敌……"

话还未说完，黄盖抢着发言，说道："莫说三个月，就是支三十个月的粮草，也无济于事。如果能攻得破，在这个月内就能攻破曹军，如果这个月内攻不破，恐怕最好依张子布的话，弃甲倒戈臣事曹操。"

周瑜勃然变色，怒道："我奉主公之命，领军破曹，谁敢再谈投降的一定斩首示众！如今两军相敌，你竟敢说出这番扰乱军心的话，不把你杀了，叫我怎么管理部下！"

周瑜喝令左右把黄盖绑起，推出斩首，黄盖也生气地说："我自从追随破虏将军孙坚，纵横东南，驰骋沙场，已经三代，当我建功逞威之时，那时哪有你来？"

周瑜喝令速斩，这时群臣纷纷为黄盖求情，说黄盖是东吴老将，而眼下大敌当前，当同心协力对付曹军，杀了黄盖，也无好处。周瑜见众官苦苦哀求，乃命左右将黄盖打了一百大板。众人又纷纷为黄盖求饶，周瑜推翻案桌，斥退众官，又喝令士兵把黄盖衣服剥了，又打了五十下。众官又苦苦哀求，周瑜仍然骂声不绝，走回营帐中。

众官把黄盖扶起，只见黄盖被打得皮开肉绽、鲜血迸流，扶回本寨，途中昏倒几次。黄盖回到寨中，众将纷纷来慰问，黄盖只是长吁短叹。众将离开之后，参谋阚泽也来探访，黄盖请他入内，阚泽怀疑周瑜用苦肉计，黄盖向与阚泽交好，因此对阚泽的怀疑并不否认，反而从容表明自己的心意，黄盖说："我虽受苦，但心中一无怨恨。只是遗憾军中并无一人是我心腹，为我预先向曹操献上诈降书！"

阚泽欣然表示为国同心之意，愿意在黄盖之先，往曹营见机行事。

阚泽当夜就扮作渔翁，驾了小船，往北岸航去。来到曹营，军士把他带去见曹操，曹操怀疑他是奸细。阚泽说自己与黄盖情逾骨肉，特来呈献降书，曹操总是不信。阚泽说："人说曹丞相求贤若渴，而今天我见到的情形正是相反！唉，黄公覆啊，你真是打错了算盘了！"

曹操便要投降书看，阚泽把信呈上。曹操在几案上把信翻看了十多次，忽然拍案张目大怒道："黄盖用苦肉计，让你假传降书，在我营中卧底，你竟敢来戏侮我吗？"

曹操便要叫左右把阚泽推出去斩了。阚泽面不改色，仰天大笑，从容而言："我岂是笑你曹操？我是笑公覆没有识人之明！"

曹操说："我自幼就熟读兵书，你这条计，休想瞒我！你如果是真心要献书投降，何不明约时间？"

阚泽听罢，更是仰天大笑，对曹操说："你真是不识机谋，不明道理，岂不曾听人说'背主作窃，不可定期'的话？岂有预先约定何时来降之事？"

曹操这才改容，取酒接待，表示慰勉之意，说："如果你和黄公覆建得大功，他日的封赏一定在其他人之上。"

这时，曹操又得蔡中、蔡和密书，写到黄盖被杖责之事，曹操愈加相信，乃命阚泽回南，相机行事。数日之后，曹操又得蔡中、蔡和密报，说是甘宁也愿为内应，曹操心中有些疑虑。阚泽也自写信，遣人密送曹操，说是黄盖目前未得机会，如果要北来，船头会插青牙旗作为标帜。曹操心中举棋不定，七上八下的，乃聚集谋士商议，希望能得一内应前往江左。蒋干因前次游说周瑜未能成功，这次自愿前往，将功赎罪。曹操同意，便派蒋干即日上船。

在南岸，周瑜听得蒋干又到，不禁大喜，对鲁肃说："成功与否，就系在这人身上。"

周瑜又吩咐鲁肃请庞统来，向他请教破曹的方法，庞统道："要破曹军，必须用火攻！但是江面辽阔，如果只有一艘船着火，其余的船便能四散逃逸。必须使'连环计'，将北军船只钉成一处，使这计才能成功。"

周瑜深深佩服庞统之见。又请人去接蒋干，蒋干不见周瑜亲自来接，心中也颇为忐忑。一到营中，周瑜就变色责备道："子翼，你为了什么如此欺骗我？我顾念往日交情，请你开怀痛饮，并且留你共眠，欲吐心事，你为何盗了我的私信，又不辞而别？你这番来，一定不怀好意！我原想和你一刀两断，马上送你回去，但又想到旧日交情，这一两天我就要破曹军，把你留在营中，恐怕你又要刺探军情。这样吧，左右侍从！把子翼送到西山庙中休息两天——等我击败曹军再送你过江也不迟！"

蒋干要发言，但周瑜不容他开口，起身回营帐中去了。蒋干来到西山，想到此行任务又不能完成，内心十分忧闷，真是寝食难安。到了半夜，星露满天，独自一人出庵散步，只听到不远处传来读书的声音，蒋干信步走去，见山旁有草屋数间，灯光自小窗中射出，蒋干悄声走近，自窗中望入，只见一人在灯前挂剑，口中吟诵着《孙吴兵法》。蒋干好奇心起，叩门请见。那人开门迎客，蒋干一见那人，只觉得仪表非凡，心想这必定不是等闲人物。两人道过姓名，蒋干十分惊喜，说道："莫非是凤雏先生？"

庞统说："正是。"

蒋干便问何以置身在这荒僻之地，庞统表示完全是因为周瑜恃才傲物，不能容人，所以隐居在此。蒋干便力劝庞统投靠曹操，庞统说："我早就想离开江东了，今天既然有你引荐我，我就和你同路走，不过行动要快，慢了恐怕周瑜知道，就不好办了。"

于是两人连夜下山，到江边寻着原来的船只，飞棹航往江北。

在曹营，曹操早已得知凤雏先生要来，亲自出帐迎入，分宾主坐定。曹操说："周瑜年幼，又恃才欺众，不懂用兵。操早已听得先生大名，希望先生能教导我。"

庞统说："我平日就知道丞相整军十分严整，我想看一看布军的情形。"

曹操就叫人备马，两人上马先看了旱寨，庞统说："安营傍山依林，出入有门，进退有序，就是孙、吴再生，穰苴复出，恐怕也不能过此！"

两人又去看水寨，只见南分二十四座门，艨艟战舰环列，好似城郭，中藏小船，往来似有巷道，秩序井然。庞统就说："丞相用兵如此，真是名不虚传。"

曹操大喜，请庞统回到营帐中，两人论阵说兵，高谈阔论，庞统应答如流，曹操佩服得五体投地，便问庞统，北方之军水土不服，多生呕吐之病，甚而致死，该如何处理。庞统就说："丞相教练水军之法固然好，然而在大江之中，潮起潮落，风浪不停，北兵不惯坐船，又受到风浪颠簸，自然呕吐生病，无法作战。不如把大船小船，或三十只成一排，或五十只成一排，首尾用铁环连锁起来，上铺阔板，这样一来，休说是人在其上行走，连马匹也能在上奔跑。乘坐这样连环而成的船队，任他风浪潮水再大，水军又怕什么？"

曹操一听，觉得十分有理，乃下席向庞统道谢。曹操说："唉！不用先生良谋，我如何能破东吴水军？"

曹操乃命军中铁匠，连夜打造连环大钉，锁住船只，诸将得知庞统之计，都十分庆幸。庞统又对曹操说："当我在江东时，江东豪杰之中，有许多人怨恨周瑜，我愿意凭三寸不烂之舌，把他们游说来降丞相，使周瑜孤立无援，而只要周瑜一败，刘备就不用烦恼了。"

曹操闻言，再三叮咛，务必尽力，庞统遂拜别曹操，自回江东去了，这时已是建安十三年冬十一月。

某一日，天气晴朗，长江江面风平浪静，曹操上马先巡视沿江的旱寨，然后乘坐大船一只，在船中央建起"帅"字旗号，巡视两边水寨，曹操颇觉满意，又下令军中置酒设乐，在晚上会见诸将。到了薄暮时刻，风色渐渐暗了下来，只见月上东山，光彩皎洁，照耀得四周如白日一样，月色下的长江恰似一匹白练。曹操居中，左右文武百官依次而坐。曹操见南屏山山色如画，向东望可以见到柴桑，向西则能看到夏口，南边是樊山，北面可以望得着乌林，四顾空阔，此情此景曹操心中颇有感触。喝酒喝到半夜，曹操想到自己行年五十有四，江南还未平定，耳中传来离树的鸦鸣声，曹操甚有醉意，乃取槊置于船头，把酒向江中浇奠，满饮三杯，横槊对诸将说："我就是凭着这支槊破黄巾，擒吕布，灭袁绍，深入塞北，直抵辽东，纵横天下的！凭了这支槊，颇不辜负我大丈夫的志向。如今美景当前，心中甚为感动，我为诸君唱歌，请你们应和罢。

对酒当歌，人生几何！譬如朝露，去日苦多。

慨当以慷，忧思难忘。何以解忧？惟有杜康。

青青子衿，悠悠我心。但为君故，沉吟至今。

呦呦鹿鸣，食野之苹。我有嘉宾，鼓瑟吹笙。

明明如月，何时可掇？忧从中来，不可断绝。

越陌度阡，枉用相存。契阔谈讌，心念旧恩。

月明星稀，乌鹊南飞。绕树三匝，何枝可依？

山不厌高，水不厌深。周公吐哺，天下归心。

曹操歌罢，众人和之，一时之间，彼此十分契合。

次日，水军都督毛玠、于禁来到营帐中，向曹操说："大小船只，都已配搭连锁妥当，旌旗武器也一一准备好，请丞相调遣，近日即可起兵。"

曹操来到水军中央大战船上坐定，召集诸将，分派任务，命水旱二军，都用五色旗号，水军部分，由毛玠、于禁居中，旗用黄色；张郃在前，用红旗；吕虔统后军，用黑旗；文聘率左军，用青旗；吕通率右军，用白旗。陆军部分，徐晃为前军，掌红旗；李典主后军，用黑旗；乐进统左军，用青旗；夏侯渊统右军，用白旗；夏侯惇、曹洪接应水陆西路，许褚、张辽往来监战，其余骁将，也各有各的任务。曹操令毕，水军寨中擂鼓三通——各队战船，分门而出，这日西北风突起，各船拽满风帆，向前列进，冲波击浪，渡江如履平地。北军在船上踊跃施勇，刺枪使刀，身手灵活，勇不可当。曹操心中大喜，以为必胜，乃命众船收帆，依序回寨。

这时程昱来进言，他对曹操说："船都连锁在一起，固然十分平稳，但若对方用火攻，却难以回避，这一点，丞相不能不防备！"

曹操大笑说："凡有火攻，必得借助风力，如今天气严寒，正值隆冬，只有西风、北风，何来东风、南风？我方在长江之北，东吴军在南岸，如果用火攻，岂不是要倒烧自己的军队？"

众人都佩服曹操之见，纷纷扰扰之间，袁绍手下的旧将焦触和张南两人自愿乘船，直至北江口，去夺东吴军的鼓旗。曹操便拨下二十只船，精锐军士五百人，人人手持长枪或硬弩。第二日，焦、张两人便领着哨船，穿寨而出，往江南进发。

在南岸的周瑜，早已听到喧震的鼓声，登高观望，只见有小船冲波而来，周瑜便问军中有谁敢先行退敌，韩当、周泰两人齐声答应，于是便各领哨船五艘，分左右而出。韩当、周泰两人接近小船时，焦触便命军士射出乱箭，然韩当一手用盾牌护胸，一手挺长枪和焦触交锋，不过刺出一枪，焦触已倒下，周泰飞身一跃，直跃上张南船上，手起刀落，把张南砍落水中。焦触、张南之死，愈令曹操相信船舰连环之妙。

当周瑜在山顶看隔江战船时，正想问众将用何计来破江北密如芦苇的战船，话未及出口，只见曹寨中被风吹折的黄旗飘向江中。周瑜还兀自得意时，忽然狂风大作，江中惊涛拍岸，一阵风过，旗角在周瑜脸上拂过，周瑜猛然想起，万事皆备，只欠东风，不觉昏眩过去。

周瑜卧倒帐中，孔明前来探视，周瑜便将心事告知孔明。孔明说："我虽无才德，但是曾经得到异人的指点，对天象颇有了解，请都督在南屏山建台，我为都督借三日三夜东风如何？"

周瑜大喜，心病霍然而解，便传令军士在南屏山筑坛，名为七星坛，孔明在十一月二十日吉时，斋戒沐浴，来到坛前，仰天祷告。

当孔明在七星坛上祭风的时候，程普、鲁肃等一班军官，只在帐中等候，只要东南风一到，便要发兵。黄盖也已准备了火船二十只，船头密布大钉，船内装满了芦苇干柴，灌上鱼油，上又铺了一层硫黄、焰硝等引火之物，用青布油单遮盖起来，船头插上青龙牙旗，众人在帐中听候，只等周瑜发下令号。都督营帐周围尽是东吴军马，围得水泄不通。这时，探子也来报告周瑜，孙权船只离寨八十五里，以为支援。众兵众将，一个个摩拳擦掌，准备厮杀。

将近三更时分，忽然风声大作，旗幡四处转动，周瑜出帐观看，只见旗脚竟飘向西北，霎时间东南风大作。周瑜下令集合众将，先叫甘宁带了蔡中等沿南岸走，他对甘宁说："只要打着北军的旗号，直向乌林走去，就到达曹操屯粮的地方。然后深入军中，以火为号，留下蔡和一人在帐中，我自有用处。"

周瑜又吩咐太史慈说："你领三千兵，直奔往黄州地界，截断曹操退路以及自合淝来的援军，遇着曹兵就放火，只要看到红旗，便是吴侯来接应。"

这两支人马路途最远，所以最早出发。周瑜又叫吕蒙领三千兵去乌林接应，叫甘宁焚烧曹操的栅寨。又唤凌统领三千兵直接去彝陵的边界，只要一看乌林火起，便领军前去。周瑜又唤董袭领三千兵直取汉阳，从汉川杀奔曹营，看白旗接应。然后再唤潘璋领三千兵，打着白旗往汉阳接应董袭。

六队军马各自分路去了。周瑜乃令黄盖安排火船，使小卒送信约曹操，言明今夜投降。一面又拨四只战船，随着黄盖船后接应；又将军队分成四队，各有大将统领，这四队各领战船三百艘，前面又摆列火船二十艘，周瑜和程普在大艨艟上督战，只留鲁肃、阚泽及众谋士守寨。

在南屏山，孙权早已准备妥当，只待黄昏出动。玄德在夏口迎接孔明，孔明回营后，立即调兵遣将，吩咐赵云领三千人马渡江，攻取乌林小路，拣树木芦苇多的地方埋伏，当夜半四更曹操败走时，等他军马来到，就在半中间放起火来。孔明说："乌林还有两条路，一条通南郡，一条通荆州。你只要埋伏在往荆州的路上，因为曹操大军必然败回许昌。"

赵云领命而去，孔明又派张飞领三千兵渡江，截断彝陵这条路，去葫芦谷埋伏，当曹军来此埋锅造饭之时，就在山边放起火来。孔明又命糜竺、糜芳、刘封三人，各驾船只绕江剿擒败军，夺取器械。之后，孔明又请刘琦回到武昌，嘱咐他不可轻离城郭。在安排妥当之后，孔明对玄德说："主公可在樊口屯兵，凭高而望，坐看今夜周郎大逞威风！"

这时，云长也在座，孔明全然不加理会。云长终于忍耐不住，高声说道："我关某自从跟随兄长征战以来，向未落后，今日遭逢大敌，却不见军师有什么任务派给我，这么做到底有什么理由？"

孔明笑道："云长勿怪我。我本想麻烦你把守一个最重要的隘口，但是怎奈何有些不便处，所以不敢派你去。"

云长不解，便问孔明到底有什么不便？孔明说："过去曹操对待你十分优厚，你心中不时想要回报，这一次曹兵大败，必定经过华容道逃走，如果由云长你来把关，到时必然会放他过去。"

云长说："军师好多心！当日曹操虽然重待过我，而在当时，我已杀了颜良、文丑，解了白马之围，报过他了。今日如果撞见他，岂能轻易放过他？假如我放了他，我自愿接受军法制裁！"

于是孔明便下了军令状，再三叮咛："将军休得容情。"云长领了将令，带着关平、周仓和五百校刀手，往华容道埋伏去了。

却说曹操在大寨中，和众将商议，只等黄盖消息。当日东南风吹得很急，程昱入寨提醒曹操要预先提防，然曹操一笑置之，以为冬至阳生，哪会起东南风？忽然军士来报，说有黄盖密书，曹操赶紧唤入，黄盖书中说："周瑜关防很紧，所以无法脱身。今日正遇鄱阳湖有新运到的粮食，因此想趁机杀几名江东名将，献首级来降，只在今晚三更，船上插青龙牙旗的，就是来降的粮船。"

曹操大喜，遂和众将来到水寨中大船上，等候黄盖船到。

这一夜，天色向晚的时分，周瑜把蔡和杀了，用血祭旗，便下令开船。黄盖在第三只火船上，披上护胸，手提利刃，旗上大书"先锋黄盖"四字，往赤壁进发。这时，东风大作，波浪汹涌，曹操在中军遥望对岸，只见月色照耀在江水之上，如万道金蛇，翻波戏浪，曹操迎风大笑，十分得意。忽然有军士报告说，江南隐隐有一簇帆幔，顺风而来，曹操登高而望，船首都插着青龙牙旗，其中一面最大的，上书"先锋黄盖"四个大字，曹操笑道："公覆来降，真是天助我也！"

来船逐渐接近，程昱观察许久，对曹操说："来船有诈，千万别让它们接近水寨！"

曹操便问如何知道的，程昱说："粮食堆积在船中，船必定十分稳重，如今来船，看来十分轻浮，今夜东南风急，如果有什么诈谋，要如何抵挡哪？"

曹操省悟过来，忙问，谁能去制止？文聘认为自己颇识水性，自愿前往，十数只巡船，便随着文聘船航出。文聘立在船头大叫："丞相有旨！来降的船只休近水寨，在江心停住！"

众军齐声大喝："把篷卸下！"

话还未说完，弓弦声响，文聘被射中左臂，倒在船中，船上大乱，各自奔回。这时双方只隔二里水面，黄盖用刀一招，前船一齐发火，火趁风威，风助火势，船如箭发，烟焰蔽天。二十只小船，纷纷撞入水寨，曹寨中的船只一时尽都着了火，又被铁环锁住，无处逃避。隔岸又发炮，四下火船又前来攻击，但见三江面上，火逐风飞，漫天彻地，一派通红。

曹操赶紧逃上岸，由张辽和十数人保护，黄盖在后追赶，张辽一箭射中黄盖肩窝，黄盖落水，却被韩当救起。江面上火光冲天，左边是韩当、蒋钦，两军从赤壁西杀来；右边是周泰、陈武，两军从赤壁东杀来；正中是周瑜、程普所领的大队船只。三江水战，赤壁鏖兵，曹军着枪中箭，火焚水溺的，数也数不尽。

这时，在岸上甘宁命蔡中领军到曹寨深处，一刀把蔡中砍死，就草上放起火来，吕蒙遥望中军火起，也在十数处放火，众将分头放火呐喊，四下里又鼓声大震，曹操和张辽领着百余骑，在火林里走着，看看四处地面，无处不是火，曹操命军士寻路。张辽指着前方说："只有乌林，地面空阔，可以逃走。"

于是曹操领着张辽等人，急奔往乌林。正走间，火光中出现了吕蒙、凌统，曹操肝胆俱裂。在混战之中，曹操幸得袁绍降将马延、张颛领着北地军马前来接迎，曹操便叫二人领一千军马开路，其余留着护身。然而行不到十里，喊声起处，甘宁又领兵阻挡，马延、张颛来抵御，早被甘宁砍倒，曹操真是吃惊不小。这时正望着合淝有军来援，不料孙权正在合淝路口，令陆逊、太史慈合军，向曹军冲杀，曹操奔逃，只见四周树木丛杂，山川险峻。曹操尚未回神，西边鼓声震天，四处火光冲起，惊得曹操几乎坠马，从斜里杀出一支军队，为首的大叫："我赵子龙也！在此等候多时了！"

曹操命张郃、徐晃抵赵云，自己就冒烟突火逃走，赵子龙也不来追赶。这时天色微明，东南风仍不止。忽然大雨倾盆，湿透衣甲，曹操和军士冒雨而行，众军士疲惫饥饿不堪，曹操便令军士往村落中劫粮，在山边拣干处埋锅煮饭。饭还未煮熟，前后喊声大起，曹操大惊，弃甲上马，军士也都四散逃逸，只见四处火烟布合，山口一军摆开，为首的就是张飞。诸军心胆皆寒，张辽、徐晃来夹攻张飞，两边军马混作一团，曹操拨马就走，只有少数几人随行。来到华容道前，人马皆倒，焦头烂额之时扶着竹杖而行，中箭着枪的勉强着走，个个衣甲湿透，在此隆冬严寒之时，真是苦不堪言。走啊走，前军忽然停马不进，原来是山间小路由于早晨下雨，泥泞不堪，马蹄陷于泥中。曹操大怒，说："军旅该逢山开路，遇水架桥，岂有路面泥泞就不能前行之理！"

便命老弱受伤的军士在后慢行，强壮者担土束柴，填塞道路，务要行动快速，否则斩首，众军只得就路旁砍伐竹木，填塞山路，只要行动迟慢，就行斩杀。曹操乃令人马沿着栈道而行，一时死者不可胜数，哭号之声，不绝于路。曹操过了险阻，来到了较平坦处，只有三百人相随，无一人衣甲整齐的。曹操对部下说，赶到荆州再行休息，话还未完，一声炮响，五百校刀手两边摆开，只见关云长提出青龙刀，跨着赤兔马，截住了去路。曹军见了，亡魂丧胆，面面相觑。程昱便对曹操说："我素知关公这人傲上而不忍下，欺强而不凌弱，恩怨分明。丞相往日有恩于他，如今只有亲自求他，方能脱险。"

曹操只好请关公以昔日交情为重，当日过五关、斩六将，自己是如何相待？云长是个义重如山的人，想到从前曹操对自己的好处，如何能不动心？又见曹军个个凄惶欲泪，心中益发不忍，便将马头勒回，对众军说："四散摆开！"

曹操心知云长要放自己，便急忙和众将冲过。张辽及部下赶到，云长也动故旧之情，一块放过了。

曹操脱华容之难，回顾所随军兵，只有二十七人，不禁大恸！回到南郡，嘱咐曹仁，力保南郡，管领荆州，给予锦囊一个，嘱咐曹仁，如有敌人来犯，可依计行事，又令夏侯惇领襄阳，张辽守合淝。自回许都收拾军马，以待日后报仇。

第十六章　三气周瑜

赤壁战后，周瑜收军点符，大犒三军。遂进兵想要攻取南郡，前队临江扎营，后面分五队环绕，周瑜居中。

一日，周瑜正和众将商议如何进攻时，使者传报说：玄德派孙乾带着礼物来向都督道贺。周瑜即命人请进，而问孙乾，说："玄德现在何处？"

孙乾说："现今移军屯驻在油江口。"

周瑜大惊，便问孔明在何方，孙乾答道："孔明和玄德同在油江口。"

周瑜匆匆打发孙乾回去。鲁肃见了感到奇怪，便问周瑜："都督刚才何以这般吃惊？"

周瑜说："刘备屯兵油江，必有攻取南郡之意。我们费了多少军马，用了多少钱粮才击败了曹军，目前南郡唾手可得。刘备和诸葛亮两人若是心怀不轨，还得要对付得了我！"

周瑜十分气愤，乃邀鲁肃一起，领了三千轻骑，到油江口来，周瑜说："我先和他说理，如果好便好，不好时不等他拿到南郡，先要杀了刘备。"

在油江口，孙乾回来见玄德，并说周瑜将亲自来道谢。孔明知道周瑜为南郡而来，一面教玄德如何应对，一面在油江口摆开战船，船上列着军马。

当周瑜来到玄德处，只见军势雄壮，心中甚是不安。孔明派遣赵云来引接，来到营中，玄德举酒道谢。酒过数巡，周瑜便说："豫州移兵在此，莫非有攻取南郡之意？"

玄德回答道："听说都督要攻取南郡，所以列兵来相助。如果都督不取南郡，我必定会攻取。"

周瑜便笑着表示，东吴早已想吞并汉口，如今取南郡不过是探囊取物，如何会放过，玄德说："胜负是兵家常事，但不可预定！曹操临回许都时，曾命曹仁守南郡，必定有奇谋相授，曹仁这人又十分勇武，恐怕都督要攻取南郡并不那么容易呐！"

这话激得周瑜冲口而说："我如果取不到南郡，那么就任凭你攻取罢！"

玄德立刻说："孔明、子敬两人在此作证，都督此话不要反悔！"

鲁肃踌躇，尚未应答，周瑜说："大丈夫一言既出，有什么好悔的！"

孔明甚喜，遂对刘备说道："都督这番话，甚是公道！先让东吴去攻南郡，如果攻不下，再由主公去取，有什么不可以！"

当周瑜和鲁肃辞别玄德、孔明上马而去，玄德便问孔明："刚才先生教我如此回答，话已经说出去了，可是我辗转寻思，还是不知其中道理。如今我孤穷一身，连一个立足之地也没有，才想要攻下南郡，权且容身。如果让周瑜先取得了南郡，我又如何是好？"

孔明大笑说："当初劝主公去取荆州，主公不听！怎么如今却着急了哩？"

玄德表示荆州是刘表所有，所以不忍相攻，而如今南郡属于曹操，如何不取？孔明遂要玄德只在江口屯扎按兵不动，"待周瑜去厮杀，早晚叫主公在南郡城中高坐。"玄德只得将信将疑。

周瑜、鲁肃回到寨中，鲁肃便问何以答应玄德攻取南郡？周瑜十分自信地说："我弹指之间就能攻下南郡，乐得虚做个人情。"

周瑜命蒋钦为先锋，徐盛、丁奉为副将，拨五千精锐军马，先行渡江。

这时候，曹仁在南郡，吩咐曹洪守彝陵，两处成为掎角之势。从人来报：吴兵已经渡过汉口。曹仁吩咐属下，要坚守南郡，当时骁将牛金自愿领精兵出城应敌，说："吾兵新败，正当重振锐气。"牛金出城，丁奉纵马来交战，假装不敌退回，牛金遂追赶入阵，丁奉指挥众军士把牛金团团围住，曹仁在城上望见牛金被围在垓心，遂披甲上马，领壮士数百人出城，杀入吴阵中，徐盛迎战不能抵挡，曹仁杀到垓心，救出牛金，却碰到蒋钦来拦杀，曹仁弟曹纯前来接战，双方混杀了一阵，吴军败走，曹仁得胜而回。

蒋钦兵败，周瑜大怒，打算亲自领兵去攻。这时，甘宁自愿领三千精兵前去攻打彝陵，曹仁即令曹纯和牛金暗中领兵去支援曹洪，并要曹洪出城诱敌。甘宁领兵来到彝陵，曹洪出城和甘宁交锋，战不到二十回合曹洪诈败逃走，甘宁便夺了彝陵。到了黄昏时，曹纯、牛金两下会合，便把彝陵包围了起来。

周瑜听说甘宁被围城中，大惊，乃用吕蒙之计，留下万余军，令凌统坐守，自领大军奔向彝陵。吕蒙要周瑜在彝陵以南偏僻的小路上砍倒树木，以断绝曹军后路。周瑜便命人如此去做。大军来到彝陵，周泰便绰刀纵马，杀入曹军之中，直来到城下，甘宁在城上望见，便出城迎接，得知周瑜亲自领兵，便传令军士严装饱食，准备内应。曹纯、曹洪、牛金听说周瑜兵至，先使人往南郡报知曹仁，一面分兵拒敌。两军交锋，曹兵大乱，吴兵四处掩杀，曹军败走。欲投小路，却又被乱柴挡道，马不能行，尽皆弃马而逃，周瑜乘胜赶到南郡，正遇曹仁来救彝陵，两军混战一场，直到天色将晚，方才各自收兵回营。

曹仁回城后，将曹操当日留下的锦囊拆开，便传令军士五更造饭，次日清晨，大小军马，都弃城而去，城上遍挥旌旗，虚张声势，军队分三门而出。周瑜领兵来攻，曹军败走，周瑜亲自领兵追到南郡城下，曹军也不入城，反向西北方逃走。韩当、周泰领着前军奋命追赶。周瑜见城门大开，城上又无人，遂下令众军士抢城，周瑜在后，纵马加鞭，直入城中。

一声梆子响，忽然西边弓弩齐发，势如骤雨，争先恐后入城的，这时好像陷在坑内，周瑜正急勒马想回来时，一箭射来，正中左肋，周瑜不支，翻身摔下马来。牛金从城中杀来，要活捉周瑜，徐盛、丁奉两人舍命去救。这时城中的曹兵尽出，吴军自相践踏想要逃出，程普急忙收军，但曹仁、曹洪又分两路杀回，吴军大败！幸好凌统引了一军从斜里杀来，抵住曹兵，程普才能收军回寨。

周瑜回到营中，行军医生用铁钳子拔出箭头，周瑜疼痛难当。程普代理，命三军紧守各寨，不许轻出。三日后，牛金领军来攻阵，程普按兵不动，牛金骂到日暮才回，次日，又来骂战，程普和众谋士商议，想暂时退兵。有一天，曹仁亲自领了大军，擂鼓呐喊，前来叫战，周瑜从床上奋起，披甲上马，诸将大骇，急忙领军跟进，只听到曹仁扬鞭骂道："周瑜小子，想来必定横死，再也不敢冒犯我军！"

骂声未了，周瑜从群骑中突然现身，说道："曹仁匹夫，想见一见我周郎吗？"

曹军看见，尽皆惊骇不已。曹仁吩咐部下大骂，周瑜大怒，命潘璋出战，还未交锋，忽然大叫一声，周瑜口中喷血，落于马下。曹、吴两军混战一场，吴军将周瑜救回营中。

周瑜回到营中，程普赶紧来探视，周瑜暗中对程普表明这原不过是一场骗局，欲要曹军中计。周瑜说道："如果曹军只知我病危，一定趁机来攻。如今可派心腹军士去城中诈降，就说我已伤重而死。这样，曹仁今夜必来劫寨，我方可在四下埋伏，待曹仁到，就一鼓作气把曹仁捉来。"

程普以为此计大妙，出营后，就在帐下发哀，众军大惊，各寨都挂起孝来。程普又派人去诈降，说是周瑜病死，程普无能。

曹仁大喜，便下令初更时前往劫寨。入夜时分，来到寨内，却不见一人，只见虚插着的旗枪。曹仁知是中计，赶紧退出，又遇甘宁大杀一阵，曹仁不敢回南郡，便径往襄阳大路走去。周瑜、程普收住众军来到南郡城下，只见城上旌旗满布，城楼上一将叫道："都督少罪。我奉军师命，已攻下南郡了，我乃常山赵子龙也！"

周瑜大怒，便命将士攻城，城上乱箭齐下，周瑜便只好下令军马先回营；一面派甘宁领数千军马去攻取荆州，一面又派凌统率兵去攻襄阳，然后再回攻南郡。周瑜正在分派任务，忽然探马来报，说："诸葛亮自从得到了南郡，遂用兵符，连夜诈调荆州守城军马来救，却叫张飞攻下了荆州。"

话未说完，又一探马来报说："夏侯惇在襄阳，被诸葛亮差人骗去兵符，诈称曹仁求救，引诱夏侯惇领兵出城，让关云长攻下了襄阳！"

荆州、襄阳二处城池，得来全不费力，这时已全属刘玄德，周瑜忙问："诸葛亮怎会得到兵符？"

程普说："他拿住陈矫，兵符自然全属于他！"

周瑜大叫一声，气得晕了过去！

玄德自从得了荆州、南郡、襄阳之后，心中大喜，便和众人商议久远之计，伊籍对玄德说："要图荆州之长远，最要紧的事便是任用贤才。在荆、襄有马氏兄弟五人，其中年最幼的马谡，字幼常，而五兄弟中最贤能的是马良，字季常，眉内有白毛，所以乡里之间有谚语说：'马氏五常，白眉最良。'主公何不访求此人？"

玄德大喜，便命人将马良请来，以重礼相待，向他请教保守荆、襄的策略。马良说："荆、襄两地四面受敌，恐怕不易久守。如今可令刘琦在此养病，派人守御。然后南征武陵、长沙、桂阳、零陵四郡。积收钱粮，以为根本之计。"

　　玄德心中十分佩服马良的见识，便又问："四处之中，应当先攻取何处？"

　　马良说："零陵距离最近，可以先取得。其次攻武陵，然后渡湘江攻取桂阳，最后攻取长沙。"

　　玄德遂用马良当从事，和孔明安排人事，便调兵攻零陵，派张飞为前锋，赵云随后，孔明、玄德统中军，留下云长、糜竺、刘封守荆州和江陵。

　　零陵太守刘度和其子刘贤听说玄德军马到来，便领兵一万余，依山靠水，在城外三十里下寨。两军交锋，刘度手下的力士邢道荣不敌，只得下马投降，孔明命他捉了刘贤，才准投降。邢道荣连声应好，但回城后，便将事实告诉刘贤。当二更孔明领军来劫寨放火时，刘贤、道荣两边杀来，孔明放火便退，刘贤、道荣紧追不舍，赶了十余里，军皆不见，刘、邢两人大惊，急回本寨，只见寨中冲出一将，正是张翼德。刘贤急叫邢道荣不可入寨，同去劫孔明寨，回军走了十里，赵云又引军从斜里杀出，一枪杀了邢道荣，刘贤、刘度不得不投降。孔明仍让刘度为郡守，刘贤则赴荆州随军办事。之后，孔明命赵云去招降桂阳太守赵范，事成之后仍令赵范守桂阳。又命张飞领兵去取武陵，金旋整军拒敌，然被部下巩志一箭射中面庞，巩志遂领武陵百姓投降了孔明。武陵降后，云长自请去取长沙。孔明说："子龙取桂阳，翼德取武陵，都是领三千军去。如今长沙太守韩玄，固然不足畏，然而他手下有一员勇将，年近六十，姓黄名忠，字汉升，却不是等闲人物，曾经和刘表之侄刘磐共守长沙，此人有万夫不敌之勇，云长不可轻敌，必须多带军马！"

然而关公不服，以为孔明实在"长他人志气，灭自己威风"，只肯带五百人前往。孔明料到关公轻敌不能胜，遂请玄德领兵去接应。

长沙太守韩玄得知云长军到，便唤老将黄忠来商议，黄忠说："不需主公忧虑，凭我这口刀，这张弓，一千个来，一千个死！"

原来黄忠能开二石之弓，百发百中。当云长军马来到时，军校尉杨龄自愿上阵，然战不及三回合，早被云长砍落马下。韩玄大惊，忙叫黄忠出马，黄忠提刀纵马，领五百骑兵飞过吊桥，云长见一老将出马，知道是黄忠，把五百校刀手一字摆开，横刀立马而问道："来将莫非是黄忠？"

黄忠回答说："既然知道我的名字，怎敢大胆入侵！"

云长说："特来取你的首级！"

说罢，两军交锋，战了一百多回合，不分高下。韩玄恐怕黄忠有失误，急忙鸣金收兵。云长也退军，离城十里屯扎，心中暗想："这老将黄忠，果然名不虚传，斗了一百回合，竟无破绽，来日必用拖刀计佯败，来对付他。"

次日，关公又来城下叫战，黄忠出马，韩玄坐在城上观战。

黄忠领数百骑杀过吊桥，又与云长斗了五六十回合，不分胜负。鼓声正急，云长拨马便走，黄忠赶来，云长正想反身用刀砍时，忽然听到脑后一声响，急回头一看，只见黄忠战马前蹄有失，黄忠被掀倒在地下。云长急回马，双手举刀猛声喝道："我且饶你性命，快把马换了再来厮杀！"

黄忠急忙提起马，飞身上马，奔入城中。韩玄惊愕之余，便将自己的坐骑给了黄忠。黄忠拜谢，而心中想道："难得云长这般义气！他不忍杀我，我又何忍杀他？……但是，若不杀他，又违背了军令！"

黄忠一夜踌躇未眠。次日天破晓时，云长又来叫战，黄忠领兵出城，云长两日战黄忠不胜，心中十分焦躁。两人交战，不到三十回合，黄忠诈败，云长在后追赶。黄忠想起昨日不杀之恩，便不忍将箭射出，带住刀，把弓虚拽，弦发出嘣嘣的响声。云长急闪，却不见箭来。云长又赶，黄忠又虚拽，云长急闪，又不见箭发出。云长以为黄忠不会射，放心追来，将近吊桥，黄忠在桥上搭箭开弓，弦响箭到，正射在云长盔缨根上，云长吃了一惊，带箭奔回寨中。这时，云长才知黄忠有百步穿杨之能，今日正为了报昨日的不杀之恩！

云长领兵退。黄忠回到城中时，韩玄就令左右把黄忠拿下，黄忠大叫："我无罪！"

韩玄大怒，说："我看了三天，你竟敢欺蒙我，你前日不全力以赴，必然有私心。昨天马失，他不杀你，可见你和他必有私通。今天两次虚拽弓弦，第三箭又只射他盔上的缨带，如何不是外结敌人？"

韩玄正喝令刀斧手推出城门外行斩之时，忽然一人挥刀杀入，救起黄忠，大叫说："黄汉升乃是长沙的保障，今天杀汉升，就是杀长沙百姓！韩玄残暴不仁，人人当杀！"

　　这人原是魏延，由于韩玄平日不加重用，早已怒气满胸，这时一呼百应，数百人要杀韩玄，黄忠挡也挡不住，魏延一刀就把韩玄砍为两段，然后领着百姓，投拜云长。云长即令人去请玄德和孔明。玄德来到长沙，亲自去请黄忠，黄忠这时方出降，又求葬韩玄的尸首。黄忠向玄德推荐刘表的侄儿刘磐守长沙，玄德同意。自是四郡平定，玄德班师回荆州，聚集钱粮，广召贤士，又将军马屯扎在隘口。

　　在东吴，自赤壁战后，孙权又在合淝城外和曹兵交锋，大小十余次，未分胜负。孙权乃调遣程普及其他将士之兵来到合淝，想和曹兵决一雌雄，攻下合淝。然而由于孙权年轻气盛，谋略不周，竟被张辽打得大败，在合淝之战中，折损了宋谦及太史慈。

　　玄德听说孙权兵败合淝，已回南徐，便和孔明商议如何对付曹操，忽然使者来报公子刘琦病亡，玄德十分哀痛。孔明说："生死乃自然之事，主公不要过于忧伤，要紧的是差人去守城，并料理丧葬之事。"

　　玄德便派了云长前去守襄阳。玄德又向孔明说："今日刘琦已死，东吴如果来讨荆州，如何回答？"

　　孔明表示，如有人来，自己已有一番答词。过了半月，鲁肃果然来吊丧。

孔明和玄德在城外迎接他，置酒相待，鲁肃开门见山，说道："前次皇叔曾说：'公子不在，就把荆州交还东吴。'如今公子已死，必然会交还荆州，但不知几时可以交割。"

玄德表示不急，先饮酒再说。鲁肃勉强喝了几杯，又开言相问。玄德还未回答，孔明变色说："子敬好不通情理！我主乃是中山靖王之后，孝景皇帝的玄孙，是当今皇上的叔父，难道不能分土而王？何况刘景升又是我主的兄长，弟承兄业，有什么违情违理之处？孙将军不过是钱塘小吏的儿子，一向并无功德，而如今倚仗父兄势力，占据了六郡八十一州，还自贪心不足，想要并吞刘家天下！我主姓刘倒无分，你主姓孙，反要强争？说到赤壁之战，我主出力，众将用命，才能击败曹操，岂止是东吴之力？刚才我不立即应话的缘故，是以为子敬是高明之士，原用不着细说的。"

这一席话，说得鲁肃缄口无言，半晌乃说："孔明的话，不是无理，只是鲁肃我真是左右为难。"

孔明便问有什么不方便处，鲁肃说："当日皇叔在当阳受难，是我鲁肃领孔明渡江，去见我主公；后来公瑾要兴兵取荆州，也是我鲁肃挡住；至于说到待刘琦去世，便还荆州，这又是我鲁肃来担保，如今不应前言，叫我鲁肃如何去回话？我和公瑾得罪无妨，但恐惹恼东吴兴兵，皇叔也不能安坐荆州，徒然为天下人耻笑啊！"

孔明说："曹操领着百万之众，挟天子之名，我尚且不在意，岂害怕周瑜？但是为顾及先生面上不好看，我劝主公立下一纸文书，暂时借住荆州，等到我主另得城池之时，再交还给东吴，好吗？"

鲁肃便问："你要夺得什么地方，方把荆州还我东吴？"

孔明说："中原还不能打算。西川刘璋势力最弱，我主可以去攻伐，如果得到西川，那时再还荆州。"

鲁肃无奈，只得答应。玄德亲笔写成一纸文书，押了字，保人诸葛亮也押了字。孔明说："亮是皇叔这边的人，难道自家作保？烦子敬先生也押个字，拿回给吴侯看也好看些。"

鲁肃就说："我知道皇叔是个仁义之士，必然不致食言。"

于是就押了字。鲁肃收了文书要回东吴，在江边孔明嘱咐他说："子敬回去见吴侯，请为我们说些好话，休要妄意而行！吴侯若是不准我文书，我翻了脸皮，说不定连八十一州也给夺了！如今只要两家和气，千万别叫曹贼笑话才好！"

鲁肃回到柴桑，先见周瑜，周瑜一看文书，顿足跳脚，对鲁肃说："子敬呀子敬！你中了诸葛之计，他们名义上是借地，实际上是混赖！他说取了西川便还荆州，知他几时才取？这等文书，如何有用？你却还替他作保！"

鲁肃听了，呆了半晌，说："想来玄德不至于负我！"

鲁肃深自不安，周瑜乃安慰他说："我如何能不救你？待江北的探子回来再说吧。"

过了几天，细作回报说荆州城四处挂孝，是皇叔没了甘夫人。

周瑜便向鲁肃表示，这下可使刘备束手就缚了，荆州也反掌可取了。他说："主公的妹妹是位极为刚勇的女子，侍婢数百人，平日舞枪使刀，房中摆满兵器。如今我上书主公，只叫人去荆州说媒，要招赘刘备，把刘备骗到南徐，押下，再派人去讨荆州来交换刘备。"

周瑜便要鲁肃去见孙权，说明如此如此用计。孙权也同意了，便派吕范去说媒，吕范即日启程，来到荆州。

吕范到了荆州说亲，玄德自以为年已半百，甘夫人又尸骨未寒，实在不宜。至晚上，便向孔明说起这事。孔明却说："这是好事呀！主公应当答应，先叫孙乾和吕范同去见吴侯，说择日再去娶亲。周瑜用计，如何能出我意料？亮略用小计，必使周瑜半筹莫展，吴侯之妹又属主公，荆州又万无一失！"

玄德心中颇害怕，料想周瑜要害自己，心中犹疑不决，然孔明竟叫孙乾前往江南合亲事去了。孙乾自南徐回荆州，便对玄德说吴侯专等着玄德前去。玄德怀疑，不敢前去。孔明说："我已定了三条锦囊妙计，非赵子龙不能行！"

便嘱咐赵云到了吴地，当如何如何。孔明派人赴东吴纳了聘。这时正是建安十四年冬十月。玄德和孙乾坐了快船十艘，随行五百人，离开荆州，往南徐出发。

到了南徐，玄德心中怏怏不安，船已靠岸，赵云想起诸葛亮的吩咐，叫自己到岸就拆开第一个锦囊。于是开了锦囊，看了计策，便吩咐五百军士，要如此如此，又叫玄德先去见二乔之父乔国老。玄德牵羊担酒，先去拜见，对乔国老说吕范做媒，要娶孙夫人之事。随行的五百军士，个个披红挂彩，入南徐买办物品，城中人人都知道玄德要入赘东吴。

乔国老接见了玄德之后，便到宫中去向吴国太道喜。国太不知有何喜事。乔国老说："令媛已经许配给刘玄德为夫人，如今玄德已到东吴，国太又为何要相瞒？"

吴国太大吃一惊，便命人去探听，果然女婿已在馆驿中安歇，五百随行军士都在城中买猪羊果品，准备成亲。做媒的女家是吕范，男家是孙乾！过不多久，孙权入堂来见母亲，只见国太捶胸大哭，国太骂道："你竟如此把我轻看！男大当婚，女大当嫁，我是你母亲，你有事当禀明于我。你招刘玄德为婿，为什么要瞒我？女儿是我的呀！"

孙权大吃一惊，便说出这原是周瑜用计，为了取得荆州。国太愈加愤怒，骂周瑜说："你做六郡八十一州的大都督，怎能这般无用？还得使这条美人计，以我女儿之名去取回荆州？杀了刘备，我女儿便得守望门寡，将来如何再提亲，误了我女儿一生。你们做的好事！"

乔国老也表示，就是用了美人计取回荆州，也让天下耻笑！

国太不住地骂着，乔国老便劝她，既然事已如此，不如真招玄德为婿。国太说："我不曾认得刘皇叔。明日约他在甘露寺见，如果我不中意，任从你们怎么办；如果中我的意，我自会把女儿嫁给他！"

孙权是大孝之人，不敢违背母命。第二天便在甘露寺设宴，请刘备来赴宴，又对吕范说："命贾华领三百刀斧手，伏在两旁，如果国太不喜欢刘备，一声令下，就把他拿下。"

乔国老辞了吴国太之后，就把经过情形告诉刘备，说是吴国太亲自要见，要多多注意。玄德便与赵云商议，赵云告诉玄德，将自领五百军保护。次日，一班人马都来到了甘露寺，玄德内披细铠，外穿锦袍，从人背着剑紧随。孙权见了仪表非凡的刘备，心中颇有畏惧之意。玄德入见国太，国太见了玄德大喜，对乔国老说："这真是我的女婿！"

就在甘露寺，宴开数席。不多久，赵云带剑而入，站立在玄德之侧。赵云乘隙对玄德说："适才在廊下巡视，见房内有刀斧手埋伏，必然不怀好心，主公把这情形告诉国太才好。"

玄德乃跪在国太席前，泣告国太，说："廊下暗伏刀斧手，如要杀刘备，不如此刻就杀。"

国太大怒，责骂孙权，孙权推说不知，把吕范叫了来问，吕范推贾华，国太又把贾华叫来，痛骂不止，又喝令武士推出斩了！玄德和国老两人力劝才止。事后玄德又向国太请求早早完婚，恐怕江左之人，多有要谋害自己的，国太即便叫玄德并赵云等人搬入书院，择吉完婚。就在数天之后，大排筵会，孙夫人与玄德结亲，两情欢洽，孙权也无可奈何。

玄德和孙夫人成婚后，气闷的孙权便差人到柴桑来见周瑜，告诉他此计已弄假成真。周瑜大惊，行坐不安，终于想得一计，修书给孙权，告诉孙权当今之计，莫如软困玄德，建筑宫室，多送美色玩好，耳目之娱，使其丧失志气，又分开玄德和关、张等人的情感，尤其要隔开孔明的谋略，然后再派兵击荆州。孙权觉得此计很好，即日修整东府，广栽花木，盛设器用，请玄德和孙夫人居住，又增加女乐数十人及一切金玉锦绮玩好之物。玄德果然被声色所迷，全不想回荆州。赵云和五百军在东府住，整日无事，只在城外射箭看马，看看已近年尾，赵云猛然想起孔明曾吩咐自己，一到南徐开第一个锦囊，到年终开第二个，到危急走投无路时，再开第三个。这时已近年终，主公又贪恋女色，避不见面，遂拆开第二个锦囊依计行事。

赵云即日到府堂，要求见玄德，玄德唤入问之。赵云故作失惊之状，说道："今早孔明使人来报，说曹操要报赤壁鏖战之仇，已起精兵五十万，杀到荆州，情势十分危急，请主公赶紧回去。"

玄德说："我必须和夫人商议。"

赵云数次催逼，然后才出去。玄德对夫人说明上情后，说道："我原不想离开，但荆州若有失误，恐怕天下人耻笑我，但我又舍不得夫人。"

孙夫人说："妾既已侍奉夫君，自然跟随夫君。"

玄德表示恐怕国太和吴侯不肯同意孙夫人离开。孙夫人沉吟良久，才说："元旦那天，妾和夫君拜贺时，就推说到江边祭祖，然后不告而别，好吗？"

玄德跪下向孙夫人道谢。两个人商议已定，便唤赵云来仔细吩咐安排诸事，赵云一一答应。

建安十五年春正月初一，孙权在堂上大会文武百官，玄德和孙夫人入见国太，孙夫人便告诉国太说："夫主想起父母宗祖的坟墓都在涿郡，日夜感伤不已，今天欲往江边遥祭，特来告诉母亲。"

国太听了觉得玄德能行孝道，十分可喜，又嘱咐孙夫人要一同前去，也是为妇之礼。玄德和孙夫人遂辞别国太，来到江边，这事只瞒着孙权。玄德夫妇上马，领着数骑出城去和赵云相会，五百军士前遮后拥，离开了南徐。当日孙权大醉，左右近侍扶入后堂，文武百官方散席。等到众官得知玄德夫妇已逃走时，天色已晚，要报告孙权，孙权又沉醉不醒。

等到孙权醒来，已是五更时分，听说玄德走了，急令文武诸官商议，又命陈武、潘璋选五百精兵去追。孙权深恨玄德，把案上的玉砚摔得粉碎。程普以为凭陈、潘两人如何追得上？故孙权又唤蒋钦、周泰，令持宝剑去追，先斩后奏！这时玄德已来到柴桑边界，望见后面尘土大起，便问赵云如何是好？赵云表示由自己来断后，玄德转过前面山脚，一彪人马拦住去路，有两员大将厉声高叫着说："刘备早早下马受缚，我等奉周都督之命在此等候多时！"

原来周瑜恐怕走了玄德，老早命徐盛、丁奉领三千兵马在要冲之地扎营等候，又时常命人登高遥望，料想玄德若走旱路，必得从这条路经过。这时玄德十分惊慌，勒马回头而问赵云："前有人拦截，后有人追赶，前后无路，怎生是好？"

赵云忽然想起第三个锦囊妙计，孔明原吩咐在危急时拆看的，于是便将锦囊拆开，献给玄德。

玄德看了之后，便来到车前泣告孙夫人："前日吴侯和周瑜同谋，要刘备入赘夫人，并非为夫人打算，实在是要幽囚刘备而夺荆州！以夫人为香饵而来钓刘备啊！刘备所以敢冒死前来，因为知道夫人有男子的胸襟，必能怜我。如今，事已至此，吴侯令人在后追赶，周瑜又使人在前拦截，只有夫人能救我了！"

孙夫人一听，颇怒孙权，觉得孙权并不顾念骨肉之情，便说："今日之危，我当自解。"

这时徐盛、丁奉已来到夫人车前，孙夫人骂道："你们只怕周瑜，就不怕我？周瑜杀得你，我岂杀不得周瑜？"

把周瑜大骂一场，喝令推车前进。徐盛、丁奉两人心中想到自己不过是下属，又见赵云十分怒气，只得把军士喝住，放开大路，玄德和夫人才行不过五六里，陈武、潘璋赶到，见了夫人，拱手而立。夫人正色骂道："都是你们这伙匹夫离间，使得我兄妹不睦，今天我已嫁人，又不是私奔！我奉母亲慈命，令我夫妇回荆州，便是我哥哥来，也不能拦阻，你两人倚仗兵威，想要害我们吗！"

骂得两人面面相觑，各自想着：他们一万年也是兄妹！这事由国太做主，就是吴侯也不敢违逆，明天翻过脸来，又是我们不是了！不如做个人情。赵云在旁又怒目攒眉，只待厮杀，于是两人唯唯诺诺，连声而退。忽然又有一军如旋风而来，为首的便是蒋钦、周泰。得知玄德离开已经半日，忙叫水路棹快船追赶，陈武等四人在岸上追赶。玄德这时已到了刘郎浦，只见江水弥漫，并无渡船，心中极为焦急。赵云说："主公已从虎口中逃出，如今已接近本界，想来军师必有调度。"

玄德听罢，想起东吴繁华之事，不觉凄然泪下。玄德便命赵云往前哨寻找船只。忽然后面尘土冲天，军马盖地而来，心想，连日奔走，人困马乏，追兵又到，恐怕不免一死了。正慌忙时，江岸边一字儿抛着拖篷船二十余只，原来是孔明纶巾道服，前来迎接，玄德大喜。不多时，四将赶到，船中人笑指着岸上的人说："我已算定多时，这就回去告诉周郎，休要再使这美人计。"

岸上乱箭射来，船却已开得很远了！蒋钦等四将只好呆看。

玄德和孔明正行之时，忽然人声喧哗，自江面传来，只见战船无数，帅字旗下，周瑜自领能征惯战之水军，左有黄盖，右有韩当，势如飞马，疾似流星，看看就要赶上，孔明叫船靠北岸，弃了船，登上岸，骑马驾车，纷纷启程，周瑜等也赶到江边，上岸追赶，大小水军，全是步行，只有将领及为首的军官骑马。周瑜问属下已来到何地，军士回答说："前面是黄州州界。"

周瑜下令全力追赶。正赶得紧急之时，一声鼓响，山谷内一队刀手拥出，为首的一员大将，就是关云长！周瑜一时手足失措，急忙拨马便走，云长赶来，周瑜纵马逃命，正在奔走之间，左边黄忠、右边魏延领军杀出，吴兵大败！周瑜急急下船时，岸上军士齐声大叫，说："周郎妙计安天下，赔了夫人又折兵！"

周瑜怒不可遏，想要上岸决一死战，黄盖、韩当力阻。周瑜自想如何面见吴侯，一时痛怒攻心，大叫一声，昏倒在船上。

在南徐，孙权得知玄德走了，不胜愤怒，便想起兵去攻荆州，张昭、顾雍等人都以为不可，坐山观虎斗，恐怕曹操得渔翁之利。顾雍乃向孙权献计，令人前往许都，上表请求封刘备做荆州牧，又派心腹用反间之计，令曹、刘相攻！于是孙权派出华歆前往许都求见曹操，曹操自赤壁战败，常想报仇，只恐怕孙、刘联手，因此不敢轻进。这时正是建安十五年春。曹操在邺郡铜雀台上大宴文武诸官，人报华歆来，曹操不知他的来意。程昱说："孙权本来记恨刘备，想要攻取荆州，又恐怕丞相乘虚而击，所以令华歆为使，表荐刘备，以安刘备之心，以迎合丞相所望罢了！如今，我有一计可使孙、刘自相吞并，丞相可乘间而图，一鼓而破二敌。东吴所倚重的是周瑜，丞相可表奏周瑜为南郡太守，程普为江夏太守，留华歆在朝，重用他，周瑜必自与刘备为敌！"

曹操深表同意，当日筵散，曹操即引文武官员回许昌。表奏周瑜、程普、华歆，三人各受其职。

周瑜自领了南郡，更加想要报仇，遂上书给孙权，要鲁肃去讨回荆州。孙权乃命鲁肃说："前日，你担保把荆州借给刘备，如今刘备拖延不还，要到几时？"

鲁肃说："文书上明白写着，得了西川就还。"

孙权怒叱道："只说取西川，到今又不动兵，不等老了吗？"

鲁肃不得已，只得乘船往荆州而来。孔明和玄德正在荆州广聚钱粮，调练军马，忽然听说鲁肃来到，玄德心想一定是来要回荆州，便问孔明要如何对付？孔明说："如果鲁肃提起荆州，主公就放声大哭，哭到悲切之时，我就会出来劝说。"

鲁肃入见，坐定，便开口说："这次奉命来取回荆州，皇叔已经借住多时了，还未见奉还，如今两家已结亲，当看姻亲面上，希望您早早交还。"

玄德一听大哭了起来，鲁肃惊问何以如此？玄德更是哭声不绝。孔明从屏后出来说："子敬知道吾主哭的缘故吗？"

鲁肃说不知。孔明说："当初我主人借荆州时，许下取得西川便还荆州的诺言，但仔细一想，刘璋便是我主人之弟，一般都是汉家骨肉，如要兴兵去取他城池，恐被外人唾骂；如果不取，还了荆州，又在何处安身？再说不还荆州，又对不住子敬，事出两难，所以痛哭！"

孔明说完，触动了玄德衷肠，真个捶胸顿足，放声大哭！鲁肃劝说："皇叔休烦恼，和孔明从长计议罢。"

孔明对鲁肃说："有烦子敬，回复吴侯时，就说再请宽容些时日。"

鲁肃是个宽容长者，听毕也就启程回去了。鲁肃来到柴桑，把经过告诉了周瑜，周瑜顿足叹息，只说鲁肃是个长者。周瑜对鲁肃说："我又有一计，能使诸葛亮不出我算计中。子敬不必去见吴侯，只要再往荆州对刘备说：'孙、刘两家，既结为亲，便是一家，如果刘氏不忍去取西川，那么我东吴起兵去取，取得西川时，再把荆州来交换。'"

鲁肃闻言，表示西川路远，取得不易。周瑜笑着说："子敬，你道我真去取西川？我只是使他松懈，趁他不备，去取荆州。东吴兵马过荆州时就问他要钱要粮，待刘备一出城劳军，就乘势杀了他，夺回荆州，一则雪我之恨，再则也解你之困！"

鲁肃便往荆州来和孔明商议，孔明听了，忙点头说："难得吴侯好心！雄师到达之日，一定出城犒劳！"

鲁肃暗喜，宴罢辞回。玄德问孔明鲁肃的来意，孔明大笑说："这就是'假途灭虢'之计啊！借口攻西川，实际上要取荆州。再则，等主公出城劳军时，乘势拿下，杀入城来，出其不意，攻其无备是也！"

玄德直问如何是好，孔明说："主公宽心，只顾准备窝弓来捉猛虎，安排香饵来钓鳌鱼，等着周瑜来，他便不死，也要送掉几分生气。"

孔明便唤赵云听计，嘱咐他如此如此，这般这般，玄德方始放心。

鲁肃自辞孔明回去后，周瑜便遣鲁肃禀报吴侯，遣程普来接应。派甘宁为先锋，周瑜自与徐盛、丁奉随后，吕蒙为后队，水陆大兵五万，往荆州而来。前军来到夏口，周瑜便问从人，前面是否有人来接？有人回答说："刘皇叔差麋竺来见都督。"

周瑜唤麋竺至，问劳军的准备情形，麋竺回复说一切都已备妥。周瑜又问皇叔何在，麋竺回答说："正在荆州城门外相等，准备和都督把盏饮酒呢。"

周瑜便嘱咐糜竺说:"这回是为了你家之事方才出兵远征,劳军之礼,千万不要马虎!"

糜竺回去后,周瑜依次前进,行到公安,也不见一只军船,也无一人来接。离荆州十余里,江面上静荡荡的,哨探的来报说:"荆州城上插了两面白旗,并不见一个人影。"

周瑜心疑,便叫人把船傍岸,自己领了甘宁、徐盛、丁奉一班军官,又领了三千精兵,径往荆州。来到了城下,也不见动静,周瑜命军士叫门,忽然一声梆子响,城上军一齐竖起枪刀,城楼上出现了赵云,赵云说:"军师孔明早已识破你的假途灭虢之计,所以留下赵云!我主曾说:'孤子刘璋,与我都是汉室宗亲,如何忍心背义而攻西川?如果东吴真的攻下西川,我当披发入山,不失信于天下!'"

周瑜听了,勒马便回,只见一人打着令字旗,在马前报道:"探得四路军马一齐杀到:关羽从江陵杀来,张飞从秭归杀来,黄忠从公安杀来,魏延从彝陵小路杀来。四路不知有多少军马,喊声远近震动百余里,说是要活捉周瑜。"

周瑜怒气攻心,在马上大叫一声,箭疮迸裂,坠下马来。左右急忙救他回船,这时军士却传来玄德和孔明在前山顶上饮酒作乐的消息,周瑜更是咬牙切齿。这时吴侯弟孙瑜前来相助,遂催军前行,到巴丘,有刘封、关平两人领军截住水路,周瑜愈加发怒。忽然使者送来孔明给周瑜的信,周瑜拆信来看,信中称:"汉

154

军师中郎将诸葛亮致书东吴大都督公瑾先生麾下：自柴桑一别，至今念念不忘。闻足下欲取西川，亮窃以为不可。益州民强地险，刘璋虽暗弱，足以自守。今劳师远征，转运千里，欲收全功，虽吴起不能定其规，孙武不能善其后也。曹操失利于赤壁，志岂须臾忘报仇哉？今足下兴兵远征，倘操乘虚而至，江南齑粉矣。亮不忍坐视，特此告知，幸垂照鉴。"

周瑜读毕，长叹一声，命左右取纸笔写书上吴侯，荐鲁肃以替代自己，又聚集众将，勉励他们尽忠扶主，共成大业，话还未说完，便昏厥了过去，过了一会儿，又慢慢醒来，仰天长叹，说："唉！既生瑜，何生亮！"

说完，连叫数声而死，享寿不过三十六岁。

第十七章 议取西蜀

　　周瑜死后，鲁肃便代替了周瑜任都督之职，总领东吴兵马。玄德则因孔明的推荐，这时又得到了凤雏庞统，玄德拜庞统为副军师，和孔明共同策划谋略，教练军士。这时曹操因鉴于玄德及东吴的势力渐大，唯恐双方一旦联合，早晚必兴兵北进，于是聚集众谋士商议南征之事。曹操帐下的谋士荀攸建议先除孙权，次取刘备。而曹操却担心一旦远征，西凉马腾会趁机来进袭许都，所以荀攸又建议曹操不如假传诏令把马腾诱到许都，趁机杀掉。

　　马腾和其子马休，率领了西凉兵五千来到许都，却被曹操害死。马腾死后，曹操即起大兵三十万，欲下江南，令张辽准备粮草。这时孙权向玄德求助，孔明用计，和马腾之子马超联合，使马超为报父仇而领西凉之兵攻许昌，借以牵制曹操。马超领二十万军来攻长安，曹操得到消息，急忙回军，曹洪、徐晃守关不敌，因而失去了潼关。当曹军直抵潼关时，两军交锋，曹兵大败，西凉兵势猛，在乱军中，只听得大叫声："要活捉曹操！""穿红袍的是曹操！"曹操一听，便急忙脱下红袍，又听到有人叫道："长髯者是曹操！"曹操惊慌之余，又取所佩之剑斩断自己的胡须。正在危急万分之时，曹操得曹洪帮助方才得脱险。曹操回到寨中之后，坚营不战，有数天之久，以后数度交战，曹军屡次失利，许褚和马超相斗，许褚臂中两箭，曹兵士气极为低落。此时，贾诩献计给曹操，离间马超和他手下老将韩遂的感情，因而赶走了马超，曹操亲自追至安定，然后才收兵回长安，授韩遂为西凉侯，手下杨阜、韦康守冀城，以防止马超再度进兵。曹操安排妥当之后，班师回都，献帝甚至排銮驾出城郭迎接，曹操自此威震中外，而更是目空一切，入朝不趋，剑履上殿，视天子如无物！

当曹操击败西凉兵的消息传到汉中，惊动了汉宁太守张鲁，张鲁便聚众商议说："西凉马腾被曹操杀死，马超也被曹操击败，下一步曹操必将侵略我汉中，我想要自称汉宁王，领兵来抵拒曹军，各位将军意下如何？"

这时阎圃进言，说道："汉川的百姓，人口有十余万，财富粮足，又恃有天险。如今马超新败，西凉的百姓逃入汉中的也不下数万人。我看益州刘璋十分昏弱，不如先取西川四十一州作为根据地，然后称王不迟。"

张鲁听了大喜，以为言之有理，乃和弟张衡商议起兵。益州刘璋，原是鲁恭王之后，当这消息为刘璋所知，刘璋心中大忧，急忙聚集众官商议。在刘璋手下，有一位谋士，姓张名松，字永年，其人生得猥琐，然声音有若洪钟，这时，他对刘璋说："我听说许都曹操，扫荡中原。吕布、二袁都被他消灭，近日又破了马超，天下无敌！主公不妨准备可献之物，我愿亲往许都，游说曹操兴兵取汉中，使张鲁无暇来攻蜀中。"

刘璋便收拾了金珠翠绮等一些进献之物，派遣张松为使者。而张松暗中画了西川地图，藏在身上，向许都进发，这消息已传入孔明的耳中。当张松到了许都，每日去相府伺候，等了三日，才贿赂了近侍见到曹操，曹操以貌取人，见张松长相不佳，言语又无礼，遂拂袖而起。张松心中十分不快，在西教场中点兵时，张松当众骂曹操说："丞相用兵，每战必胜，每攻必取，确实不错。然而从前濮阳攻吕布、宛城战张绣、赤壁遇周郎、华容逢关羽、割须弃袍于潼关、夺船避箭于渭水，这些也是丞相无敌天下的功绩吗？"

曹操大怒，令下人乱棒把张松打出。张松离开了许都，想到刘玄德仁而礼贤，遂怀着地图，来到荆州。只见赵云早已在边界久候，关公也在驿馆相接，玄德又亲自领着卧龙、凤雏来迎接，使得张松不由得兴起知遇之感。玄德一连留张松宴饮三日，也不提西川之事。张松告别，玄德在十里长亭设宴送行，此时，张松念及玄德对自己的好处，乃向玄德说："我实在希望能时刻伴侍左右，奈何有所不便。如今我看荆州一地，东有孙权，常怀虎踞之心；北有曹操，每想鲸吞天下，荆州实在不是久居之地。而益州一地，地势十分险要，加上土地肥沃，百姓殷富，又不少多智之士。皇叔如能领着荆、襄之士，长驱西指，取得益州，必定可成霸业，而兴汉室！"

玄德表示刘璋也是帝室宗亲，自己不忍相攻。张松则表示自己愿做内应，劝玄德说："大丈夫处世，应当努力建立功业，着鞭在先。如果不能把握时机，为他人捷足先登，就悔之已晚了。"

玄德又顾虑蜀道艰难，千山万水，车马前进十分困难。张松此时从袖中取出西川地图来，献给玄德。图上尽写着地理行程，远近阔狭，山川险要，府库钱粮。玄德自然大喜过望，拱手谢过张松后，便与张松告别，云长派人护送数十里方回。

张松回到益州，便对刘璋说："曹操乃是汉贼，早已有攻取蜀中之心，如今，主公不如结好刘皇叔，使皇叔为我外援，则可以抵拒曹操和张鲁两人！"

张松又建议派自己的知友法正和孟达两人充任使者前去荆州。法正和孟达到达荆州之后，玄德心中仍是犹豫不决，这时庞统来见玄德，说："事当决而不决，正是愚人行径，主公高明，何以如此多疑？"

玄德回答道："如今和我水火不容的就是曹操！曹操急猛，我就宽缓；曹操暴虐，我就仁慈；曹操诡谲，我就忠义。我每和曹操相反，事情才能完成。如今攻刘璋，唯恐天下人认为我为小利而失去了天下的大义！"

庞统再三譬况，说明了用兵争强在离乱之时，原非一种常理，应从权达变。玄德终于被说动，乃和孔明商议起兵西行之事。

玄德和孔明商定，便领马步兵五万启程西行，庞统为军师，孔明总守荆州，关羽、张飞、赵云、黄忠、魏延等人各有重任。是年冬月，领兵往西川进发。而在西川刘璋处，刘璋的幕僚黄权、李恢苦谏刘璋，"若容刘备入川，是犹迎虎于门"，但刘璋不听。从事王累更以死谏，奈何不能打动刘璋心意。刘璋率领三万人马往涪城来，后军装载资粮钱帛一千余辆，来迎接玄德。当玄德来到离成都三百六十里的涪城，刘璋便派人来迎，两军屯扎在涪江的附近。玄德至此时，心中仍犹豫，以为刘璋和自己同宗，实在不忍心杀他。庞统、法正两人力谏，玄德只是不听。

次日，刘璋在城中宴请玄德，酒至半酣，庞统和法正商议说："事已至此，实在由不得主公了！"

庞统便叫魏延来舞剑，乘势杀刘璋，又呼众武士，列于堂下。魏延拔剑进前禀二刘说："筵席间无以为乐，我愿意舞剑助兴。"

这时，刘璋手下诸将见情势不妙，从事张任也掣起剑舞起来，二人对舞，魏延回视刘封，于是刘封也拔剑助舞，于是刘璝、冷苞、邓贤也各自取剑在手，说："我等当作群舞，以助堂上一笑！"

玄德大惊，急忙呵斥，取左右所佩之剑，立于席上说："我兄弟两人相逢痛饮，并无猜忌，又不是鸿门之宴，何须剑舞？谁不放下剑的立刻斩死！"

刘璋叱道："兄弟相聚，何必带刀！"

于是众人纷纷下堂。玄德归寨后，责备庞统，庞统无奈。事后数天，忽然有人报告刘璋，说张鲁将进犯葭萌关，刘璋便请玄德去御敌，玄德慨然允诺，当日就领部下去了。刘璋诸将力劝刘璋令人把守各处关口，以防玄德兵变；刘璋不得已，便派了白水都督杨怀、高沛两人把守涪水关。

玄德和张鲁的动静，早已有人报告东吴，孙权便和文武大臣商议要攻刘备，取回荆、襄，被吴国太所阻。这时，张昭用计，对孙权说："不如差心腹大将一人，只带五百兵，潜入荆州，送一封密信给郡主，只说国太病危，要见亲女，请郡主连夜带着阿斗赶回东吴。玄德平生只有这一个儿子，那时玄德定把荆州来换阿斗，如玄德不听，那时再动兵，更有何碍？"

孙权以为此计大妙，遂诈修国书，叫周善乔扮客商，派五百人分坐五船，船内暗藏兵器，取水路往荆州去。周善自入荆州，令门吏报告孙夫人，并催促孙夫人赶紧回东吴，不必禀告军师。孙夫人听说母亲病危，万分着急，便领着七岁的阿斗，随行三十人离开了荆州城，上船回东吴去了。府中人欲报告刘备时，孙夫人早已在船中了。

周善正要开船，只听到岸上有人大叫，原来是赵云，只带了四五骑，沿江奔驰，像风般地赶来。周善便命五百军士各将兵器排列船上，顺风水急，船都顺流而去，赵云仍沿江大叫，周善不睬。赵云沿江赶了十多里，忽见江边有一只渔船泊着，立刻弃马执枪，跳上渔船，往大船追赶而去。周善一见，便叫军士放箭，赵云以枪拨箭，待小船靠近时，手撑着"青釭剑"，纵身跳上吴船，上了大船，吴军吓得半死。赵云进入舱中，见到主母抱阿斗，孙夫人呵斥赵云，赵云反问主母何以不先禀告军师再行，又说："主公这一生，只有这点骨血！小将在当阳长坂百万军中救出阿斗，今天夫人竟要把他抱往东吴，是何道理？"

孙夫人也怒道："量你也只是帐下的一介武夫，岂敢管我家的事！"

孙夫人喝令侍婢前来，一一被赵云推倒，在夫人怀中夺了阿斗，抱出在船头上，想要使船傍岸，又无帮手，想要对付吴军，又恐怕伤了小主人。赵云在孤掌难鸣、进退不得时，忽然港中一字排开十多只船，船上张麾旗击擂鼓，赵云心想："糟了！这番中了东吴之计！"

只见当头船上一员大将，手执长矛，高声大叫："嫂嫂，留下侄儿！"

原来是张飞巡哨，听到消息后，急来油江口，正好撞着吴船，赶来助赵云。

当下张飞提剑跳上吴船，周善提刀来迎，被张飞一剑砍死。张飞提着头掷在孙夫人前，责备孙夫人私自归家，对孙夫人说："俺哥哥是大汉皇叔，也不辱没了嫂嫂，今日相别，若想起哥哥的一番恩情，早早回来！"

说罢，就抱了阿斗，和赵云回船，放孙夫人五只船去了！

孙夫人回到东吴，便向孙权说张飞、赵云杀了周善，截江夺了阿斗。孙权大怒，嚷着要报仇，便唤文武诸官来商议准备起军攻取荆州。正商议调兵，忽然得报曹操起军四十万来报赤壁之仇的消息，孙权只得按下荆州事不提，商议着如何拒抵曹操。这时，又有人来报长史张纮病故，呈上哀书，孙权拆阅，书中劝孙权迁居秣陵。孙权看毕大哭，对百官说："张子纲劝我迁居秣陵，我如何能不从？"

实时命人准备迁治建业，筑石头城。吕蒙进言说："曹操军来，可以在濡须水口筑坞抵拒。"

孙权又差军数万筑濡须坞，日夜赶工，必须在预定的时日内完成。

且说曹操在许都，威福一日甚于一日，不免妄自尊大，狂妄非常，侍中荀彧时常劝阻，竟遭曹操赐死。建安十七年十月，大军开往江南，到濡须时，曹操差曹洪领三万铁甲马军，哨至江边，只见沿江一带，旗幡无数，就是不见一军一卒。曹操不放心，自领兵前进，濡须口排开军阵，领着百余人上坡，遥望战船，各分队伍，依次排列，旗分五色，兵器鲜明，当中大船上青罗伞下，坐着孙权，左右文武，侍立两旁。曹操乃用鞭指着说："生子就当如孙仲谋！像刘景升的儿子们不过是一群猪狗罢了！"

忽然一声响动，南船一齐飞奔过来，濡须坞里又有一军冲出，曹操军马退后便走，止喝不住。有千百骑赶到山边，为首马上一人，正是碧眼紫髯的孙权！曹军败退。是夜三更时分，东吴军又来劫寨，杀到天明，曹兵后退五十多里。曹操颇有退兵之意，然又恐怕东吴耻笑，进退未决，两边又相拒了月余，战了数场，互有胜负。直到来年正月，春雨连绵，水港皆满，军士多在泥水之中，困苦异常。曹操十分心忧，谋士们也劝曹操收兵，正在犹豫未决时，东吴有使者送书一封给曹操，曹操打开一看，信上说："孤与丞相，彼此皆汉朝臣宰。丞相不思执国安民，乃妄动干戈，残虐生灵，岂是仁人之所为？即日春水方生，公当速退，如其不然，复有赤壁之祸矣。公宜自思焉。"

在信背又批了两行字，作："足下不死，孤不得安。"

曹操看毕，大笑着说："孙仲谋不说假话！"

于是重赏来使，命庐江太守朱光镇守皖城，自引大军回许昌，孙权也收军回秣陵。孙权和众将商议，为何不领着抵抗曹操的军队去取荆州？这时张昭进言，说道："我有一计，可使刘备不能再回荆州。如今不能动兵，如果一动兵，恐怕曹操趁机回攻。不如修书两封，一封给刘璋，说刘备结联东吴，要共取西川，使刘璋怀疑刘备；一封信给张鲁，令他向荆州进兵，使刘备首尾不能呼应，然后再进兵去取荆州。"

孙权依计行事。

这时，玄德正在葭萌关，听了曹兵侵犯濡须，便和庞统商议，说："曹操击孙权，曹胜必定攻取荆州，孙胜也必定要攻取荆州，要怎么应付？"

庞统劝玄德勿忧，因为荆州是由孔明守着，他说："主公不妨写信给刘璋，推说曹操攻击孙权，孙权求救于荆州，我方与孙权唇齿相依，不容不救！张鲁自守还不及，绝不敢来侵犯，如今想领兵回荆州，和孙权同破曹兵，然兵少粮缺，希望刘璋能发精兵三四万，行粮十万斛相助。"

玄德便差人送信往成都，来到关前，杨怀、高沛得知，杨怀便和使者同来，力谏刘璋不可听从，说是以军马钱粮助刘备，不啻是为虎添翼！刘巴、黄权又苦谏不休，刘璋乃拨了老弱之兵四千、米一万斛给玄德，又令杨怀、高沛紧守关口。玄德大怒，以为刘璋惜财吝赏，辜负了自己费心劳力的御敌之功！这时庞统献计，要玄德佯回荆州，使杨怀、高沛相送，就便把两人杀了，夺下关口，先取涪城，再攻成都。刘备应允依计行事。

当日，玄德令人报告杨、高两将，说要出关，高沛心怀杀意，将利刃藏在身上，领着二百人前来送行。玄德则身披重铠，自佩宝剑防备。玄德领着大军出发，庞统嘱魏延、黄忠，要他们一个也不要放过关上来的军士。在送别酒宴上，帐后刘封、关平预先埋伏，不待高沛动手，便把两人捉住，在帐前行斩。黄忠、魏延早将两百人拿下，不曾放走了一个，玄德将他们唤入，赐酒压惊，令他们领军取关。是夜，两百人先行，大军随后，前军来到关下叫关，城上听得是自家军，实时开关，大军一拥而入，实时攻下涪水关。

刘璋听说玄德得了涪水关，大惊！遂聚集文武百官，商量退兵之策。黄权说："可连夜派遣军队屯扎雒城，塞住咽喉之路，刘备虽有精兵，也无法通过！"

于是刘璋便派刘璝、冷苞、张任、邓贤，点五万大军，星夜赶往雒城，来抵拒刘备。

雒城是成都的保障，雒城失守，成都就不保，刘璝、张任两人负责守城，冷苞、邓贤两人到雒城前面，依傍山险，安下两个寨子，以防敌兵临城。玄德得了涪水关后，便和庞统商议攻取雒城事，黄忠愿建头功，先去攻寨，魏延不服，于是庞统命两人各打一寨，分定黄忠打冷苞寨，魏延打邓贤寨。魏延心想："我不如先去打冷苞寨，然后再领得胜之兵去打邓贤寨。"

魏延想要得两处功劳，不料被冷苞击败，又遭邓贤夹攻，魏延马失前蹄，险被刺死，幸得黄忠来救，一箭把邓贤射下马来，乘势追赶川兵。玄德原任接应，此时也就便夺了邓贤寨子。冷苞逃回雒城时，也冷不防被魏延活捉。冷苞被押到了玄德寨中，玄德劝降。冷苞说："既蒙免死，我如何不降皇叔？刘璝、张任和我是生死之交，如皇叔放我回去，我当招二人来降，献上雒城。"

冷苞被放回，却着人往成都求救，又令五千军，各带锹锄，打算决涪江江水，淹死玄德之兵。幸得法正之友彭羕指点，玄德密报魏延、黄忠时刻用心，以防水淹。冷苞在当夜风雨大作之时，领了五千军，循江边而行，安排决江事，正遇魏延引军赶来，魏延活捉了冷苞，玄德立将冷苞推出斩首，重赏了魏延。庞统催促玄德赶紧攻取雒城。

玄德便问法正攻城的途径，结果，预定玄德走大路攻东门，庞统走小路攻西门，行前庞统坐骑把庞统掀将下来，玄德便将自己所乘白马和庞统交换。当时，守城的张任听说玄德军队来攻，急忙领三千军抄小路埋伏，见魏延军经过时，尽量放过。接着庞统军来，张任军以为骑白马者必是刘备，山坡前一声炮响，张任令军士发箭，一时箭如飞蝗，只往骑白马者射去，庞统竟死在乱箭之下，当时只有三十六岁。汉军大败，再入涪水关。

这时，玄德只得坚守涪水关，请孔明入川商议。孔明便请云长守荆州，并以八字："北拒曹操，东和孙权"，嘱云长切记，便领兵入川去了。

孔明先拨一万精兵，叫张飞由大路杀向巴州；又拨一支兵令赵云做先锋，溯江而上，在雒城相会。张飞领兵直向汉川而去，来到巴郡，这巴郡太守严颜原是蜀中名将，年纪虽高，但精力未衰，善开硬弓，使大刀，有万夫不当之勇，并且忠心刘璋。当日听说张飞领兵来，便听谋士言坚守不出。张飞在城下搦战，城上众军百般痛骂，张飞急性，几番杀到吊桥，要过护城河，又被乱箭射回，如此张飞数次挑战，连骂了几天，严颜全然不理睬。张飞用计，误传消息，说探得一条小路，可以偷过巴郡，叫今夜二更造饭，三更月明，拔寨前进。严颜得到这消息后，便打算就此截断张飞后路。当夜，严颜自领数十裨将，下马伏于林中。约三更时，遥望张飞亲自在前，横矛纵马，悄悄引军前进。严颜待张飞军前去三四里后，一齐擂鼓，四下伏兵正想抢夺车仗上的粮草辎重，背后一声锣响，一彪军马赶到，一人大喝道："老贼休走，我等得你恰好！"

严颜猛回头看时，为首的一员大将，豹头环眼，燕颔虎须，使丈八矛，骑深乌马，正是当年在当阳长坂桥上，一声喝退曹兵百万的张飞！一时间四下锣声大震，严颜一刀砍来，张飞闪开，反扯住严颜，活抓了过来，原来先过去的是假张飞！这时川兵大半倒戈而降。张飞杀到巴郡，后军早已入城，张飞安抚百姓，劝严颜降，严颜不肯跪下，面无惧色，并叱骂张飞说："我巴蜀只有断头将军，无降将军！"

张飞见其声音雄壮，面色不改，不禁下阶亲解其缚，取衣披在他身上，扶他坐在正中高座。严颜被张飞感动，这才投降。张飞便问攻蜀之计，严颜说："从此到雒城，凡守御关隘，都统归老夫所管，如今蒙将军之恩，无以为报，我自当前部，所到之处，尽唤守军将士出降，不劳一支箭，就可直取成都。"于是凡属严颜所管之关隘守将，尽都投降，果然不费一兵一卒。

当孔明及诸将正往雒城引进的时候，在玄德处，张任不时前来挑战。黄忠认为在白日厮杀，不如夜间分兵劫寨。玄德深以为然，就在当夜二更，劫寨成功。次日，玄德军便来到雒城下，围住攻打，张任按兵不出，双方相持到第四天，玄德便令诸将分别攻打东门、西门，留下南门，此门不攻，原来南门一带是山路，北门有涪水，因此不围。张任命二将引兵出北门，转东门，敌黄、魏两将，自己却引军出南门，转西门，单攻玄德。忽听城上一片喊杀声起，南门内军马突出，张任直接来捉玄德，玄德军大乱。玄德拨马往山僻小路逃走，独自一人一马，情况危在眼前，幸而张飞军赶到，救了玄德。张飞冲入战阵，张任用计把他围在垓心，正没奈何，赵云从江边杀出，救了张飞，张任只得回城。而此时，孔明等人也已来到。

孔明以为张任其人极有胆略，要取雒城，必先捉张任，于是吩咐诸将说："离金雁桥南五六里，两岸都是芦苇和蒹葭，可以埋伏。魏延引一千枪手伏于左，单戳马上将士；黄忠引一千刀手伏于右，只砍坐下马匹。敌军失败，必往山东小路走，翼德可领一千军去埋伏，活捉张任。"

又吩咐赵云等张任过桥，便将桥拆断，断绝后路，勒兵桥北，使张任不得不往南走。果然，张任便在这一役中被杀，玄德乃以直到雒城。城中一将杀了刘璝，开了城门，于是玄德军入雒城。玄德得了雒城后，孔明安排诸将安抚外围诸州郡，打算攻取成都。蜀中降将进言说："前去的关隘中，只有绵竹有重军守备，如果攻下绵竹，成都就唾手可得了。"

在成都的刘璋听说玄德领兵要攻绵竹，十分惊慌，当时从事郑度献计，要刘璋深沟高垒，坚营勿战。刘璋不听，反而派妻弟费观去把守绵竹。益州太守董和以为不妨向张鲁借汉中兵，自愿为说客，以利害说张鲁。刘璋乃修书命董和前赴汉中。

此时，在汉中的张鲁，已接纳了马超。马超由于和曹兵交锋失败，妻儿尽被斩死，而逃入汉中，投靠张鲁。但马超在张鲁手下，却与大将杨柏不和。当刘璋遣使求救于张鲁时，张鲁不从；杨柏之兄杨松却劝张鲁出兵，更说"东西两川，实为唇齿，如肯前去救助，有二十州相酬"的话，因此马超挺身而出，自愿领军攻葭萌关，务要刘璋割让二十州。张鲁遂遣马超二十万军出发。

当玄德进攻绵竹时，费观令李严出战，黄忠领孔明计，诈引李严军入山谷，李严不敌，只好投降玄德，并自愿去游说费观，费观果然也投降了玄德。于是开关，玄德遂入绵竹，正商议分兵攻取成都时，有使者来报：东川张鲁遣马超等人来攻葭萌关！孔明说："须派张、赵两将出马，方才能攻破敌军。"

这时张飞也已听了马超攻关的消息，大叫说："我便去战马超！"

孔明乃令张飞为前锋，魏延随行，数人领兵便往葭萌关进发。

来到的次日天明，关下鼓声大震，马超纵马提枪而出，狮盔兽带，银甲白袍，一来装束非凡，二来人才出众，玄德乃叹说："人说'锦马超'，今日一见，果真名不虚传！"

张飞一见，恨不得生吞马超，而玄德以为当避其锐气，三番五次挡住张飞。直到午后，玄德见马超阵上人马皆倦，就令张飞下关，和马超交战，约战了百余回合，不分胜负。玄德观赏后，不由得说："真是一双虎将啊！"

稍后张飞又战马超，斗了百余回合，两个精神倍加，直到天色已晚，张飞犹不肯罢休，安排夜战，再斗马超，一时点起千百火把，照耀得如同白日，两将又恶战不休！玄德在阵前叫道："我以仁义待人，不施谲诈！马孟起，你收兵歇息，我保证不追赶你。"

马超、张飞两将方才止兵。次日，孔明来到，孔明对玄德说："臣听说孟起是世代虎将之后，若和翼德死战，必有一伤，不如用计招降。东川张鲁，想自立为汉宁王已经很久了。手下谋士杨松十分贪财，可派人往汉中，先用金银贿赂杨松，然后送书给张鲁，对张鲁表示：'我方之所以与刘璋争西川，正是为了为你报仇，千万不要听信离间之言，事定以后，必保你做汉宁王。'使张鲁下令马超撤回军队，那时再用计招降马超。"

玄德便差孙乾依计行事，张鲁果然叫马超罢兵，但马超不听，张鲁差人去唤回，一连三次，马超仍然不应。这时杨松进流言，说马超之所以留在汉中，正是想夺西川，自为蜀王，好替父亲报仇。张鲁便一面叫人把守关隘，以防马超兵变；一面着人要马超在一个月中办成三件事：一要取西川；二要刘璋首级；三要打退荆州兵。三件事若办不成，就得把头献上。

马超听到从人说起这三件事，大惊，说："如何变成这样？"

这时他有罢兵的意思，而杨松又要把关诸将坚守隘口，马超进退不得，无计可施。这时孔明拟亲自前去劝降，玄德不肯，正在踌躇间，西川有一人来降，这人姓李名恢，自愿去马超处劝降。李恢来到马超营中，昂然而入，马超端坐不动，呵斥李恢，说："你来做什么？"

李恢说："正是来做说客！"

马超说："我匣中宝剑刚才磨利，你是否想试一试我的宝剑？"

李恢从容道："将军之祸不远了！如今将军和曹操有杀父之仇，而和陇西又有切齿之恨！前不能救刘璋而退荆州之兵，后不能制杨松而见张鲁之面，四海虽大，却无一容身之处，如果再有渭桥的军败、冀城的失算，又有何面目见天下之人？公之尊人从前曾和刘皇叔相约，共讨曹贼，公何不弃暗投明，上报父仇，下立功名？"

马超遂和李恢一同来降玄德，玄德以上宾之礼接待。马超降后，玄德准备进兵成都，马超自告奋勇，要唤刘璋出城投降。玄德大喜。

在成都城内，刘璋听说马超此刻领兵来到城下，便在城上问话。马超在马上以马鞭指着刘璋说："我本来领着张鲁军来救益州，怎想到张鲁听信杨松之言，反而谗害我！如今我已投降皇叔，你当纳土拜降，免得我大军攻城！"

刘璋一时惊得面如土色，气倒在城上，众官把他救醒，刘璋表示不得不投降之意，他说："我父子在蜀二十余年，并无恩德给百姓，如今，又攻战三年，血流遍野，都是我的罪！不如投降使百姓得安！"

刘璋开门出降，玄德进城，握着刘璋手流泪，表示情势所迫，实在不得已，两人并辔入城。玄德亲自请黄权、刘巴等勇将任职，众人乃感佩玄德。玄德请刘璋收拾财物，佩领振威将军印绶，带着家人，尽迁南郡，在公安住下。玄德自领益州牧。文武投降官员，共六十多人，并皆擢用。城中军民大悦。

益州平定后，使诸葛亮拟定治国条例，刑法颇重，这时法正进言说："从前汉高祖和民约法三章，百姓都感其恩德，我希望军师能宽减刑法！"

孔明说："你只知其一，不知其二。秦用法暴虐，百姓怨怒，所以高祖用法宽缓。如今益州刘璋暗弱，德政不举，威刑不肃，君臣之道，也不分明。我今以严刑治国，以法辅政，使上下有节，正想整顿久弊的益州。"

法正听后，十分拜服。自此以后，军民安靖，四十一州，分兵镇抚，州州顺服！法正任蜀郡太守，有人告诉孔明说："孝直太霸道，应该叫他收敛点！"

孔明表示，从前玄德困守荆州，北畏曹操，东惮孙权，正是孝直辅助，功高一时，自然气盛，如今又何须令他收敛？终不曾过问这事！法正事后得知，反而自行敛戢，一心效忠于玄德和孔明。

第十八章　合淝之战

玄德得了益州之后，孙权又想起要还荆州之事，张昭献计，要孙权将诸葛瑾的家小拿下，作为人质，又要诸葛瑾前去游说孔明，以兄弟之情打动他，然而事终不成。孔明只以关公不肯为借口推托。鲁肃又用计，对孙权说："如今不妨屯兵于陆口，请关云长来赴会，如果云长肯来，就好好商量还荆州的事，云长如果不从，那么就随即进兵，决一胜负，夺回荆州好了。"

孙权乃令鲁肃依计行事，一边派人送信邀请赴会，一面和吕蒙、甘宁商议，在陆口设宴。第二天，关公命关平选快船十只，藏水军五百，在江边等候。云长青巾绿袍，坐在船上，一面红旗，在风中招摇，显出一个大"关"字，在云长旁，是捧着大刀的周仓，另有八九个关西大汉，各带腰刀一口。鲁肃命甘宁等人伏军岸侧，自己在岸边迎接，入席饮酒时，云长谈笑自若，鲁肃却满心惊疑。酒到半酣，鲁肃就提起归还荆州之事，云长说："筵席上何须谈国家大事？"

鲁肃再三追问，据理力争，云长说："乌林之役，皇叔岂无大

173

功？何以无尺寸之土相送？"

鲁肃表示当日自己肯于作保借荆州，实在是同情皇叔身无居所，如今已得西川，又占荆州，贪而失义，恐怕为天下人耻笑！云长又以不干己事推托，这时，周仓在阶下厉声而说："天下土地，当由有德者来统领，岂尽是东吴所当拥有！"

云长变色即起，夺下周仓所执大刀，立在庭中，目视周仓，叱道："国家大事，岂容你多言？快去，快去！"

周仓会意，先到岸口，招来在对岸等候的快船。这时，云长右手提刀，左手挽住鲁肃的手，佯醉说："子敬盛情，请我来赴宴，再也不要提起荆州，免得伤了感情！我已经醉啦，待我做东，请子敬来荆州赴宴时，再商议好啦！"

鲁肃手足无措，被云长扯到江边，由吕蒙、甘宁率领的伏军也不敢出兵。只见云长手提大刀，亲握鲁肃，恐怕妄动，伤了鲁肃。云长直到船边，才放开握着的鲁肃的手；鲁肃如痴如呆，只有眼看着关公坐船乘风而去。

孙权知道用计又不成后，大怒，想要倾全国之兵，来取荆州，正在商议，忽然又传来曹操将起三十万大军来攻的消息，孙权不得已，乃将欲攻荆州之兵，移军到合淝及濡须两地，来抵拒曹操。

这时曹操却因参军傅干的进谏，而暂时止兵不南进，傅干以为，当前最要紧的是："增修文德，按甲寝兵，息军养士，待时而动！"曹操觉得傅干之言，极为有理，乃兴建学校，延礼文士，然而称帝之心在曹操是无日或忘的。建安十九年十一月，因伏后之父伏完和穆顺等人谋杀曹操事未成，曹操将伏后用乱棒打死，并毒杀伏后两子；伏完、穆顺宗族二百余人，尽斩于市。曹操蔑视献帝，已到无可复加的地步。建安二十年正月朔日，曹操又册立自己的女儿曹贵人为正宫皇后。曹操威势日甚，文武百官敢怒而不敢言。

伏后事件后，曹操会大臣，商议收吴灭蜀之大事，夏侯惇以为吴、蜀两国，一时未必能攻下，不如先攻张鲁，攻得汉中，再以得胜之兵一鼓而攻西蜀。曹操十分同意，乃起兵西征。

曹操兴师西征，兵分三队，前锋夏侯渊、张郃，曹操自领中军，后部由曹仁及夏侯惇率领。西征的消息传到汉中时，张卫和弟张冲商议退敌之策，张卫说："汉中最险之处，就是阳平关。我在阳平关附近，依傍山林处，安下十余个寨子迎敌曹兵，兄守汉宁，多多准备粮食接应。"

张鲁便差大将杨昂、杨任和张卫同去安营，当张卫军屯阳平关附近下寨刚定时，曹操前军已到。这夜，曹军十分疲惫，各自休息，忽然，寨后一把火，杨昂、杨任来劫寨，夏侯渊、张郃一时无从抵御，曹兵大败。

第三天，曹操所领大军方到，见阳平关四周山势险恶，林木丛杂，又不明路径，随即回军安营。次日，曹操正领着许褚、徐晃来看张冲营寨的形势，曹操扬鞭遥指，对两人说："如此坚固，恐怕一时难攻！"

话还未说完，背后一阵箭雨袭来，杨昂、杨任分两路杀来，曹操大惊，许褚应敌，徐晃保着曹操逃回寨中。自此，两边相拒，五十多天，只不交战。曹操乃想以退军为名，松懈对方的士气。一面命轻骑抄小路到阳平关后，乘势夹击。

守关的杨任、杨昂商议如何破曹军，眼看曹军拔寨而起，杨任怀疑是曹操诡计，杨昂却争功心切，领着五寨军马前进，只留少数人守寨。是日大雾，夏侯渊军误到杨昂寨前，守寨军士以为杨昂回来，就把寨门打开，曹军一拥而入，一看，竟是一座空寨，就放起火来。杨任领兵来救，可是夏侯渊、张郃联军来攻，杨任不敌，便杀出条路，奔回南郑去了。待杨昂要回军时，军寨已被占，身后曹操大军又赶来，四面无路，杨昂和张郃交手，又被张郃杀死，张卫知道诸营已被曹军攻下，也就奔回南郑去了，曹操遂得了阳平关。

随后，曹操进兵，直抵南寨安寨，张鲁便令庞德前去应战。庞德原是马超手下的一员猛将，曹操深知他的厉害，便嘱咐诸将，最好生擒庞德。众将轮番上阵，便想要消耗庞德体力，张郃、夏侯渊、徐晃、许褚纷纷出战数回合或数十回合，随即退兵。曹操又用贾诩的计谋，贿赂张鲁手下的谋士杨松，使杨松进谗言，说庞德收了曹操贿赂，故每战而不胜。

次日，曹兵攻城，庞德引兵冲出，曹操命许褚出战诈败，引庞德来到山坡，曹操自乘马立于山坡上招降，庞德更想拿住曹操，遂飞马上坡，一声喊起，天崩地塌，连人和马，一齐跌入坑内，四壁钩索一齐向前，活捉了庞德，押上坡来。曹操下马，亲解其缚，庞德寻思张鲁不仁，情愿拜降。曹操又令庞德和自己并辔而行，故意叫城上人望见。

张鲁因此更信杨松的话，第二天，曹操三面竖起云梯，飞炮攻城，张鲁和张卫便尽封府库，领了全家大小，杀出南门外。曹操赶入南郑，只见府库尽封，便心生怜悯，召人往巴中去招降张鲁，张鲁遂降，曹操平定了汉中。

曹操已经得了东川，主簿司马懿便进言说："刘备使诈，得了益州，但蜀人尚未完全归心，如今主公攻下汉中，可乘胜攻蜀，其势必定瓦解。有智之士，唯在能把握时机，希望主公不要错过机会。"

曹操听了司马懿的话，便慨叹地说："人心苦于不知足！既得陇，复望蜀！"

这时刘晔进言说："司马仲达之言说得好。蜀民一安定，把关守隘，就攻不下了。"

然而曹操终于按兵不动。

这时西川百姓中盛传曹操来攻的消息，众人十分惊恐，玄德便和军师孔明商议。孔明说："曹操分军屯驻合淝，乃是惧怕孙权的缘故。如果我方分江夏、长沙、桂阳三郡给吴，又派遣辩士陈说伐曹的利害，使吴兵起军进袭合淝，牵制曹军不致西向，曹操就不致来攻益州了。"

玄德听了大喜，乃遵计行事，派伊籍为使者，去说孙权，说是"吾主若取了东川，即还荆州全土"，催促孙权乘虚进攻合淝。孙权和众谋士商议，张昭说："这恐怕是刘备唯恐曹操攻取西川才出的计谋！虽然如此，正因曹操在汉中，我方乘势夺合淝，也是上计。"

孙权乃商议起兵攻曹操，命鲁肃取回长沙、江夏、桂阳三郡，屯兵陆口，唤回吕蒙诸将，准备进军合淝。

吕蒙回到京城，便献策给孙权，以为先取皖城，再攻合淝，因为皖城粮多。孙权觉得吕蒙考虑得十分周到，便叫甘宁、吕蒙为先锋，去取皖城。吕蒙乘军队初到，士气方锐，奋力攻击，到次日辰时，便得了皖城。次日，准备起兵进取合淝，三军皆出发。甘、吕两将为前队，孙权与凌统居中，其余诸将陆续进发。

吕蒙、甘宁的前部军将到合淝时，正遇上乐进领军前来，两军交锋，乐进诈败，甘、吕一齐引军赶去，孙权在后，听得前军得胜，急忙赶上，催军快行，正行到逍遥津北面，一阵连珠炮响，左边张辽、右边李典一齐攻来，孙权大惊，凌统手下只有三百余骑，无法抵挡曹军，凌统死战，孙权纵马逃上了小师桥，桥南已拆下丈余，并无一片板，孙权惊得手足无措，收回马三丈余远，然后纵辔加鞭，那马一跳，飞到桥南，孙权方脱险，这时吴兵已损失了大半，凌统所率领的三百余人尽被杀死。吕、甘等人死命逃过河南。这一阵杀得江南人人害怕，听到张辽的名字，小孩也不敢夜哭。孙权只得收军回濡须口，整顿船只，商议水陆并进，一面差人回江南，再起人马来助威。

这时，张辽听说孙权在濡须，还要兴兵来攻，恐合淝兵少，便急向曹操请求救兵。在曹操左右，刘晔也劝曹操蜀中已定，不容易攻下，不如派兵去救合淝，顺势攻下江南。于是曹操留下夏侯渊守汉中及定军山隘口，留张郃守蒙头岩等隘口，其余军兵拔寨整军，杀往濡须坞来！

孙权听说曹操自汉中领兵四十万前来救合淝的消息，便着人领五十只大船，在濡须口埋伏，张昭说："如今曹操远来，必须先挫其锐气。"

甘宁和凌统两人便在孙权面前争竞起来，要抢头功。孙权命凌统带三千军出濡须口出迎曹军，凌统和张辽交锋，斗了五十回合，不分胜负，孙权又命吕蒙接应回营。是夜，甘宁自告奋勇领了一百人马去劫营，约在二更时分，甘宁取白鹅毛一百根，插在盔上为号，都披甲上马，飞奔到曹操寨边，大喊一声，杀入寨中。甘宁领着百骑，左冲右突，曹兵惊慌之余，自相践踏，死者无数。甘宁见人就杀，从寨之南杀出，无人敢挡。回到营中，孙权自来迎接，握着甘宁的手说："孟德有张辽，孤有甘兴霸，两人正足以相对抗。"

凌统见甘宁有功，也想要表现一番，遂领兵五千出斗乐进。两人斗了五十回合，不分胜败，曹操亲自来观战，见两人酣战，乃命曹休放冷箭，开弓箭发，正中凌统座下之马，凌统被马掀翻在地，乐进赶忙持枪来刺，枪还未到，只听得弓弦响处，一箭发出，正中乐进脸庞。两军皆出，分别将乐、凌二人救回。

曹操见乐进中箭，乃分五路兵来攻濡须。张辽、李典、徐晃、庞德，各带一万人马，杀往江边。在孙权手下，在船上的董袭、徐盛，见五路军马到来，徐盛即刻领猛士数百人杀入李典军中，董袭在船上擂鼓助威，突然风急船覆，董袭竟死在江口。陈武听到江边厮杀的声音，连忙引军赶来，正好遇到庞德，两军混战。孙权在濡须坞中，听到曹兵杀到江边，亲自和周泰前来助战，正想杀入李典军中救徐盛，反被张辽、徐晃两支军团团围住，许褚又纵马持刀杀入军中，把孙权军冲作两段，使两军彼此不能相救。这时周泰从军中杀出，到了江边，却不见了孙权；周泰急寻，见孙权被围甚急，乃挺身杀入，奋力保护孙权冲出重围。周泰左护右遮，身上被刺数枪，箭透重铠，才把孙权救到江边，交给吕蒙，周泰又杀入重围救出徐盛，两将各带重伤。

陈武和庞德大战，被庞德赶到谷口，陈武袍袖被树枝勾住，不能迎敌，遂被庞德所杀。曹操见孙权走脱了，自己策马驱兵，赶到江边对射，吕蒙箭已发尽，正慌乱时，幸得陆逊领十万兵到，暂时遏阻了曹兵，陆逊正是孙权的女婿。

孙权在濡须和曹操相拒了月余，不能取胜，张昭、顾雍等联合上言，对孙权说："曹操势力大，不能以武力攻下，若和他久战，又恐怕折损兵卒太多，不如求和安民，以为上计。"

孙权听张、顾两人劝，乃命步骘往曹营求和，答应年年纳岁贡。曹操眼见江南一时也攻不下，便答应了孙权，命孙权撤走人马，孙权班师回秣陵，留下蒋钦、周泰守濡须口。曹操领着群将班师回许昌，只留下曹仁、张辽屯守合淝。

建安二十一年夏五月，群臣表奏献帝，歌颂魏公曹操功德，晋爵为魏王。献帝命人拟写诏书，立曹操为魏王。曹操假意上书请辞，请辞三次，以后才受命为魏王，冕十二旒，乘金银车，驾用六马，出用天子车服，出警入跸，在邺郡盖魏王宫，立曹丕为世子，这年冬十月，魏王殿落成。

第十九章　智取汉中

　　曹操晋爵为魏王后，曹洪领军汉中，命张郃、夏侯渊各据险要。这时张飞守巴西，马超做先锋，正与曹洪军相遇，马超紧守隘口，不与交锋。曹洪见马超连日不出，恐有诈谋，引军退回南郑，这时张郃来见曹洪，对曹洪说："郃虽不才，自愿领本部兵去攻取巴西，如果能攻占巴西，西蜀郡才容易攻下。"

　　曹洪却觉得张飞非等闲之辈，不可轻敌，张郃坚持进兵，如果不胜，自愿受军法处置。张郃乃领三万兵，安置在岩渠寨、蒙头寨和荡石寨。当日张郃领一半军去攻巴西，留下一半守寨。张飞得知，忙与雷同领兵去迎战，两下夹攻，张郃大败。次日，雷同下山去搦战，张郃又不出，雷同无奈，两军相持五十余日，张飞在山前扎住大寨，每日饮酒，饮至大醉，常在山前辱骂。这时玄德见张飞如此德行，十分吃惊，忙问孔明，孔明反说："原来如此！军前恐怕无好酒，而成都美酒极多，不妨派人装五十大瓮，送到帐前给张将军饮用！"

　　孔明料到张飞山前辱骂，旁若无人，正是败张郃之计，便命魏延送酒赴军营，车上各插黄旗，旗上大字书道："军前公用美酒。"

张飞听说主公赐酒，跪拜领受后，便命魏延、雷同各领一支人马，做左右翼，只看到军中红旗扬起，便各自进兵，一面又叫军士大开旗鼓而饮。张郃在山顶观望，见张飞坐在帐前喝酒行令，两个小卒在面前摔跤为戏，张郃恨恨地说："张飞这厮，欺我太甚！"

便传令今夜下山劫张飞营寨，令蒙头、荡石二寨中军士分左右出动援助。

张郃领军从山侧而下，直来到寨前，远望张飞点亮了灯烛，正在帐中饮酒。张郃大喊一声，山头擂鼓相助，直杀入营中，然只见张飞端坐不动，张郃冲向前一枪刺去，却是一个草人！急忙勒马回头，帐门口连珠炮起，一将当先，拦住去路，睁开环眼，声如巨雷响起，原来就是张飞。张飞挺矛跃马，直刺张郃。两将在火光中战了三五十回合，张郃只盼蒙头、荡石的曹军来救，谁知两寨已被魏延、雷同两将劫下。张郃正没奈何时，又见山上火光大起，已被张飞后军夺了寨棚！张郃三寨俱失，只得逃往瓦口关去了。

张郃在瓦口关派人向曹洪求救。曹洪大怒，心想张郃强要出兵，三万军又已折损了两万，遂不肯出兵，只派人催促张郃发兵出战。张郃不得已，只得分军埋伏，自领军出战，打算诈败，引张飞军追来，好截断后路。当天，张郃领兵来挑战，正遇雷同，战了数回合，张郃诈败，雷同赶来，被埋伏的军队拦截，张郃一枪，把雷同刺下马来。败军回报张飞，张飞自来挑战，张郃又诈败，但是，张飞知道是计并不追赶，乃回寨和魏延商议，准备将计就计，张飞说："我明日先领一军前往，你却引精兵随后，待张郃伏兵出，你就分军出击，又用车十余辆，车内藏柴草，塞住小路，放火烧之，我趁机捉拿张郃，为雷同报仇。"

次日两军交战，张郃大败，退路又被火封住，张郃死命杀开一条血路，集拢了残兵，坚守不出。而张飞和魏延时时领数十骑来两边哨探小路，得知瓦口关背后，有一条梓潼山小路，张飞乃前后夹攻，智取瓦口关。张郃寻路逃走，随行的只剩下十余人，步行到南郑，去见曹洪。

曹洪一见张郃，喝令左右推出斩了，行军司马郭淮，劝曹洪再给张郃五千兵，去攻葭萌关，去牵制各处的军队。曹洪才给了张郃这将功折罪的机会。

这时葭萌关的守将孟达、霍峻得知张郃来攻的消息。霍峻主张要守，孟达主张要攻，两人相争不下。孟达自领军下关去和张郃交锋，大败而回，霍峻只得向成都求救。玄德便请孔明聚众商议，孔明表示非张飞不可："除非翼德，无人可挡！"忽然老将黄忠厉声出言，道："军师怎能这么轻视人哪，我虽无能，但希望能去取张郃首级！"

孔明再三表示黄忠年老，恐怕不能胜任，气得黄忠白须倒竖，取架上大刀，抡动如飞，把壁上硬弓取来，连连拽折两张。孔明便说："将军要去，谁为副将？"黄忠说："老将严颜可以和我同去，如有什么失误，可以砍下我这白头！"

玄德大喜，便命两人前去葭萌关。赵云说："如今张郃亲自领兵攻击葭萌关，军师千万不要看为儿戏，如果葭萌关一失，益州就危险了！为何命这两个老人前去应敌呢？"

　　孔明说："你以为这两人老迈，不能成事啊，我却估计汉中必由这两人手中攻得！"

　　赵云等人颇不服气，就连关上的孟达、霍峻见了，心中也笑孔明调度不当，他们心里想着："这般紧要的地方，却叫两个老头子来！"

　　黄忠、严颜两位老将心中也知众人不以为然，立誓要立奇功。两个商议定了，黄忠引军下关，和张郃对阵。张郃出马，见了黄忠，笑道："你这么大年纪，不自量力，还想应战？"

　　黄忠怒道："小子欺我年老！我手中宝刀并不老哇！"

　　黄忠遂拍马向前，两人交战了二十余回合，忽然严颜从小路抄来，在张郃军后，两军夹攻，张郃大败，兵退八九十里。曹洪听说张郃兵败，就派了夏侯尚、韩浩领五千军来助战。

　　黄忠连日派哨探路，已经探得路径，这时严颜也对黄忠说："这里过去有座天荡山，山中就是曹操屯粮草的地方，如果能取得那个地方，截住粮草，汉中地就容易攻下了。"

　　黄忠便安排，计夺天荡山，却听到夏侯尚、韩浩来袭的消息。黄忠出战，缠斗了十余回合，黄忠败走，两将赶了二十余里，夺了黄忠的营寨，黄忠又草草建了一营。次日，韩、尚又来挑战，黄忠又出阵，战了几回合，又败退；韩、夏侯两人又赶了数十里，夺了黄忠营寨。次日，两将又来战，黄忠又退，黄忠连退数阵，直退到关上，坚守不出。玄德听说黄忠连败，急忙差刘封来关上接应，黄忠对刘封说："这是老夫的骄兵之计！我借寨给他们囤积军需品，今夜就可破敌，收复诸营了。"

当夜二更，黄忠等人果然连夺三寨，夏侯尚、韩浩二人自顾逃命，所丢下的军器鞍马无数，全部搬运入关。黄忠又催军马前进，"不入虎穴，焉得虎子！"策马先进，直逼得张郃军屯扎不住，弃寨而走，直到汉水旁。

张郃寻见夏侯尚、韩浩两人，商议道："天荡山乃是贮粮之地，更连接米仓山，这两地都是汉中军士养命之所，如果有所疏失，汉中就保不住了！"

夏侯尚说："米仓山有吾叔夏侯渊守护，那儿又接定军山，应当不成问题；天荡山，有我兄夏侯德镇守，我等就投奔天荡山去吧。"

三人就连夜投往天荡山去，三人正与夏侯德叙话，忽然山前金鼓大震，人报"黄忠兵到"。夏侯德轻敌，派韩浩领三千兵迎战，黄忠和韩浩交手，不过一回合，便把韩浩斩下马，蜀兵大喊，杀上山来，张郃、夏侯尚急忙领军来迎。忽然听到山后火光冲天而起，上下通红，夏侯德提兵急来救火时，正好严颜赶上，手起刀落，斩死夏侯德。原来黄忠预先派严颜埋伏山后，只等黄忠军行动，到时放火。这时，烈焰飞腾，照彻山谷，张郃、夏侯尚，前后不能相顾，只得抛弃天荡山，逃到定军山投奔夏侯渊去了。

捷报传到成都，法正劝玄德实时举兵亲征，平定汉中，以"缚兵积粟，观衅伺隙，进可讨贼，退可自守"。玄德、孔明便亲自引十万军，出葭萌关安营，这时正是建安二十三年秋七月。

大军来到关上，玄德对众人表示，定军山是南郡保障，也是粮草屯聚之所，必须先行攻取。黄忠自告奋勇，孔明乃遣法正同行相助，又命赵云领军从小路接应，刘封、孟达在山中险要处，多立旌旗，以壮声势。又差严颜往巴西阆中守关，接替张飞、魏延。

刘备亲自领兵要攻汉中的消息传到许都时，曹操大惊，忙起兵四十万亲征。曹操分三路进兵，前部先锋由夏侯惇率领，曹操自领中军，曹休押后军，三军陆续而行。曹操骑着金鞍白马，玉带锦衣，武士手执大红罗销金伞盖，左右金爪银钺，镫棒戈矛，打着日月龙凤旌旗，护驾的龙虎官军有三万五千，一时队伍光耀灿烂，雄壮无比。大军来到南郑，屯扎在此，曹操派人送书，命夏侯渊出兵。

黄忠和法正这时正屯兵于定军山口，屡次挑战，夏侯渊却坚守不出。法正对黄忠说："夏侯渊为人轻躁，而少谋略，我方正可激励士卒，拔寨前进，步步为营，引诱他来出击，趁机捉拿他，这就是'反客为主'的办法。"

黄忠于是犒赏三军，三军各个愿效死战，黄忠即日拔寨而进，真个"步步为营"，每营住数日，又拔营前进。夏侯渊终于耐不住，命夏侯尚领数千人出战，黄忠提刀上马，只一交手，就生擒了夏侯尚。次日，两军在山谷阔处布成阵势，黄忠激夏侯渊厮杀，二人战了二十余回合，忽然曹营鸣金收兵，夏侯渊慌忙拨马回营，被黄忠乘势杀了一阵。夏侯渊问起为何鸣金，压阵官回道："我见山凹中有蜀兵旗帜，恐怕有埋伏的军队，所以急招将军回营。"

夏侯渊深信不疑，遂坚营不出，黄忠追到定军山下，法正要黄忠先攻取定军山西边的一座高山，在这山上，足可看清定军山的动态。是夜二更时分，黄忠便鸣金击鼓，直杀上山顶。法正说："将军守在半山，我在山顶，等夏侯渊兵到，我举白旗为号，将军却要按兵不动，等他倦怠无准备时，我举起红旗，那时将军就下山攻击，以逸待劳，一定能取胜。"

果然，夏侯渊围住了对山，大骂挑战，黄忠只是不出战；到了午时，法正在对山看见曹兵已倦怠，锐气已减，多半下马休息，乃把红旗扬起，黄忠角鼓齐鸣，一马当先，杀下山来。一时似天崩地塌，夏侯渊措手不及，被黄忠砍为两段。黄忠追赶逃兵，乘势去夺定军山，张郃领军来迎战，张郃不敌，要逃走，山旁忽然出来一彪人马，为首的正是赵云，只见前面又来了一支兵，乃是杜袭。杜袭说："定军山已被刘封、孟达夺了！"

张郃遂与杜袭领着败兵来到汉水边扎营。曹操闻知，乃亲率大军，要来报仇。先命人把米仓山的粮草移到汉水北的山脚下，然后进兵。

孔明得报，乃命黄忠、赵云，先深入其境，夺其辎重，杀其锐气！黄忠回营后，对副将张著说："今夜三更，命军士饱食，四更离营，杀到北山脚下，先捉张郃，后劫粮草。"

187

当夜，依计行事，来到北山之下，东方日出，只见粮食堆积如山，只有数人看守，黄忠正要放火，张郃军到，两军混战一场，徐晃来接应，便把黄忠困在垓心。这时，赵云看看过了午时，黄忠还未回来，便领了三千人来接应，赵云杀入重围，挺枪而入，左冲右突，如入无人之境，那枪舞得浑身上下，一点破绽也没有，张郃、徐晃两人一见，心惊胆战，不敢迎敌，赵云回到本寨，单枪匹马，立在营门之外，命弓箭埋伏在寨外壕沟中。

张郃、徐晃见蜀营偃旗息鼓，赵云立在营外，寨门大开，两人反而不敢前进，这时曹操领军来到，催促众军向前，只见赵云把枪一抬，壕中弓箭齐发，天色昏暗，一时曹兵自相践踏，死者不知有多少！曹操正在奔逃时，刘封、孟达领了两支军从米仓山路杀来，放火烧粮，曹操只得弃了北山粮草，回到南郡。

曹操愈想愈气，便命徐晃为先锋，搭起浮桥，过河来战蜀军，却被黄忠、赵云左右夹攻，大败而退，军士掉入汉水，死者无数。曹操闻讯大怒，要亲统大军来夺汉水寨栅，于是，两军隔水相拒。

孔明观察汉水附近的形势，见汉水上流处，有一带土山，可以埋伏千余人，便命赵云五百人前往，告诫道："不管在半夜，或在黄昏，只要听到我营中炮响，就擂鼓一番，可是，不要出战。"

孔明自在高山暗窥。次日，曹兵来挑战，蜀营一无动静。曹兵只有回营，到了熄灯就寝时，孔明便命人放号炮，赵云闻号，乃大擂战鼓，曹兵以为来劫寨，及至出营一看，又不见一军，如是一连三夜，曹兵心惊，拔寨后退三十里。孔明笑道："曹操虽懂得兵法，却不知诡计！"

遂请玄德亲渡汉水，背水扎营。曹操一见，心中大疑，派人来挑战，并对部下说："谁能捉得刘备，就是四川之王。"

大军一齐呐喊，杀过阵来，蜀兵往汉水而逃，马匹军器，丢了满地，曹军竞相抢夺，曹操觉得可疑，急忙下令退兵。说时迟，那时快，孔明号旗一举，玄德中军，黄忠左军，赵云右军，同时杀来，曹兵大溃而逃。

孔明连夜追赶，曹操下令回南郑。只见五路火起，原来魏延、张飞自阆中赶来，早已先得了南郑。曹操只得退守阳平关，命许褚领一千精兵去阳平关路上护接粮草，许褚却因醉酒误事，被张飞夺了粮草车辆。曹操在关内，蜀兵来到城下，东门放火，西门呐喊，南门放火，北门擂鼓，曹操大慌，只得弃关而走，在斜谷口安营。

忽然马超、吴兰两军来犯，与孟达兵夹攻，马超士卒蓄锐日久，一时势不可挡，曹寨内火起，马超劫了中、后二寨，魏延又领军来，拈弓搭箭，射中曹操，曹操翻身落马，幸被庞德救起。曹操军锐气尽失，人人丧胆，乃日夜奔走，直退回到许都，方始安心。

建安二十四年秋七月，玄德乃命刘封、孟达等人攻取上庸诸郡，守将听说曹操已弃汉中而走，乃纷纷投降，玄德安民已定，大赏三军。法正等人推尊玄德为汉中王，孔明也以为玄德既已有荆、襄、两川之地，理应为汉中王，玄德推辞不过，只得依允。筑坛具礼，玄德南面而坐，受文武官员拜贺，立刘禅为世子，有功的人各按功勋颁定爵位。

第二十章 樊城之难

　　玄德立为汉中王的消息传到曹操耳中后，曹操大怒，发誓要和玄德决一雌雄。这时，司马懿进谏，劝曹操离间刘、孙，遣辩士去游说孙权，发兵去攻荆州；待刘备应敌时，再出兵乘隙攻汉川。曹操大喜，决定依计行事。当消息传到东吴时，孙权的谋臣步骘深知孙权想取回荆州之意，乃进言说道："如今曹仁屯兵于襄阳和樊城，曹操大可由旱路去进攻荆州，如今曹操却令主公动兵，其用意可想而知。主公不妨遣使者去许都见曹操，令曹仁先由旱路起兵，当云长领荆州之兵去攻取樊城时，主公就能遣将去攻荆州了。"

　　当魏、吴两方处心积虑要夺荆州的时候，在汉中王刘备处，早已广积粮草，多造军器，打算进攻中原。当消息传到，孔明便下令云长，先起兵取樊城，使敌军胆寒。

　　云长得令后，便起兵奔襄阳大路而来。曹仁自领兵来迎战，云长诈败，当曹仁追杀二十余里时，忽然背后喊声大震，鼓角齐鸣，背后关平、廖化杀来，曹军大败，只得退守樊城，而让云长得了襄阳，准备以此为据点进攻樊城。

云长时常渡襄江来攻打樊城，樊城危急，星夜往许都求救，曹操乃封庞德为征西大将军，于禁相助，领北方壮士七军，去解樊城之围。这时，领军将校董衡来见于禁，以为用庞德为先锋，恐怕误事，原来庞德是马超手下副将，其亲兄庞柔也在西川做官。这话传到曹操处，曹操乃把庞德唤回，索回先锋大印。庞德知道原因后，免冠顿首，流血满面，向曹操表白心迹，曹操乃扶起，加以抚慰。庞德回家后，乃令人造一木棺，扶棺而行，表示绝不空回。曹军乃由庞德领军，前往樊城解围。

庞德还未到樊城时，关公早知此事，乃令廖化去攻樊城，自己来亲敌庞德。关公横刀出马，大叫："关云长在此，庞德何不早来受死！"

鼓声响处，庞德出马，关公乃纵马舞刀，来斗庞德，二人战了百余回合，精神愈发昂扬，两军各看得痴呆了。魏军恐庞德有失，急急鸣金收军。庞德归寨，乃对众人说："人人都说关公是英雄，今日出战，我才相信！"

关公回到寨中，也对关平说："庞德刀法惯熟，真是我的对手！"

次日，关公上马引兵前进，庞德也引兵来攻，两阵对围，两将齐出，斗了五十余回，庞德拨回马拖刀而走。关公在后追赶，口中大骂道："庞贼欲使拖刀计，我岂怕你这小卒？"

庞德虚作拖刀姿势，却把刀挂住，偷偷拽弓，搭上箭，射将来，关平眼快，见庞德拽弓，大叫了起来，关公急忙睁眼细看时，躲闪不及，箭正中左臂。关平驱马赶到，把关公救了回营。庞德回营对于禁说："眼看关公箭疮发作，不能动弹，不如乘此机会，统领七军，杀入寨中，解了樊城之围。"

然而于禁贪功，生怕庞德进兵成功，就以魏王旨令来推托，始终不肯动兵，又把七军移到樊城之北下寨。当晚，关公领着数骑登上高阜，见曹军慌乱，城北十里山谷之内，屯着军马，又见襄江水势甚急，乃大喜。此时正是八月秋天，骤雨连下数天，关公命人预备船筏，收拾水具，对关平说："于禁所领七军，不屯扎在宽广之地，而聚集在罾口川险隘之处，如今秋雨连绵，襄江之水，必然高涨，我已差人堵住各处水口，等水涨时，乘高就船放水，水淹樊城，在罾口川的军队，就要成为鱼鳖了。"

当夜，风雨大作，庞德坐在帐中，只听得万马奔腾，征鼓动地的声音。庞德急忙出营帐一看，四面八方，大水涌来，平地水深一丈余，七军乱窜，随波逐浪者，不计其数。于禁、庞德和诸将拼命登上小山避水。天破晓时，只见关公和众将摇旗鼓噪，乘着大船而来，关公催军士四面急攻，矢石如雨般落下，庞德令军士用短兵接战，但军士心多恐惧，庞德一手提刀，夺得一小船，往樊城逃走。只见上流驰来一张大筏，把小船撞翻，庞德落入水中，船上那将跳下水去，生擒了庞德，这人正是素知水性的周仓。于禁所领七军，都淹死水中。庞德被周仓押至关公处，睁眉怒目，不肯下跪，骂不绝口，关公乃喝令刀斧手推出斩首。关公又趁水势未退，领着大小将领来攻樊城。

在樊城周围，白浪滔天，水势益发高涨，渐渐浸到城墙，城内曹军无不丧胆，慌忙来告诉曹仁。曹仁上城头一看，关公军已到北门，只见关公身上披着掩心甲，斜袒着绿袍，乃急急招来五百弓箭手，一齐放射，关公急转马头时，右臂上中了一箭，翻身落马，一时右臂青肿不能举起，原来箭头有毒，不过一会工夫，毒已入骨。众将急忙扶关公回营，并且商议撤军暂回荆州调理，但是关公怒道："我攻取樊城，眼前就可攻下了，取了樊城，就当长驱直入，去攻许都，灭了那曹贼，安汉家天下，怎能因这点小伤而误了大事儿？"

众人只得四处寻访名医。有一天，有人自江东来，自称华佗，听说关公箭伤，特来医治。这时关公正在帐中和马良下棋，见了华佗来，把手臂伸出令华佗刮骨疗毒，悉悉有声，众人眼见这场面，无不掩面失色，而关公饮酒食肉，谈笑弈棋，全无痛苦的样子。华佗刮尽骨上之毒后，敷上药，缝好了线，就嘱咐关公静养，切勿发怒影响了伤处。

在许都，曹操听说关公占据荆、襄，捉了于禁，杀了庞德，大败魏兵，深恐关公领兵攻进许都，便想迁都避其锋，这时，司马懿又进谏曹操，劝曹操遣使去东吴陈说利害，使孙权暗中起兵攻云长之背，则樊城之危可解。曹操依允，遂不迁都，一面派使再前往东吴，一面命徐晃领精兵五万起兵接应。

在东吴，孙权接到曹操书信后乃聚集文武商议，忽然吕蒙自陆口乘小船来，对孙权进言，要当云长提兵围樊城时，趁机攻打荆州。孙权颇以为然。吕蒙离开后，听说荆州军马十分严整，沿口有烽火台，早有准备，心中不知如何回复孙权，这时陆逊用计，他对吕蒙说："云长自恃英雄，以为无人可敌，所顾忌的，不过就是将军你一人！将军不如乘此机会托病辞职，陆口之职让予他人，一面以虚辞赞美关公，使他松懈戒备，则他必然撤去荆州之兵，全力去攻樊城。只要荆州无备，用一旅之师，别出奇计就能攻下荆州了。"

吕蒙大喜，乃托病不起，上书辞职，孙权依计乃召回吕蒙，命陆逊替代。陆逊代吕蒙守陆口后，果真卑辞具礼，发使联络关公。关公果然中计，以为孙权识浅，竟用陆逊为将。

孙权遣人探得关公果然撤走了荆州大半的兵力，乃拜吕蒙为大都督，总领江东各路军马，点兵三万，快船八十只，又选善泅水者扮作商人，皆穿白衣，在船上摇橹，却把精兵埋伏在船中，蒋钦、周泰、徐盛、丁奉等七员大将随行，昼夜船行，直抵浔阳江北岸。江边烽火台上守台军士盘问时，吴人回答全是客商，因江中起风，所以在此避风。一面送些财物给守台军士，军士乃任由吴船停泊在江边。

大约到了二更时分，船舱中的精兵一齐涌出，将烽火台上的官军缚倒，一声暗号，八十多艘船上的精兵一齐发动，将重要据点上守卫的军士，一齐捉入船中，不曾走了一个，于是长驱大进，直向荆州进发，竟无人知觉。将要到荆州时，吕蒙将俘虏的官军，用好言安慰，个个重赏，令他们骗守城军士打开城门，这些降军也都同意了。到了半夜，到城下叫门，门吏认得是荆州之兵，开了城门，吕蒙率众冲入，一下子就占领了荆州。吕蒙下令军士不得妄杀百姓，不得妄取民物，原任官吏，一依旧职任用，将关公家属另迁，不许闲人打扰。

不久，孙权来到荆州，慰劳有功将士，仍命潘浚守荆州。孙权对吕蒙说："如今荆州已取回。但公安傅士仁、南郡糜芳两人怎样才能降服他们？"

话还未说完，虞翻表示不须引弓发箭，只要凭三寸不烂之舌便能说降。虞翻领了五百人前去招降，果然，傅士仁、糜芳相继投降了东吴。

这时曹操正在许都，和众谋士商议攻取荆州之事，东吴使者送书来，要求曹操夹击云长。主簿董昭就说："樊城被围，情势急迫，不如派人射信入城，使城中军民宽心。一面设法使关公知道东吴攻袭荆州之事。关公害怕荆州有失，必定从速退兵，这时，可派徐晃乘势掩杀，必能成功。"

曹操用他的计策，一面派人催徐晃急战，一面亲统大军，往洛阳以南的阳陵坡驻扎，来救曹仁。来到阳陵坡后，探马来报，说是关平屯兵在偃城，廖化屯兵在四冢，前后共有十二个寨栅，联络不绝。徐晃就差副将吕建、徐商前往偃城去战关平，却自领精兵循着沔水去袭偃城背面。

徐商来到关平阵前，只交锋三回合，故意败走，关平乘势追赶了二十余里，忽然听说城中火起，关平知道是计，急忙回兵去救偃城。正遇到一彪军马摆开，徐晃在马上，对着众军高叫："关平贤侄哪，你们荆州都已被东吴夺了，还在此胡作非为！"

一时关平军军心慌乱，不战就走，徐晃军又攻第一寨，关平、廖化两人抵挡不住，弃了第一屯，便往樊城大路逃走，拼死逃出，来到大寨见关公，关公听说荆州被吕蒙攻占了，大怒，喝道："这是敌人胡说，来扰乱我方军心的，不值得烦恼！"

话还未说完，徐晃军上，关公不顾伤势，也上马应战，战了八十多回合，关公虽然武艺绝伦，终是独臂力小，关平恐怕关公有失，火急鸣金收兵，忽然四边喊声大震，原来是樊城曹仁听说曹操救兵到，领军杀出城来，和徐晃会合，两下夹攻，荆州兵大乱，关公急急渡过襄江，往襄阳奔走，流星马来到，报告荆州已陷的消息，关公大惊，不敢往襄阳去，领兵往公安来，探马又报说，公安傅士仁连同南郡糜芳都投降东吴的消息。关公一听，怒气冲胸，疮口迸裂，昏倒在地，醒来后，顿足叹道："我中奸贼之计了，有何面目见兄长啊！"

管粮都督赵累劝慰关公，以为不妨一面命人往成都求救，一面由旱路再去夺回荆州。

却说樊城之围已解，曹操大感欣慰，乃封徐晃为平南将军，来阻遏关公的军队，自己屯兵在摩陂，静候消息。这时关公困在往荆州的路上，前有吴军，后有魏军，夹在中间，而救兵又不来，真是呼天不应、呼地不灵。关公得知吕蒙将荆州城内自己的家眷并军士们的眷属照顾得当，又遣人送来家书，更是气愤填膺，知是吕蒙奸计，为要瓦解军心。而在往荆州的路上，又有将士逃回荆州的，关公愈发怒可不遏，不得已，前往麦城。麦城极小，姑且以此为据点，等待援兵。关公命廖化突围去请救兵，来到上庸，见了刘封和孟达。廖化苦苦哀求出兵，然而孟达对刘封说："东吴兵精粮足，荆州九郡都已属于东吴；而麦城只是弹丸之地，听说曹操亲自领了四五十万大军屯扎在摩陂，我山城之众，如何敌得过吴、魏两家强兵？不如不出兵。"

刘封闻言，表示关公乃自己叔父，岂能坐视不救，而孟达说："将军以为关公是自己叔父，恐怕关公未必认将军为侄子噢。人人都知道当初汉中王登位，欲立后嗣，关公以为将军是义子，不可僭立，反劝汉中王把将军派向远方上庸山城，以杜绝后患，这事，也唯有将军不知道罢了。"

因此之故，上庸兵终于未发，廖化只有上马大骂出城，往成都去请救兵。

关公在麦城盼望上庸援兵到，却始终不见动静。诸葛瑾来劝降，关公正色回答道："我乃是解良地方的一个武夫。蒙我主以手足之情相待，我如何肯背义投降？城如被攻下，只有一死而已。玉可碎，而无法改其白；竹可焚，而不能毁其节！你不用多说，快请出城，我要和孙权决一死战！"

而这时在孙权的营中，吕蒙正献计，他对孙权说："我料想关羽兵少，必定不会从大路逃走，麦城正北有一条小路，可以派精兵五千在那里埋伏，另在临沮山旁的小路上也埋伏精兵五百，关某就捉拿得到了。"

这时关公在麦城计点人数，只剩三百多人，粮食又已完全用完，离城的人越来越多，赵累建议关公弃城，逃入西川，再整兵来救。关公遂留下周仓和王甫守城，和关平领了残卒二百余人走向北门外的小路，走了二十余里，果然落入了吕蒙的埋伏之中。关平奋战断后，关公在前开路，随行只剩下十余人。正走之间，一声喊起，两下伏兵尽出，长钩套索，一齐并举，先把关公坐下马绊倒，关公被马忠所捉，关平来救，也力尽被俘。两人被带到孙权处，孙权招降关公，表示要结秦晋之好，关公厉声大骂："碧眼小儿，紫髯鼠辈！我和刘皇叔桃园结义，誓扶汉室，岂会和你们这些叛逆为伍？我今天误中奸计，也不过一死而已，何必多说！"

孙权回顾众官，表示自己深爱关公这等豪杰，希望有人能劝降，主簿左咸进言说："主公，千万不可。从前曹操得到这人，封侯赐爵，三日一小宴，五日一大宴；上马一袋金，下马一袋银。如此优礼，毕竟还留不住，听任他斩关杀将而去，以致今天反为他所迫，几乎要迁都来避其锋锐！主公今天既已捉得，如果不立刻除去，恐怕有无穷后患！"

孙权沉吟半晌，说："这话说得是！"

建安二十四年冬十月，孙权遂命人推出行刑，关公父子都被斩，关公死时，年不过五十八岁。樊城之役，关公捐躯，麦城又被攻下，而荆州又再由东吴来统辖了。

第二十一章　吴魏交恶

关公死后，东吴恐怕刘备为弟报仇，会倾全力来攻打，一时十分愁烦。这时张昭献计，打算把关公首级，送给曹操，使刘备误以为杀关公的乃是曹操，如此一来，西蜀之兵，便不至于指向吴而是指向魏了！然而，当使者以木匣盛着关公首级，星夜送给曹操时，司马懿立刻对曹操表示，这完全是东吴移祸之计。他向曹操说："大王不如把关公首级，刻上一副香木之躯，配合起来之后，以大臣之礼埋葬，刘备知道了，就必定南征报仇，我方只要等候，如果蜀胜就击吴，如果吴胜就击蜀！这是所谓的鹬蚌相争，渔翁得利之计啊！"

曹操听了，觉得很对，就刻沉香木为躯，以王侯之礼，将关公葬在洛阳南门外，并亲自拜祭，令大小官员送殡。

当关公被杀的消息传到玄德耳中时，玄德不禁哭倒在地，三日滴水不进，只是痛哭，泪湿衣襟，斑斑成血。孔明及众官百般劝慰，玄德说："孤和东吴，势不两立！"

玄德就要兴兵伐吴，以雪大恨，孔明力谏道："方今吴想使我军去伐魏，魏也想令我军去伐吴，各怀诡计，双方伺机而动。主上此刻只能按兵不动。待将来吴、魏不和时，再趁机进攻！"

汉中王刘备只得暂且捺下满腔悲恨。亲自往南门招魂祭奠，号哭终日。

在魏国，曹操却因日夜烦忧吴、蜀之事，抑郁成疾，病势一日甚于一日。这时，东吴遣使者送书来，意思说：只要魏军扫平西川，东吴孙权就率臣下纳土归降。曹操把信看完，不禁大笑，说道："那个家伙竟要使我自蹈罗网呀！"

侍中陈群等纷纷顺应情势，要求曹操登上帝位，但曹操隐然以周文王自居，婉拒了臣下的好意。而在这时，司马懿独自表示他个人的看法，力谏曹操把握时机。他说："现今孙权既然自愿称臣归附，主上不妨封官赐爵，使东吴抵拒刘备。"

曹操深以为然，乃表奏孙权为骠骑将军南昌侯，领荆州牧。可是他的病情一日比一日严重，一日，他把曹洪、陈群、贾诩、司马懿等人唤至榻前，吩咐后事。他说："我纵横天下三十余年，群雄都已消灭，只剩下江东孙权和西蜀刘备未曾剿灭！我现在，不能再和你们相叙；今天，特把家事嘱托你们。长子曹丕，笃厚恭谨，可以继承我的事业，请你们好好辅佐。"

曹操吩咐完毕，又遗命在彰德府，讲武城外，设立七十二座疑冢，不使后人知道自己真正的葬处。而后，他长叹一声，泪如雨下，不久，就气绝而死了，时年六十六。这时，正是建安二十五年春正月。群臣用金棺银椁，连夜发丧，来到邺郡，曹丕放声大哭来迎灵，众官僚在殿上聚哭。忽然一人挺身而出，请曹丕息哀。这人便是中庶子司马孚，他说："魏王不在了，天下的局势必然会有变化，在我国，最紧要之事便是早立嗣王，以安民心，如今哭泣有什么用？"

于是华歆立即入宫，草成诏令，逼献帝降诏，封曹丕为魏王、丞相、冀州牧。曹丕即位后，即改建安二十五年为延康元年，封贾诩为太尉，华歆为相国，追谥曹操为武王。而曹丕对兄弟多所逼迫，如曹彰、曹植，曹丕唯恐兄弟拥有兵权，篡夺王位，曾迫曹植七步成诗。所谓："煮豆燃豆萁，豆在釜中泣。本是同根生，相煎何太急！"曹植此诗，就是曹丕看了，也潜然泪下。他不只对兄弟严苛，就是对汉献帝，威逼更甚于自己的父亲。当年八月，曹丕手下的中郎将李伏、太史丞许芝等人，同华歆、王朗、辛毗、贾诩等人，直入内殿，来奏汉献帝，请献帝禅位给魏王曹丕，说是汉祚已尽，献帝理当效法尧、舜。献帝大惊，只有看着百官而哭。华歆更甚，逼献帝出殿，扯住龙袍，命曹休拔剑要挟，献帝见群臣不发一言，而阶下披甲持戈之士却有数百余人，都是魏兵。献帝不得不把天子之位让出。曹丕登了天子之位，便改延康元年为黄初元年，国号大魏，迁都洛阳。

曹丕篡汉的消息传到西蜀，又传言汉帝已遇害时，汉中王痛哭终日，因此忧虑生病，不能理政事，孔明和太傅许靖、光禄大夫谯周商议，欲尊汉中王为帝，以继承汉统。于是孔明等人上表，玄德看了大惊，说："众卿要陷害我，成个不忠不义之人吗？"

然而禁不住百官和孔明的请求，说是玄德不称帝，则众官有怨心，西蜀不久必分崩离析，倘若吴、魏乘隙来攻，更是非同小可之事。玄德不得不同意，登坛设祭，受皇帝玺绶。改元章武元年，立刘禅为太子，封诸葛亮为丞相，许靖为司徒。

玄德自称帝后，更无时无刻不想起兵攻吴，虽经赵云反对，玄德终究不听，下令整军起兵伐吴。这张飞在阆中，也和玄德一样，时刻不忘报仇，日日醉酒，脾性愈加暴躁，听说玄德已颁下伐吴之令，便自请为前锋。于是西蜀之兵七十五万，择定在章武元年七月丙寅日出师。

先锋张飞，日日在营中鞭挞部将，在出师前，下令给帐下两员末将范疆、张达，令两人在三日之内制好白旗白甲，两人表示三日不够，必须宽限时间，张飞闻言大怒，竟命武士将两人缚在树上，各鞭背五十，打得两人满身鲜血。范、张两人心想，三日内哪办得成？办不成时又不免被杀，不如我杀他，于是乘张飞在帐中饮醉之时，各用短刀，偷入帐中，直来到床前行刺。只见张飞须竖目张，两人大惊，不知道张飞每睡必不合眼，两人又听见鼻息如雷，鼓勇向前，用短刀刺入张飞腹中，张飞大叫一声而死，时年五十五岁。杀了张飞之后，范、张两人就投奔东吴去了。

章武元年秋八月，刘备起大军到夔关，驾屯白帝城，以吴班为先锋，令张苞、关兴随驾。要伐东吴，当前队军马到达川口时，诸葛瑾来见先主，说明孙权欲结盟好，并把荆州交还的想法。希望两国勠力，同伐曹丕。但刘备因气愤东吴杀了关公，不肯罢兵。诸葛瑾回报孙权说先主不肯通和，孙权大骂，阶下侍立的中大夫赵咨乃陈说利害，自愿出使魏国，向曹丕劝说，使魏兵攻打汉中。孙权遂即命赵咨为使，星夜到许都，见了曹丕，于是曹丕乃降诏，册封孙权为吴王。赵咨谢恩出城后，大夫刘晔谏道："当今孙权惧怕蜀兵，所以来请降，以臣愚见，蜀、吴交兵，乃天要亡蜀、吴！如今如派上将军领数万兵渡江攻击东吴，蜀攻其外，魏攻其内，吴国之亡就在眼前，吴亡则蜀孤，灭之不难，陛下何以不早打算？"

而曹丕说："朕不助吴，也不助蜀的理由，正是想看吴、蜀交战，如果灭了一国，只存一国，那时再出兵攻灭，又有何难？"

曹丕意定，终不发兵攻吴，只待吴、蜀两相攻伐，隔山观虎斗！故孙权虽受了封爵，奈何魏主不肯出兵。不得已，只好点水陆军五万，封孙桓为左都督，朱然为右都督，即日起兵去抵拒蜀军。

在两军数次对阵中，由于关兴、张苞勇不可挡，孙桓、朱然大败，向孙权求救。先主从巫峡、建平起，直抵彝陵界分，七百余里，联接了四十多个寨子。先主声威大震，孙权心怯，遂听步骘谏，派人去求和，然而先主怒气不息，定要灭吴。众臣苦谏，然先主说："朕切齿的仇人，就是孙权，我若和东吴联合，就对不住死去的二弟，如今定要先灭吴，然后灭魏。"

先主把来使杀了，表示决裂之意。孙权大惊，举止失措。这时，阚泽进言，推荐陆逊，并且力陈陆逊的能力实在周瑜之上。他说："陆伯言正似擎天之柱，名虽为儒生，实在有雄才大略，前次破关公，谋略正出于伯言。主上如能用他，必能大败蜀军。"

孙权遂命陆逊为总督军马，主持破蜀之事。陆逊下令诸将严守隘口，不许出敌，坚守勿战，一时帐下诸将，并不心服。

眼看先主自猇亭布列军马，直到川口，接连七百里，前后四十个营寨，陆逊便坚守不战，以使蜀军烦躁。先主见吴军不出，心中十分焦急。当时天气炎热，先主又准先锋冯习之奏，将各营移往山林茂盛之地。当先主做了这番处置之后，细作把移营就凉的消息报知陆逊，陆逊大喜，先派阶下末将淳于丹引兵去试敌人之虚实，而后定计剿灭蜀军。

陆逊说："我这条计，恐怕瞒不过诸葛亮，天保佑这人不在，使我能成大功！"

遂集合大小将士，使朱然由水路进兵，来日午后东南风起时，用船装载茅草，依计而行，韩当领一军攻江北岸，周泰领一军攻南岸，每人手握茅草一把，内藏硫黄焰硝，各带火种，又执刀枪，一齐而上。到了蜀营，顺风举火，蜀兵四十营，只烧二十营，每间隔一营不烧。全军并力而为，直到捉住刘备。众将听了军令，准备依计行事。

到了初更时分，东南风骤起，蜀营果被陆逊部下放火大烧，风紧火急，树木皆着。喊声大震，两屯军马齐出，蜀军自相践踏，死者不知其数。火光连天而起，江南、江北，照耀得如同白日。先主逃到马鞍山，被陆逊大队人马所围，幸得赵云死命救出，往白帝城逃走，蜀军大败！

陆逊的左右想乘胜追杀，但陆逊反下令班师而回，陆逊对其部下说："孔明是非凡的人物，足智多谋，不容轻看。再则，我料魏主曹丕，知我军追赶蜀兵，必乘虚来攻，我军若深入西川，恐怕就难还兵了。"

陆逊率领大军回军时，三处人马来报说，魏兵由曹仁、曹休、曹真率领，分三路兵马，数十万人，连夜来进犯。然陆逊早有谋略在胸，当三路兵马前来时，曹真、夏侯尚围了南郡，却被陆逊伏兵城内，诸葛瑾伏兵城外，内外夹攻，打得落花流水；曹休被杀，曹仁亦大败而逃，曹丕得知三路兵马大败，遂命魏军还军洛阳，自此之后，吴、魏不和。

而先主在退到白帝城永安宫后，身染疾病，病况又渐渐沉重，到了章武三年夏四月，自知病入膏肓，遂遣使往成都，请诸葛亮、李严等星夜赶来听受遗命，太子刘禅则留守成都。

孔明来到永安宫时，见先主病危，慌忙拜伏龙床之下，先主命孔明起身，在龙床边坐下，抚着他的背说："朕自从得到丞相之助，有幸得成帝业，而又何其愚昧，不与丞相商量，与东吴交兵，自取其败！如今悔恨成病，命在旦夕，念及嗣子年幼孱弱，不得不把大事托付。"

先主说完，泪流满面，又嘱咐群臣，取来纸笔，写了遗诏，屏退左右，对孔明说："朕恐怕就要死了！人说：'鸟之将死，其鸣也哀；人之将死，其言也善！'朕有心腹之言相告。丞相才十倍于曹丕，定能安邦定国，如果嗣子值得相助，就请护持，如果不值得用心，丞相就自为成都之王吧。"

这一席话，孔明听了汗流遍体，手足失措，哭拜在地，剖白自己理当竭尽忠心辅佐后主的心意。先主又吩咐刘永、刘理兄弟三人，要以父礼对待孔明。先主一一吩咐毕，就断了气，得年六十三岁。

章武三年夏四月二十四日，先主驾崩，众官出殡成都，太子刘禅出城迎灵，把灵柩安于正殿后，打开遗诏，诏书中写道："朕初得疾，但下痢耳；后转生杂病，殆不自济。朕闻：'人年五十，不称夭寿。'今朕六十有余，死复何恨！但以汝兄弟为念耳。勉之！勉之！勿以恶小而为之，勿以善小而不为。惟贤惟德可以服人；汝父德薄，不足效也。吾亡之后，汝与丞相从事，事之如父，勿怠！勿忘！汝兄弟更求闻达，至嘱！至嘱！"

孔明以为"国不可一日无君"，乃立太子禅即皇帝位，改元建兴，是为后主，后主又加封孔明为武卿侯，领益州牧。

当刘禅即位的消息传到中原，曹丕大喜，想要趁机伐蜀。但群臣中多人畏忌孔明，不表赞成，独司马懿奋然而出，进言说："不乘此时进兵，更待何时？如果只起中原之兵，恐怕一时很难攻下，必须用五路大兵，四面夹攻，使诸葛亮首尾不能救应才成。"

曹丕同意。司马懿乃召集辽东鲜卑，辽西羌，南蛮东吴，降将孟达，大将军曹真五路军，共五十万人，来取西川。消息传到西川，众人大惊，孔明却在家观鱼，思索击破魏五路兵的计策。孔明对后主说："兵法之妙，贵在使人无法预测。老臣知道西番国王心服马超，已先派遣使者命马超紧守西平关；南蛮王孟获处，臣也飞檄派遣魏延领一军左出右入，右出左入，故作疑兵，孟获多疑，必不敢轻动；孟达与李严为生死交，臣已作一书，只要派李严亲笔令人送交孟达，孟达到时必然推病不出；曹真如果引兵进犯阳平关，臣已调赵云把关，此四路并不足忧。只有东吴一路，必须派辩士前去陈说利害！"

于是后主转忧为喜，乃派邓芝往说孙权。孙权在陆逊退魏兵之后，将军权全交陆逊掌理，时张昭、顾雍启奏吴王，请自改元，于是，孙权改元黄武。当邓芝来到，对孙权进言，说："蜀有山川之险，吴有三江之固，如两国联合，共为唇齿，进则可以兼吞天下，退则可以鼎足而立！但如果大王称臣于魏，魏必定要求大王朝觐，又要以太子为人质，如果不从，随时进兵来攻！则江南之地，恐怕就不再是大王所有了。"

孙权觉得这话十分有理，便命张温为使者，入蜀议和。自此以后，吴、蜀通好，两国和魏便成为对立的态势。

第二十二章　南征西讨

自吴蜀修和之后，魏主曹丕终日不安，唯恐两国联合，来伐中原。此时，在曹丕的部臣中，大都主张养息用兵，辛毗说："中原土地，土广人稀，如要发动战争，恐怕并不容易。不如养兵屯田十年，足食足兵之后，再考虑攻破吴、蜀。"

曹丕认为这是迂阔之论，吴蜀联合，随时会来侵犯，如何再能等待十年？与其等两国大军压境，不如先发制人，于是传旨起兵，先打吴国。司马懿奏道："吴有长江之险，非用水攻，不能奏效。陛下必得要御驾亲征！选择适当的大、小战船，从蔡、颍入淮水，进攻寿春，到广陵后，再渡江口，直攻南徐，这才是上策。"

曹丕乃命人日夜赶工，造龙舟十只，收拾战船三千余只，在魏黄初五年秋八月，集合大小将士，由曹真率领，张辽、徐晃、许褚、曹休等大将同行，前后水陆军马三十余万，起兵直攻东吴。

曹丕又封司马懿为尚书仆射，留在许昌，处理一切国政大事。

当曹丕大军从蔡、颍出淮，来攻广陵时，孙权就写信给孔明，请派汉中兵相助，又派徐盛总督建业、南徐军马，抵御魏兵。魏王部队来到广陵之后，曹丕端坐舟中，遥望江南，却不见一人。当晚宿于江中，月黑风高，军士都执灯火，一片明亮，恰似白昼，而江南却无半点火光。等到第二天破晓时，天起大雾，迷漫一片，甚至不见对面来人，过了好一会儿，风吹雾散，曹军望见江南一带，城城相连，城楼上枪刀耀目，遍城尽插上旌旗号带。好几个人来报告说："南徐沿江一带，直至石头城，绵延数百里，城郭舟车，络绎不绝，竟像是一夜成就的。"

曹丕大惊失色。原来徐盛用疑兵，束芦苇为人，草人都穿上了青衣，手执旌旗，立在假城楼之上。魏兵远远望见城上有这许多人马，如何不胆寒？众人正在惊讶时，忽然狂风大作，白浪滔天，曹丕所坐之船险被打翻，曹真慌忙令文聘撑小舟来救驾。忽然报子来报："主上，不得了！赵云已经领军出阳平关，直攻长安了！"

曹丕大惊，忙令众军退兵，此刻吴兵已追到，鼓角齐鸣，喊声大震，魏兵不能抵挡，折损了大半，淹死者无法计算。诸将奋力救出曹丕，渡淮河而行，不到三十里，淮河附近一带芦苇被预灌鱼油，火势顺风而下，曹丕慌忙上岸，却见一队军马杀来，曹军急忙逃走，大败而还。

这次魏、吴大战，初起时，孔明亦打算派军相助，当赵云引兵杀出阳平关时，有人送信给孔明，说是蛮王孟获，起十万蛮军，四处侵掠。孔明因此宣令赵云回军，听候调用，命马超坚守阳平关，孔明在成都整饬军马，打算亲自南征。

原先，先主死后，后主即位，孔明辅佐，数年以来，已使西川之民，欣乐太平，过着安居乐业的生活，又逢农作物连年丰收，百姓十分感戴孔明，凡是遇到差役，百姓们也出钱出力，争先办理，因此军需器械粮食等，贮存丰富，无不完备。

此时，蛮王孟获既然大兴蛮兵十万侵犯边境，孔明心想，虽说东有孙权，北有曹丕，然东吴已经交好，曹丕又新败，暂时无力入侵，正是南征的大好时机。不妨先扫荡蛮方，无后顾之忧之后，再图北伐，平定中原。孔明共起川兵五十万，派关索为前部先锋，一同南征。孔明来到益州分界时，先用计收服了高定、朱褒和鄂焕三支部队，又七擒蛮王孟获，用智服之，大胜而回。

征南大军回到成都时，后主排开銮驾出城三十里来迎接，又设太平宴会，重赏三军，自此之后，远邦来进贡上朝者有二百余处。一时人心欢悦，朝野一片升平气象。

在孔明南征的这段时间内，魏主曹丕感染寒病，医药无效。临终之前，乃召中军大将军曹真，镇军大将军陈群，抚军大将军司马懿三人来到寝宫，曹丕把世子曹叡唤来，向曹真等人托孤，三人都保证当尽心竭力来辅佐幼主。曹丕堕泪而死，在位七年，死时四十岁。群臣遂立曹叡为大魏皇帝，曹真被封为大将军，曹休被封为大司马，华歆、王朗、陈群皆各有封，司马懿被封为骠骑大将军。当时雍、凉两州缺人把守，司马懿上表请求为西凉守，曹叡乃封司马懿为雍、凉二州提督，并统领该处兵马。

司马懿领诏上任后，孔明深恐司马懿握有兵权后，将成为蜀中大患，乃用离间计使曹叡心疑，收回兵权。司马懿不得不削职回乡，雍、凉兵马乃由曹休总督。

孔明闻知司马懿撤职事，大喜，对群臣说："我想要伐魏已经很久了，奈何有司马懿总领雍、凉的军队，如今兵权转移，我更有何忧？"

乃上《出师表》给后主，表略称：

臣亮言……臣本布衣，躬耕于南阳，苟全性命于乱世，不求闻达于诸侯。先帝不以臣卑鄙，猥自枉屈，三顾臣于草庐之中，谘臣以当世之事，由是感激，遂许先帝以驱驰。后值倾覆，受任于败军之际，奉命于危难之间，尔来二十有一年矣。先帝知臣谨慎，故临崩寄臣以大事也。

受命以来，夙夜忧叹，恐付托不效，以伤先帝之明；故五月渡泸，深入不毛。今南方已定，甲兵已足，当奖帅三军，北定中原，庶竭驽钝，攘除奸凶，兴复汉室，还于旧都，此臣报先帝而忠陛下之职分也。至于斟酌损益，进尽忠言，则攸之、祎、允之任也。

愿陛下托臣以讨贼兴复之效，不效则治臣之罪，以告先帝之灵；若无兴德之言，则责攸之、祎、允之咎，以彰其慢。陛下亦宜自谋，以谘诹善道，察纳雅言，深追先帝遗诏。臣不胜受恩感激，今当远离，临表涕泣，不知所云。

南方已平，无内顾之忧，孔明想乘胜伐魏，此时太史谯周以为出行不宜，苦谏孔明。孔明不听，乃留下郭攸之、董允、费祎等侍中，总管宫中之事，百官各个分掌职责。李严等守川口以抵拒东吴，大军选定在建兴五年春二月丙寅日出师伐魏，以赵云为前部先锋，邓芝相助。一时大军浩浩荡荡，旌旗蔽野，戈戟如林，向汉中迤逦进发。

诸葛亮率大兵三十余万入境来攻的消息，传到魏主曹叡的耳中时，曹叡大惊，派驸马夏侯楙自愿领兵二十万去应敌。

孔明领军来到沔县时，哨马来报夏侯楙调关中诸路军马前来拒敌，这时魏延献策说："夏侯楙乃是膏粱子弟，懦弱无能。我愿领精兵五千从褒中出，循秦岭以东，过子午谷而向北进，不到十日，可到长安，夏侯楙必当弃城往邸阁横门逃走，我则从东方进兵，丞相可大驱士马自斜谷进兵，如此一来，咸阳以西，可一举而定！"

孔明却以为这并非万全之计，如敌军在僻山截杀，就大伤锐气了，因此不用魏延的计谋。这时，夏侯楙在长安聚集各路军马，西凉大将韩德，有万夫不敌之勇，引西羌诸路军八万来到，夏侯楙就命他为前锋，韩德四子，也在行列之中。

当韩德率领四子和西羌兵八万来到凤鸣山时，正遇蜀兵，赵云挺枪纵马，锐不可当，韩德四子都丧在赵云手中，西凉兵大败而走，赵云往来杀敌，如入无人之境，其英勇恰似当年当阳救主一般。夏侯楙自领兵来敌赵云，战不过三回合，韩德被杀，夏侯楙急忙逃回营中。次日，夏侯楙重整鼓旗前来，邓芝和赵云出迎，邓芝对赵云说："昨夜魏兵大败而走，今日又来，恐怕用计！务必要小心！"

然赵云已斩四将，并不在意邓芝的话。赵云和魏将潘遂交手，赵云乘胜追杀，深入重地，只听得四面喊声大震，董禧、薛则两路军杀到。赵云被困在垓心，东冲西突，魏兵愈围愈厚，只见夏侯楙在山上瞭望动静，指挥三军，赵云往东逃，就往东指；赵云向西突围，夏侯楙就往西指，因此赵云不能突围，想要领兵上山，半山中又有炮石打下来。赵云由辰时杀到西时，还不能突围，只得下马休息，待月明时再战。当月光方照，四下忽然起火，火光冲天，喊声大震，矢石如雨，八方弩箭交射而来，四面兵马又渐渐逼近，赵云心想恐怕要死在此地了。

正在紧急万分时，张苞奉孔明命来接应，把赵云救了出来。关兴也奉孔明之命前来，三人领兵反攻，来捉夏侯楙，魏兵大败，大都弃戈逃走，夏侯楙则往南安郡逃窜。

关兴、张苞驱兵攻南安，连日进攻不下，孔明又不用邓芝计，他打算先收服天水郡、安定郡的太守马遵和崔凉。孔明又在南安城外，宣称要烧城，魏兵不信，大笑不止。魏兵的注意力在孔明身上，魏延乃假扮敌军，骗开城门，使得蜀兵入城，而得了安定城。关兴、张苞领了孔明秘计，就在安定军中，入了南安，在城上放火，引蜀兵四面进入，占领了南安。孔明又派心腹人诈作魏将裴绪，骗开了天水城门，赵云领了五千兵，在天水郡城下高叫：

"早献城池，免遭诛戮！"正待攻城，小将姜维来迎，魏将马遵、梁虔和姜维军配合，前后夹攻，赵云首尾不能相顾，冲开一条路，领败兵逃走。孔明听说姜维调度有方，乃叹道："兵不在多，而在人如何去调遣，像姜伯约这人，可真是一位好将才了。"

孔明便用计使夏侯楙等人不信姜维，姜维无路可走，终于投降了孔明。孔明又攻下翼城，然后蜀兵来到祁山。

这时正是魏太和元年，曹叡得知夏侯楙失去三郡，逃到西羌去了，而蜀兵已到祁山的消息，大为吃惊，急忙召群臣商议退兵之计，司徒王朗推荐曹真，曹真得命后，又力保郭淮为副都督，王朗为军师，领东、西二京军马二十万出城西门，列阵于祁山之前，两军对峙。

当夜，郭淮、曹真预料孔明会来劫营，乃分兵四路，两路兵乘虚去劫蜀寨，两路兵伏在本寨外，当敌军来袭时左右分击，曹真和郭淮两人各引一支军队，也在寨外埋伏，寨中堆上柴草，只要蜀兵一到，就放火为号。

在孔明营帐中，孔明命赵云、魏延领兵去劫魏寨，魏延对孔明说："曹真这人深明兵法，必定料到我军将去劫寨，军师不可怠慢！"

孔明笑着说："我正想要让曹真知道我将要去劫营。曹真必然伏兵在祁山之后，待我军经过后，却来攻我军营。此时，你们两人领兵前去，过了山脚后，远远地安下营寨，等待魏兵来劫寨时，只要一见火起，就分兵两路——文长拒住山口，子龙引兵杀回，如此一来，必遇魏兵，子龙要放它过去，再乘势进攻，令对方自相掩杀。"

孔明又吩咐关兴、张苞伏军于祁山要路，放过魏兵，却从魏兵来路，杀向魏寨。当魏军先锋曹遵、朱赞黄昏离开本寨，迤逦前进后，到了二更左右，只见山前隐隐有兵行动。曹遵以为郭淮真是神机妙算，急忙催军前进，到达蜀寨时，将要三更，曹遵先杀入蜀营，却是空营，并无一人，料知中计，急忙撤兵时，寨中火起，朱赞兵到，魏兵自相掩杀，人马大乱。曹遵和朱赞擦身而过，方知自相践踏之事，急忙合军时，忽然四面喊声大起，蜀军杀到，曹、朱两人引心腹之军百余人急往大路逃走，忽然鼓角齐鸣，一队军马截住去路，为首的大将正是常山赵子龙，两人奋力夺路而逃，前面魏延又引一军杀到，曹军大败，夺路奔回本营。守营军士，以为是蜀兵来劫寨，慌忙放火为号，左边曹真，右边郭淮杀来，自相掩杀！背后三路蜀兵杀前，中央魏延，左边关兴，右边张苞，大杀一阵，魏兵败走十余里，死者极多，孔明大胜。在魏营中，诸将商计，如何反攻，郭淮说："西羌之人，自太祖以来，连年入贡，文皇帝也有恩惠布泽，我军这次兵败，不妨遣人从小路去求羌兵相助，首尾夹攻，蜀军必败。"

西羌国王命两位元帅领兵二十五万前来，又有战车，用铁叶裹钉，装载军器什物，或用骆驼，或用骡马驾车，号为"铁车兵"，西羌大军直往西平关杀来。

张苞、关兴奉命迎战，率精兵五万，行军数里，遇到羌兵，只见铁车首尾相连，随处结寨，车上遍排兵器，远望好像城池一样。关兴、张苞两人，苦无破敌之计，次日，分兵三路齐进，忽然羌兵分开，中央放出铁车，如潮水涌来，弓弩齐发，蜀兵大败。关兴被围，左冲右突，不能逃脱，铁车密密围起，蜀兵只得拼命寻路逃走。

关兴、张苞两人星夜来见孔明，把经过的情形告诉孔明，孔明遂点了三万兵，亲自来寨中，次日，上高阜观看，只见铁车络绎不绝，人马纵横，往来驰骤，孔明乃吩咐属下，如此如此，安排已定。此时正是十二月末，天降大雪，姜维领军出，引铁车兵来迎，姜维退走，羌将领兵到蜀寨前，只见孔明携琴上车，领了数骑入寨，往后而行；羌兵抢入寨栅，直赶过山口，见小车隐隐转入林中去了，遂又引大兵追赶，羌将又见姜维之兵在雪地中奔走，乃催兵急追，山路被雪漫盖，一望平坦。正在追赶间，忽然一声响起，好似天崩地裂，羌兵全部落入坑堑之中，背后铁车正行得紧溜，一时无法停止，于是一辆又一辆，并拥而来，士兵自相践踏，后军急忙要回军时，右边张苞、左边关兴两军冲出，万弩齐发，背后姜维、马岱、张翼三路军又杀到，铁车兵大乱，羌兵四处逃窜。

却说魏将曹真连日来都等待羌兵的消息，忽然有哨兵来报告蜀军拔寨启程的消息，郭淮大喜，以为羌兵把蜀军打败了，遂分两路追赶，前面蜀兵乱走，后面魏兵追赶。正赶得起劲时，鼓声大震，魏延领军闪出，和曹遵交锋，不到三回合，一刀斩死曹遵。

魏副先锋朱讚仍领兵追赶，忽然赵云领军来攻，朱讚措手不及，也被赵云一枪刺死。

蜀兵全胜，直追魏军到渭水，夺了魏寨。孔明乘雪破羌兵，自出师以来，南征西讨，累获大胜，使曹叡深为恐惧，急召大臣问应敌之策。钟繇上奏，推荐司马懿，这时司马懿正在宛城闲住，曹叡前次免司马懿官职，也深自后悔，便遣使持节，恢复司马懿官职，并加封为平西都督，就领南阳诸路兵马，前往长安。曹叡预备御驾亲征。

第二十三章　出师未捷

司马懿在宛城闲坐，得知魏兵屡次败于蜀军，不禁仰天长叹。司马懿长子司马师、次子司马昭，二人素有大志，并通晓兵法，当日正侍立于旁，司马师便问道："父亲何故长叹？莫非是因为魏主不重用您的缘故吗？"

这时司马昭就笑着回答说："魏主早晚要来宣召父亲的。"

果然，使者持节到，司马懿遂调宛城各路军马，忽然金城太守申仪来密告孟达造反的消息，司马懿听完后，不禁以手抚额，说："诸葛亮在祁山，杀得人心惊胆落，天子不得不留驻长安，如果孟达一反，那么西京就要被攻破了，这贼必定受了诸葛亮的买通，我先把他给捉了，孔明就一定会退兵！"

司马师以为得赶紧表奏天子，然而司马懿说："如果要等圣旨再出兵，一个月后，已然无济于事了。"

于是，司马懿命人马启程，得到徐晃相助，飞奔新城，在城下喊战。孟达登城一看，只见一队军马，打着徐晃旗号，飞奔城下，在壕边高叫："孟达反贼，早早投降！"

孟达大怒，急忙将弓箭射出，正好射中了徐晃的头额，魏将忙把徐晃救走，城上乱箭射下，魏兵方退。孟达正待开门追赶，四面旌旗蔽日，司马懿兵到，孟达只好坚守。

徐晃被救回军营后，救治无效，当晚身死。次日，司马懿又领兵攻城，孟达登城遍视，只见魏兵四面围得铁桶似的，孟达坐立不安，惊疑万分，忽见西路兵自外杀来，旗上大书申耽、申仪，孟达以为是金城太守申仪来救，忙引本部兵开了城门出去会合，不料申仪大叫："反贼休走，早早受死！"

孟达知道大事不妙，便往城中逃去，却被申耽一枪刺死！司马懿差人将孟达首级送去洛阳城示众，并向魏王表明不能先奏的缘故是"恐怕来往耽误了军情"，魏主曹叡十分欢喜，赐金斧一对给司马懿，并且表示从此以后，遇到机密重事，司马懿可以不必奏闻，便宜行事。曹叡就令司马懿领军出关破蜀，派张郃为前部先锋。

张郃问起司马懿当由何处进兵时，司马懿指出街亭和柳城两地，正是汉中的咽喉，又距阳平关不远，只要断绝街亭的要路，蜀军的粮食便无以为继。张郃十分佩服。而当细作把这消息传给孔明时，孔明也已料到司马懿出关，必取街亭的谋略。然而却因参军马谡自愿守街亭，而不用王平谏，而被司马懿及郭淮攻下了都城、街亭。司马懿又打算攻占西城，只要西城可得，则南安、天水、安定三郡就能收复。然被孔明用计退兵。司马懿遂分拨诸将把守险要之地，留下郭淮、张郃守长安，领军回洛阳，而孔明也自退兵回到汉中。

孔明回到汉中后，斩了马谡，又请自贬，后主乃诏贬孔明为右将军。孔明在汉中，惜军爱民，励兵讲武，制造攻城渡水之器，聚积粮草，预备战筏，准备来日再攻伐魏国。

蜀汉建兴六年秋九月，魏都督曹休被东吴陆逊大破于石亭，车马军粮及器械，几乎全部用尽。这时，孔明觉得汉中兵强马壮，粮草丰足，所需用之物，一切都已完备，乃又上《出师表》，称：

先帝虑汉贼不两立，王业不偏安，故托臣以讨贼也。以先帝之明，量臣之才，故知臣伐贼，才弱敌强也。然不伐贼，王业亦亡。惟坐而待亡，孰与伐之？是以托臣而弗疑也。

臣受命之日，寝不安席，食不甘味。思惟北征，宜先入南；故五月渡泸，深入不毛，并日而食，臣非不自惜也。顾王业不可偏安于蜀都，故冒危难以奉先帝之遗意，而议者谓为非计。今贼适疲于西，又务于东，兵法乘劳，此进趋之时也……

后主读表后，乃命孔明领三十万大军出师，令魏延为先锋，直奔陈仓道口。

当蜀兵前队来到陈仓道口时，陈仓由郝昭把守，已筑起防御用的城墙，深沟高垒，遍排鹿角，守势十分谨严。孔明估量这不过是个小城，必须火速进攻，不等他救兵来到，就命军中大起云梯，军士援绳而上，不料城上四面分布了火箭，当云梯近城时，火箭如雨而下，蜀兵不得已退兵。在这次战役中，孔明用姜维计，大军攻袭祁山，对付魏将曹真，将曹真部下兵将烧得人马乱窜，死者无数，曹真只好收兵坚守营寨不出。蜀兵虽战胜，但因军中无粮，不能久拖，孔明只得退兵。

这时，吴王孙权已得知蜀相两次出兵，魏都督曹真损兵折将，群臣便劝吴王兴师伐魏，进图中原。孙权还在犹豫未决时，张昭上奏，请孙权称帝，众官响应，乃选定吉日，设坛具礼，孙权登上皇帝位，改黄武八年为黄龙元年。

孔明请后主命太尉杨震将名马玉带及金银宝物送入吴国做贺礼，并请求陆逊出师，共同伐魏，陆逊却虚作起兵之势，待孔明攻魏情况紧急时，再乘虚进攻中原。孔明听说陈仓城郝昭病重，乃出师趁机攻下了陈仓和建威，大兵三出祁山，分道进兵。

曹叡在魏得知这情形，惊慌失措，曹真病又未痊愈，乃召司马懿商议。司马懿说："以臣所料，东吴必不致举兵助蜀，陆逊之意，是假作兴兵之势，坐观成败，再图乘虚进攻中原，所以陛下不必防吴，只需防蜀！"

曹叡十分高兴，说道："卿见真是高明！"

遂封司马懿为大都督，总摄陇西诸路军马，又令近臣往曹真处取总兵将印来时，司马懿说："陛下，臣自己去拿吧。"

司马懿乃辞出，直往曹真府邸。见了曹真，问病之后，他说："东吴、西蜀，合兵入寇，孔明又出祁山扎营之事，明公知道吗？"

曹真惊讶地说:"家人知道我病重,不让我知道。呀!国家这等危急,何不拜仲达为都督,领兵去抵拒蜀军呢?"

司马懿说:"我才薄智浅,不配担任这职务啊。"

曹真命家人说:"把将印取来给仲达!"

司马懿却说:"都督不要挂心,我愿助一臂之力,只是不敢接受这大印。"

曹真跃起,很激动地说:"如果仲达不负这责任,魏国就危险了!我当抱病去见天子保荐你!"

司马懿说:"天子已有恩命了,只是我不敢接受。"

曹真大喜。司马懿见曹真再三相让,遂接过将印,辞了曹真来见魏王,而后领兵往长安,去和孔明决战。

司马懿经过长安,领兵来到祁山,派张郃做先锋。这时,阴平、武都两地已被蜀兵攻下。司马懿乃吩咐张郃等人半夜去劫蜀营,然孔明早有预备,张郃无功而回。司马懿颇畏惧孔明,知道孔明计略在自己之上,乃令大军尽回本寨,坚守不出。孔明见司马懿不出兵,便用计令各处军士拔寨,张郃等人便沉不住气,以为孔明粮尽,正好趁机追击,可是司马懿想得十分周密,就是不肯出兵。张郃等人一再要求,司马懿只得下令,兵分两支前去追赶,赶了二十余里,不料中了埋伏,两人死战不退,司马懿赶来营救,正战得激烈之时,孔明早先就命姜维、廖化乘乱劫司马之营,魏军因此大败,蜀军大胜。然张苞因此役战死,孔明闻讯后十分悲痛,因此得病,卧床不起。旬日之后,孔明唯恐消息走漏,只得暗中吩咐属下乘夜拔营，回到汉中。

建兴八年秋七月，魏都督曹真病稍愈，便上表请求伐蜀，以免后患。魏主乃命曹真与司马懿同往，拜曹真为大司马，任征西大都督；拜司马懿为大将军，任征西副都督，领了四十万大军，由长安，经剑阁，来伐汉中。

此刻孔明病情也好很多，每日在汉中操练兵法，准备再伐中原。这时秋雨连绵，下个不休，曹兵屯扎在陈仓城外，平地水深三尺，军器尽湿，军士夜不成眠，大雨连降三十天后，马无粮草，死者无数，不得不退兵。孔明对众将说："司马懿善用兵，如今我军追赶，正中其计。不如纵他远去之后，再出兵斜谷，再取祁山。祁山乃长安之首，陇西有兵来，必然经过此地。再加上此地前临渭水，后靠斜谷，左出右入，可以伏兵，乃是用武之地。我屡次先攻此地，为的就是占取地利。"

孔明遂领军四出祁山，陈式、魏延不听"不可轻进"的军令，径自领兵出箕谷，而中了魏军的埋伏，五千兵只剩得四五百个带伤的人马。孔明遂斩了陈式，不杀魏延，想要留待后用。孔明正和众将商议进兵，却得知曹真卧病不起的消息，孔明乃作书命人送到魏营。曹真看毕，一时气恨填胸，当晚便死在军中。

孔明遂尽祁山之兵进攻魏军，三通鼓罢，司马懿亲自出马，指挥三军，奋勇杀敌。两军才相会，忽然关兴领军从阵后西南方杀来，姜维也悄然领军前来，三路夹攻，魏兵大败。司马懿只得退往渭滨南岸，坚守不出。司马懿命苟安回成都散布流言说孔明自倚大功，早晚必将篡位。原来苟安运粮误日，被孔明杖笞八十大板，因此心中怀恨，逃往魏寨投降，正好被司马懿利用。当谣言传开时，后主昏庸，不明就里，乃下诏宣召孔明班师回朝。孔明接到诏书，仰天长叹，说道："主上年幼，佞臣弄事，我正要建功，为什么叫我回军？失去了这次机会，日后恐怕就难补救了！"

孔明为防司马懿追杀，增灶不添兵，缓缓退兵，瞒过了司马懿，不折一人，回到成都。司马懿自叹弗如，也领军回到洛阳。

建兴九年春二月，孔明又出师伐魏，司马懿又奉命出师御敌，张郃领一军去守雍郿，以抵拒蜀兵。孔明五出祁山，因李严运米，一直不到，只好暗令军士割用陇上的麦子。孔明与司马懿在卤城相拒，孙礼领了雍、凉人马二十万来助战，司马懿遂合兵来攻卤城，蜀兵以一当百，以少胜众，人人奋勇，杀得敌人抵挡不住，尸横遍野，血流成河，忽然得到东吴已遣使到洛阳，和魏联合的消息，孔明唯恐东吴也兴兵寇蜀，只得将祁山大寨人马退回西川。张郃在追击蜀兵时和百余部将被箭射中而死。

三年过后，即建兴十三年春二月，孔明入奏后主，又准备伐魏，后主说："现在天下已成鼎足之势，吴、魏两国又不曾入侵，宰相何不安享太平？"

孔明说："臣受先帝知遇之恩，没有一天不在想如何伐魏之策！竭力尽忠，为陛下克复中原，重兴汉室，是我日日夜夜所想达成的大愿啊！"

太史谯周力阻，而孔明不听，在昭烈庙前，涕泣拜告说："臣五出祁山，未得寸土，负罪不轻啊！臣必定要统领大军，再出祁山。臣起誓必要剿灭汉贼，恢复中原，鞠躬尽瘁，死而后已！"

这时关兴又病亡，孔明放声大哭，昏倒在地，半天才醒转。数天后，孔明乃领蜀兵三十四万，分五路进兵，魏主听说孔明六出祁山，乃命司马懿为大都督，所有魏国的将士，各处兵马全听司马懿的调遣，司马懿又推荐夏侯渊四子夏侯霸、夏侯威、夏侯惠、夏侯和四人共赞军机，大军四十万来到渭滨下寨。司马懿打算深沟高垒，按兵不动，等待蜀军粮尽，方才出兵。而孔明造木牛流马自剑阁直抵祁山大寨往来搬运粮米，双方偶有交兵，总是蜀胜。这时，魏营中又接到东吴三路入寇的消息，朝廷正商议退敌之策，命司马懿等坚守。而孔明在祁山，也做久驻的打算，命蜀兵和魏民相杂种田，军一分，民二分，并不侵犯，魏民都安心乐业。司马懿得知孔明屯田的消息，仍坚营不肯轻易出兵。孔明命马岱造木栅，营中掘深堑，堑内多积干柴引火之物，要引司马懿入谷，再将地雷干柴一齐放起火来。魏延、高翔等人奉命诱敌，诈败来引诱魏军。

司马懿果然中计，以为孔明离开祁山，在上方谷西十里处下寨安住，每日运粮屯放在上方谷，领兵来攻祁山大营，果然，大队人马尽入谷中，山上丢下火把来，烧断谷口，地雷一齐突出，草房内干柴都着了火，刮刮杂杂，火势冲天。司马懿惊得手足无措，以为父子三人要死在此地。正哭之间，忽然狂风大作，灭了火势，三人才得以杀出。烧断浮桥，据住北岸，坚守不出。

孔明领了一军屯扎在五丈原，屡次令人挑战，魏兵只是不出，孔明设法激怒司马懿，而司马懿只是对诸将说："孔明食少事烦，岂能活得长久？"

孔明得知司马懿这番话，叹道："这人真是深深清楚我的。"

孔明事必躬亲，终于形疲神困，主簿杨颙劝他不必亲自处理公文琐碎之事，孔明泣道："我并非不知应当从容自在，坐而论道！只是身受先帝托孤大责，唯恐别人不及我尽心啊！"

孔明神思不宁，病情愈来愈重，乃将兵法二十四篇传教姜维，把一弩可发十矢的"连弩"之法，也画成图本，教给杨仪去依法造用。孔明一一调度毕，便昏然而倒，后主闻知大惊，急命人星夜赶程，往军中问安。孔明流泪吩咐后事，勉励部属同心辅国，强支病体，命左右扶上小车，出寨遍观各营，自觉秋风吹面，彻骨生寒，乃长叹道："此生再也不能临阵对贼了！悠悠苍天，曷其有极！"

回到营中，又命杨仪要缓缓退兵，不可急骤，命姜维殿后。在卧榻上手书遗表，表中称："伏闻生死有常，难逃定数。死之将至，愿尽愚忠。臣亮赋性愚拙，遭时艰难；分符拥节，专掌钧衡；兴师北伐，未获成功；何期病入膏肓，命垂旦夕；不及终事陛下，饮恨无穷！伏愿陛下清心寡欲，约己爱民；达孝道于先皇，布仁恩于宇下；提拔幽隐，以进贤良；屏斥奸邪，以厚风俗。……"

孔明写毕，又嘱杨仪死后不可发丧，军中要安静如常，切勿举哀，勿使敌人知晓死讯。蜀兵终于能缓缓退兵，不生枝节。

当司马懿确知孔明已死之后，蜀兵已去远，乃对众将说："孔明已死，我等可高枕无忧啦！"

遂班师回洛阳，一路上见孔明安营下寨之处，前后左右，整齐有法，心中不禁兴起"孔明，真天下奇才"的感叹。

第二十四章　三分归一

蜀汉建兴十三年，是魏主曹叡青龙三年，也就是吴主孙权嘉禾四年。三国各不兴兵。

在魏国，魏主封司马懿为太尉，总督军马，安镇边疆。而魏主自在洛阳大兴土木，建盖宫殿，滥用民力。并且求仙问神，宠信宦官，滥杀无辜，群臣却无人敢进谏。

一日，边官忽来报，辽东公孙渊造反，自号为燕王，改元绍汉元年，正兴兵入寇。魏主乃召司马懿入朝议事，司马懿说："臣必擒公孙渊，不负陛下之重托。辽东距此四千里，往返大约需一年的时间。"

司马懿果然平了辽东之乱，杀了公孙渊父子及其宗族、同谋、官僚等七十余人。

这时，魏主在洛阳得病，沉重不起，遂召曹宇为大将军，佐太子曹芳摄政，曹宇原是文帝之子，为人恭俭温和，不肯当此大任。曹叡只得从刘放、孙资之荐，命曹子丹之子曹爽为大将军，总摄朝政。曹叡病危之时，急召司马懿回许昌，于是太子曹芳、大将军曹爽、侍中刘放、孙资等人皆至御榻前，曹叡执着司马懿之手说道："从前刘玄德在白帝城病危，把幼子刘禅托孤给孔明，孔明因此竭尽忠诚，至死方休。朕幼子曹芳，年方八岁，不能胜任国君之职，希望太尉及宗兄元勋旧臣，都能尽竭忠诚，至死方休！"

曹叡又唤曹芳前来，司马懿便把曹芳抱近榻前，曹芳抱着司马懿的颈项不放。曹叡说："太尉，请勿忘了幼子今日相恋之情。"

说罢，泪潸然流下。临终，以手指太子而死。司马懿及曹爽便扶太子曹芳即位，改元正始，司马懿和曹爽辅政。曹爽凡遇大事，必先问司马懿，对司马懿十分恭谨。在曹爽身边，有何晏、桓范等人，颇有智谋，当时人称为"智囊"，曹爽十分信任他们。一日，何晏对曹爽陈明大权不能委托他人，以免后患无穷的道理。何晏说："当日先公和仲达破蜀兵之时，屡次受这人的牵制，活活被气死，主公不能不明察。"

曹爽猛然省悟，遂和谋臣计议，入奏魏主曹芳，请加司马懿太傅之职。曹芳依从，此后，兵权便落在曹爽的手中。

从此，曹爽门下宾客愈来愈多，司马懿称病不出，两子司马师、司马昭也退职闲居。曹爽每天和何晏等人饮酒作乐，极尽奢侈之能事。正始十年，魏主曹爽改元为嘉平元年，曹爽一向专权，不知司马懿虚实，乃使李胜去太傅府中探听消息，司马懿十分清楚李胜来意，就去冠散发，上床拥被而坐，又令二婢扶策，才请李胜入府。当李胜来到床前，对司马懿说："一向没看到您，谁想到病得这么沉重。现今天子命我做青州刺史，上任前特来辞行。"

司马懿假装误听，说："并州靠近朔方，你要好好防守啊。"

李胜说："胜去的地方是青州，不是并州。"

司马懿笑道："你刚从并州来？"

李胜不耐烦地说："是山东的青州！"

司马懿大笑，说："噢，你是从青州来的！"

李胜便说："唉，太傅怎么病得这么厉害！"

司马懿的左右从人便说："太傅病得耳聋了。"

于是李胜便要从人取来纸笔，把如何如何的经过写在纸上，司马懿看了笑着说："我病得耳聋了，此去你要多保重。"

说完，用手指口，侍婢进汤，司马懿将口就汤，弄得衣襟上滴满了汤汁，乃假作哽噎之声，对李胜说："我已经衰老病重，死在眼前了。两子不肖，还望你多教导他们。如能见到大将军，千万多担待这两个不肖子。"

话一说完，便倒在床上，声嘶气喘的样子。李胜辞别了司马懿，回见曹爽，曹爽大喜，说："这人若死了，我就能高枕无忧了。"

从此，对司马懿的戒心，十分中便去了八分。

当李胜去后，司马懿便对司马昭及司马师表明，曹爽和自己已到了誓不两立的地步，如今兵权既在曹爽之手，要夺回兵权，只有等曹爽出城田猎之时。不久后，曹爽出城去了，司马懿心中大喜，便组织旧日在自己手下破敌的人及数十家将，领了两子上马，要去杀曹爽。

司马懿先命司徒高柔假持符节行大将军事，先占据了曹爽营，又命太仆王观占据了曹义营。司马懿径入后宫见郭太后，指责曹爽违背先帝托孤之恩，奸邪乱国，应当废立。太后惧怕，不得不从。司马懿又命蒋济等人写表，送到城外向天子申奏，自领大军，占据武库，开了城门领兵出城，屯扎在洛河，守住浮桥。

这事，早有人报知曹爽。曹爽大惊，几乎落下马来，曹爽弟曹义以为谲诈如司马懿，连孔明尚且都不能对付，何况他人，不如自缚去见，或能免一死。然而桓范以为不然，如今太傅生变，曹爽理当请天子幸许都，调外兵征讨。曹爽终因家人在城中，犹豫不决，还自以为舍去兵权，自缚去降，就能免一死。于是曹爽将印绶交出，众军见曹爽失了将印，尽皆四散，曹爽手下，只剩下了几个人。等到曹爽入城时，连一个侍从也没有。曹爽兄弟回家后，司马懿用大锁锁门，令居民八百人围守。司马懿先将张当、桓范、何晏等人下狱，勘问明白，取得供词，随后便押了曹爽兄弟及一干人犯，斩首示众，并且灭了曹家三族。

司马懿斩了曹爽之后，魏主曹芳便封司马懿为丞相，又令司马懿父子三人同领国事。这时，司马懿忽然想起曹爽全家虽被杀，还有夏侯霸是曹爽亲族，正守备雍州等地，如果骤然作乱，要如何提防？遂命夏侯霸前来洛阳议事。夏侯霸得讯，心想，曹氏宗族已灭，如今又要杀我，不如仗义讨贼，于是便去投靠汉中王。

这消息先传到姜维处，姜维派人探访得实，方叫夏侯霸入城。当姜维问起司马懿父子有无伐蜀之心时，夏侯霸对姜维说："老贼正想图谋篡位，还未及他顾。但是魏国有两个年轻人，不能不提防，一个是钟会，一个是邓艾，两人十分有奇才，如果掌领兵马，就是吴、蜀的大祸了。"

但姜维以为两个年轻人，哪里值得多虑？司马懿父子专权，曹芳懦弱，魏国正在不稳定的时候，正是进伐中原的时机。尚书费祎以为不可，蜀国内治无人，眼前只宜等待时机，实在不宜轻举妄动。然而姜维总是不听。

在姜维初伐中原时，司马师领军拦截，姜维用武侯所传连弩之法，暗伏弓箭手百余人，一弩发十矢，都是毒箭，司马师军不敌。而姜维也折兵数万，自领残军回汉中。司马师回到洛阳时，司马懿染病，渐渐沉重，当他自知不起时，嘱咐二子要善理国政，谨慎从事。司马懿死后，魏主曹芳乃封司马师为大将军，总领尚书机密大事，封司马昭为骠骑大将军。

太和二年，吴主孙权也染病而死，得年七十一岁。死后，群臣乃立太子孙亮为帝，改元大兴。在洛阳，司马师听说孙权已死，遂商议起兵攻吴，尚书傅嘏认为吴有长江之险，先帝每每征伐不成，不如守边。而司马昭赞成伐吴，他说："现今孙权新故，孙亮年幼，正是可乘之机！"

于是由司马昭总领兵三十万攻吴，分三路军马，但遇到吴将丁奉，战事不利，于是魏兵退军。

蜀汉延熙十六年秋，姜维又起兵二十万，以廖化、张翼为左右先锋进伐中原，魏以司马昭为大都督，从陇西进发，姜维用火攻，使得魏兵大败，魏将郭淮、徐质战死。但姜维也折损了很多人马，一路收扎不住，只得自回汉中。司马昭回到洛阳，和兄司马师专制朝权，群臣莫敢不服，魏主曹芳每见司马师入朝，都战栗不已，如针刺背。有一天，曹芳设朝，见司马师挂剑上殿，慌忙下榻迎接，司马师笑着说："岂有君迎臣之礼？请陛下稳便。"

须臾，群臣奏事，司马师都专自决定，并不启奏魏主，朝退后，司马师昂然下殿乘车，而前遮后拥，不下数千人马之多。曹芳回宫后，便执着张皇后之父张缉之手哭着说："司马师就把朕当作小孩子，把百官看得像草芥，国家早晚会落到这人手里！"

张缉、夏侯玄、李丰便和曹芳密谋，想要处置司马师。然而事败，曹芳血书被司马师搜出，司马师立即腰斩三人，并灭其三族，杀了张皇后，又图别立新君，在大会群臣时宣告曹芳荒淫无道，亵近倡优，听信谗言，闭塞贤路，群臣不敢讲一句话。司马师乃立曹髦为君，改嘉平六年为正元元年，曹髦假大将军司马师黄钺，允许他入朝不趋，奏事不名，并能带剑上殿。

魏正元二年正月，毌丘俭因司马师擅行废立之事而与文钦议谋讨贼，当时，司马师左眼长肉瘤，正由医官割除，敷药，在府内养病。闻讯想派人前去应敌，可是中书侍郎钟会以为非司马师自往不可，于是司马师留下司马昭守洛阳，总摄朝政，司马师乘软舆，带病东行。

文钦的儿子文鸯年虽十八，可是身长八尺，骁勇无比，司马师为新割肉瘤，疮口疼痛，正卧在帐中，令数百甲士环立护卫，已到三更时分，忽然文鸯全装贯甲，腰悬钢鞭，绰枪上马，冲入魏营。司马师大惊，心如火烧，眼珠竟从疮口内迸出，血流遍地，疼痛难当。文鸯用鞭打死了好些魏军，文钦援兵又到，正忙乱间，从前在曹爽手下的门客尹大目，想借此报仇，一见司马师不能动弹，恐怕文钦不能坚持到底，不了解内情而失去时机，乃上马来赶文钦，高声大叫，要文钦忍耐数天，然文钦不听，竟要开弓射尹大目，而错失了良机。毌丘俭及文钦又终于败在邓艾手中。

司马师自知卧病无法痊愈，遂叫诸葛诞率诸路军马，班师回许昌，司马师目痛不止，自料难保，便命司马昭由洛阳赶来，对他说："我今权重，想要卸下而不可得，你要继承我的事业，好好去做，大事千万不要托给别人，自取灭族之祸。"

司马师死时，正是正元二年二月。曹髦恐怕司马昭叛变，只好封司马昭为大将军、录尚书事。自此，中外大小事情，都归于司马昭。

西蜀姜维听到这些消息，又兴起了北伐中原的想法，以为魏国正在移权动乱时，正是天赐良机，于是三伐中原，在洮水大败魏军。然而却中了邓艾之计，邓艾虚张声势，设二十余处火鼓使蜀军不得不退归汉中。

姜维由于洮水之役有功，蜀主降诏封他为大将军，姜维受职谢恩后，又会集诸将，商议四伐中原之事。结果蜀兵大败，魏将邓艾有功。这时魏主曹髦改正元三年为甘露元年，司马昭自为天下兵马大都督，出入常令三千铁甲骁将前后簇拥，以为护卫，任

234

何事务，不奏朝廷，就在相府裁夺，自此常怀篡逆之心。

当蜀汉延熙二十年，蜀主改元为景耀元年时，姜维在汉中每日操练人马，又要兴兵伐魏，这时正值淮南诸葛诞起兵讨伐司马昭，东吴孙綝相助，司马昭大起两淮之兵，挟持魏太后及魏主一同出征去了。

姜维正要五伐中原，中散大夫谯周便感慨地说："近来主上沉溺酒色，信任宦官黄皓，不理国事，只图欢乐；而姜伯约又每想动兵，不体恤军士，唉，国家将要危险了！"

姜维不理，仍领军直往中原行进，却被邓艾、邓忠父子用计阻挡，又听说司马昭攻打寿春，已杀了诸葛诞，吴兵投降；司马昭已班师回洛阳，不久就要提兵来救，姜维不得不为保存军力，暂且退兵，五伐中原又未能成功。

在这段时期内的吴国政权，正由孙綝把持，吴主孙亮虽聪明，却没有自作主张的权力。孙亮和国舅全纪商量要杀孙綝，事机不密，孙亮反而被孙綝所废，改立孙休为君，改元永安。孙休封孙綝为丞相。孙綝每想自立，后被老将丁奉诱杀。孙休得知蜀主不理政事，中常侍黄皓专权，蜀民面有菜色，唯恐司马昭一旦篡位，必伐蜀、吴，乃写国书叫人送入成都。

姜维得知，又上表再论出师伐魏之事。蜀汉景耀元年冬，姜维共领二十万蜀兵六伐中原，魏军由邓艾率领，邓艾不能敌，就用计散播流言，说姜维怨恨天子，不久就要投靠魏军。又贿赂黄皓，使黄皓奏知后主，于是后主宣召姜维回朝，这次眼看就要成功了，不料半途而废，姜维十分泄气。

魏甘露五年夏四月，司马昭带剑上殿，曹髦起身迎接，群臣上奏，以为当进封司马昭为晋公。曹髦不敢应，气愤不过，"是可忍也，孰不可忍也！"遂和侍中王沈等人商议，可是曹髦聚集殿中宿卫、苍头、官僮三百余人鼓噪而出要伐司马昭之时，只见贾充奉命领数千铁甲禁兵，呐喊杀来。曹髦仗剑大喝说："我是天子！你等竟敢大胆放肆，突入宫廷，杀害国君吗？"

贾充对成济叫喊道："司马公养你有何用？正是为了今天之事！"

成济手中执着一把戟，回头问贾充说："是要杀了他，还是捉了他？"

贾充说："司马公有令，只要死的！"

成济遂一戟刺中曹髦胸前，再一戟，刃从背上透出，曹髦死在辇房。人报知司马昭，司马昭假装大惊之状，以头撞辇而哭。

同年六月，司马昭立曹璜为帝，改元景元元年，曹璜又改名为曹奂，曹奂封司马昭为丞相、晋公，赏赐极多。

在蜀国，姜维听说魏国的弑君之变，又奏准后主，起兵十五万，分兵三路，七伐中原。姜维在这一次战役中，虽然胜了邓艾，但却折损了许多粮草，又毁了栈道，乃引兵还汉中。邓艾也引部下败兵，逃回祁山寨内，上表请罪，司马昭不忍贬他的官职，反而添兵五万，支持邓艾守御，姜维连夜修了栈道，又打算出师。谯周、廖化都不以为然，而姜维以为自己八次伐魏，并不是为了自己，于是亲自率兵三十万往洮阳行军。这次战役，蜀兵先败后胜，当姜维由四面攻围祁山邓艾寨时，后主又听信右将军阎宇"姜维屡战屡无功"的谗言，遂一日之间连下三道诏命，令姜维退兵，姜维回到成都，要见后主，而后主一连十日不上朝。郤正知道这是怎么回事，便力劝姜维不如往陇西沓中之地屯田，以保国安身，姜维表奏后主，后主从之，姜维遂提兵八万，往沓中种麦屯田，徐图进取。

晋公司马昭知道姜维的动向后，便对诸将说："我自从征东以来，休养生息六年，治兵缮甲，已经有所准备，我想要攻伐吴、蜀已经很久了。如今先定西蜀，再乘顺流之势，水陆并进，并吞东吴，这是古时的灭虢取虞之道。我料想西蜀将士，守成都的不过八九万，守边境的，不过四五万，姜维屯田的军士，也不过六七万。我已下令邓艾引关外陇右之兵十余万绊住姜维，使他不能东顾，再遣钟会引关中精兵二三十万，直抵骆谷，分三路进袭汉中。蜀主刘禅昏庸，先攻破边城，蜀国灭亡，是必然的了！"

众人十分佩服司马昭的安排。魏景元四年秋七月，钟会出师伐蜀，唯恐泄露机密，却以伐吴为名义，连又破了阳平关、乐城和汉城。

这时邓艾听说钟会建了大功，心中不喜，遂想引军从阴平小路出汉中德阳亭，用奇兵攻取成都。邓艾及子邓忠凿山开路，搭造桥阁，靠着干粮及绳索，行军七百余里，自阴平进兵，在巅崖峻谷之中，走了二十多日，沿途所见，俱是不毛之地。大军来到摩天岭，马不能行，邓艾便命人把军器撺下去，军士或裹毡滚下，或用绳索束腰，攀木挂树，渡过了摩天岭。然后领了二千余人，星夜赶路来攻江油。江油守将不战而降，邓艾又续攻涪城，城内官吏军民以为魏兵从天而降，尽都出降。邓艾兵屯涪城，进攻成都，蜀虽有诸葛瞻领成都兵七万御敌，可是救援不至，寡不敌众，诸葛瞻只得一死报国。邓艾续攻绵竹，很轻易地得了绵竹，遂来攻打成都。

后主在成都闻讯大惊，急召文武百官商议，众官皆主张投降，后主遂令光禄大夫谯周作降书，预备投降。当邓艾入城时，成都之人预备了香花引接。姜维在剑阁抵御钟会，闻讯大惊，一时手下战士号哭之声，传数十里之远。

姜维见人心思汉，乃假意投降钟会，趁机离间钟会和邓艾的感情，钟会乃写信到洛阳给司马昭，中伤邓艾，说邓艾心有反意。钟会又请姜维设计收拾邓艾，假司马昭诏令，先遣散邓艾羽翼，而后在邓艾府中，捉得了邓艾、邓忠父子，将两人解送洛阳。姜维因见钟会尽得邓艾军马，威声大震，便怂恿他自立，诈称太后有遗诏，声讨司马昭，以正弑君之罪。可惜事机早泄，钟会在宫外被乱箭射死，姜维知事无可为，也自刎而死。

当后主来到洛阳时，司马昭封刘禅为安乐公，赐给住宅，按月供给一切用度，后主觉得十分安适。有一天，后主亲往司马昭府第拜谢，司马昭设宴款待，席间，先以魏乐舞来取娱众人，蜀官见了感伤不已，而唯独后主面有喜色。随后，司马昭又令蜀人演蜀乐，蜀官听了，人人落下泪来，而后主却嬉笑自若！酒喝到半酣时，司马昭对贾充说："人之无情，竟到这种地步！像刘禅这人，就是孔明还在，也不能辅助他周全，何况一个姜维！"

司马昭乃问后主说："还想不想故国？"

后主回答说："这里好得很，我一点也不想蜀国。"

过了一会儿，后主起身更衣，郤正跟到厢下，对后主悄声说："陛下怎么这样回答呢？如果他再问，你应当流着泪说：'先人的坟墓还在蜀地，我的心每天都挂念忧伤啊。'晋公就一定会放你回去。"

后主把这番话牢记在心，酒喝到微醉，司马昭又问起同样的问题，后主用郤正教的话回答，可是流不出眼泪来，就把眼睛闭上，司马昭一见，就笑着说："怎么就像郤正在说话呢？"

后主一惊，张开两眼就说："啊，您猜得真对！"

司马昭和左右从人大笑了起来。司马昭因此事而觉得后主诚实，所以并不猜忌他。

西蜀投降后，因为司马昭有功，魏主曹奂乃封司马昭为晋王，司马昭有两子，长子司马炎，聪明英武，胆量过人；次子司马攸，性情温和，恭俭孝悌。因司马师无子，司马攸过继给司马师，司马昭常对人说："这天下，乃是我大兄的天下！"

司马昭立长子司马炎为世子。不久之后，司马昭在宫中中风，不能言语，临终之前，以手指太子司马炎而死。安葬之后，司马炎召贾充、裴秀等人入宫，他对两人说："曹丕尚绍汉统，孤岂不能继承魏统？"

贾充、裴秀二人忙奏拜说："殿下正当效法曹丕继汉统的故事，建筑受禅台，布告天下，而后即大位。"

司马炎闻言大喜，次日，带剑入宫，曹奂慌忙下御榻迎接，司马炎坐定后说："魏得天下，谁的功劳最大？"

曹奂忙答："这，都是晋王您父祖出的力。"

司马炎笑着说："我看陛下，文不能论道，武不能经邦，何不把帝位让给有德之人？"

曹奂大惊，口噤不能说出话来，贾充从旁劝说，曹奂不得不筑受禅台，一如汉献帝时。十二月甲子，曹奂亲捧国玺，立在台上，大会文武百官，请晋王司马炎登坛即帝位，司马炎称帝，国号为大晋，改元为太始元年。追谥司马懿为宣帝，司马师为景帝，司马昭为文帝，立七庙以光祖宗。

在吴国，孙休听到司马炎篡魏称帝的消息，知道司马炎必将伐吴，忧虑成疾，不治而死。群臣乃立孙皓为君，改元为元兴元年。次年又改为甘露元年。孙皓为人凶暴，沉溺酒色，宠幸宦官，群臣劝谏不从，滥杀无辜，后又改元为宝鼎元年。孙皓居住在武昌时，百姓为应付其奢侈无度，供给十分艰苦，国家已至公私匮乏的地步。至吴主凤凰元年的前后十余年，孙皓更是恣意妄为，杀忠臣四十余人，出入常带铁骑五万，群臣百姓恐怖万分，而又莫可奈何。

直到咸宁四年，襄阳守羊祜推荐右将军杜预伐吴，晋主司马炎乃拜杜预为镇南大将军都督荆州事，在襄阳抚民养兵，准备伐吴。当吴主淫虐，以致民忧国敝，无可复加时，杜预乃领兵十万出江陵，司马伷、王浑、王戎、胡奋各从滁中、横江、武昌、夏口出兵，水陆兵二十余万，战船数万艘，开往东吴境内，所到之处，吴民望风而服。杜预每令人持节安抚，秋毫无犯。遂攻下武昌、牛渚，深入吴境，江南军民不战而降。孙皓乃效刘禅率文武投降，于是东吴四州八十三郡全归大晋。后来，魏主曹奂死于太康元年，吴主孙皓死于太康四年，后汉皇帝刘禅死于晋太康七年，鼎立的三国终于归一，因此而开启了晋一统的局面。

附录一 《三国演义》的文学特质及悲剧艺术

罗龙治

自从罗贯中的《三国志通俗演义》（以下简称《三国演义》）问世以来，迄今已五百个年头了（最早的刻本在 1494 年）。这部杰出的历史演义，就其美学上的意义来说，它好像是一部寒冷无声的戏剧，清醒地描绘了人类野心的动机压倒道德使命的悲剧感。在所有的中国古典小说之中，它实在是一部极具艺术价值的"人类戏剧"之一。

可是，五百年来，它在中国文学史上的地位，却像是月落乌啼霜满天，始终未被肯定下来。

一、早期的批评

我们试回顾自明清以来，传统的中国学者以及民国时代白话文学大师胡适之，都在不断地抱怨《三国演义》既不是大众化信实的历史，也不是纯白话优美的文学。这就使得《三国演义》的文学地位一直难以抬头。

明代的时候，谢肇淛批评《三国演义》"太实"而"近腐"（《五杂俎》），这是认为《三国演义》太落实而迹近于陈腐了。清朝文学批评家章学诚又说《三国演义》"七实三虚，惑乱观者"（《丙辰札记》），这就更进一步地认为《三国演义》七分写实、三分虚构的态度，破坏信实的历史了。

这类的看法，到了民国时代提倡白话文的大师胡适之，批评就更为激烈。胡适之在他的《〈三国志演义〉序》（原作于1933年，世界书局版用此序。此序修改后收入《胡适文存》）上说：《三国演义》在人物的描写上，手段是最拙劣的。他本要写诸葛亮是如何足智多谋，却什么借东风、陇上装神的，那一来，给他写成了一个身佩葫芦、出卖风云雷雨的妖道了。张飞史称其爱君子，并不是怎样不知礼的，然在他的描写下，却变成了粗鲁无比，竟和《水浒》中的铁牛李逵那么相仿佛的一个人。关羽也写得太过火，秉烛达旦一节（案：此是毛宗岗所加，非罗贯中原文，参见毛本凡例第三条），固然是画蛇添足，而显圣一节，更是非常不近情理的。在剪裁方面，他本是以陈寿的《三国志》为蓝本的，复旁及于习凿齿的《汉晋春秋》以及各种的传说，取材不可谓不博。然而他是不懂得什么叫作"剪裁"二字的，只要是三国时代的故事，不论是竹头，不论是木屑，一律都收罗了去，却又都是生吞活剥的，一点不加以变化，因之书中的故事芜杂到了极点。

在思想方面，他是完全为正统论所支配了的。因为汉朝的皇帝是姓刘，他便以为唯有姓刘的可做皇帝，别姓的人都是不配做得的，所以在他的书中，把刘备推崇备至。而对于曹操就不免狠狠地下了几块石头。像这般的一种见识，未免太是浅陋一些了。综上三项而言，他在文学史上的价值和地位，确是远不及《水浒》《红楼梦》及《儒林外史》这几种，只能算是第二流的作品。

上述谢、章、胡三家对《三国演义》的批评，显然具有一种共同的倾向，这一倾向，胡适之表现得最为具体。胡适之批评罗贯中收集了所有三国的材料而"一点不加以变化"，这便是认为《三国演义》太落实而不够小说化了。同时胡适之又批评《三国演义》把诸葛孔明写成了"妖道"（案：在胡适之以前，《中国小说史略》已批评《三国演义》"显刘备的长厚而似伪，状诸葛之多智而近妖"），把张翼德写成"粗鲁无比"，把关云长写得"不近情理"，且对曹孟德"狠狠地下了几块石头"，这便是认为《三国演义》够不上是信实的历史了。

这种认为《三国演义》"够不上是小说化的文学，同时又不是大众化的信史"的看法，便是早期批评《三国演义》者具体的倾向，尤其是胡适之的《〈三国志演义〉序》发表后，此种看法更为普遍。

然而这个看法，就现代文学批评的方法来说，他太过于形式主义，故未能透视"演义"这种体裁的文学特质，于是演义小说简直就变成了不是历史也不是文学的画虎之作了。这样一来，演义是否能够独立为文学的一类已大成问题，更遑论演义所具有的特殊写实的美学价值了。

因此，为了避免"演义不是历史也不是文学"的这种困局，我们要先来尝试界定"演义"的内涵。

二、演义可以独立为文学吗

"演义"的内涵是什么？如果它可以独立为文学的一种类别的话，那么它的文学特质在哪里？这是讨论《三国演义》的文学地位之前，首先必须肯定的命题。

我们知道，《三国演义》是中国的第一部历史演义，换句话说它是"演义"体裁的第一部。所以，如果仔细考察罗贯中当年写《三国演义》的动机的话，应该可以寻出"演义"的主要内涵究竟是什么。

但是，罗贯中本人并没有为他的《三国演义》留下一篇序（是否失传则不得而知）。今天我们能够看到的早期刻本上所附的《〈三国志演义〉序》，是蒋大器写的。这篇序文年代既早，同时亦具考证价值。

蒋大器（庸愚子）的序，见于明弘治甲寅年的刻本（1494年刻，据《中国小说史略》说这是最早的一部刻本），同时又见于明嘉靖壬午年的刻本（1522年刻，据孙楷第的《中国通俗小说书目》认为这是最早的刻本）。这两种刻本都是罗贯中的原本（今日坊间通行的一百二十回本，是清康熙时期毛宗岗的修改本），上距罗贯中之死约一百年（罗死于约 1400 年）。这些早期刻本都题为"晋平阳侯陈寿史传，后学罗本贯中编次"，书前所附金华蒋大器的序文最重要的一段是这样的：

> 前代尝以野史作为评话，令瞽者演说。其间言辞鄙谬，又失之于野，士君子多厌之。若东原罗贯中，以平阳陈寿传，考诸国史，自汉灵帝中平元年，终于晋太康元年之事，留心损益，目之曰：《三国志通俗演义》。文不甚深，言不甚俗，事纪其实，亦庶几乎史。盖欲读诵者人人得而知之，若诗所谓里巷歌谣之义也。

从这段短序里面，对于"演义"的内涵，我们至少可以得到几点概念：（一）抛弃前代说书（话）人信口雌黄的材料，重新采用历史素材为写作的资料。（二）以搜考史料、斟酌取舍的态度，敷陈历史的意义，使历史大众化，作为淑世教化之用。

上述对蒋大器序文所抽离出来的概念，如果没有错误的话，那么我们可以肯定所谓"演义"是指把历史大众化而言。可是，我们如果把《三国演义》细密地观察，我们将发现它绝对不是大众化的信史。因为罗贯中处理材料的手法是"文学的"而不是"历史的"。

《三国演义》材料的主要来源有三大类：（一）平话底本，如《全相三国志平话》。（二）陈寿的《三国志》及裴松之注所搜集的一百四十多种的史料。（三）全元明杂剧。罗贯中处理这些材料的时候，先以《三国志平话》作为骨架，大量地采用文学性质的杂剧以及《三国志》的细节。尤可注意的是，他采用历史素材的态度往往不分真假美恶，只要他认为能够生动的复原历史的真实感（不是真实性），便不惜移花接木。例如演义描写关羽酒尚温时斩华雄，极具历史的真实感，但并不具有历史的真实性，因为事实上斩华雄的是孙坚而不是关羽（详见下文）。又如演义描写周瑜个人英雄主义的气质，极具历史的真实感，但把周瑜写成小心眼的人物，则非历史的事实，这种渲染的手法也是文学的而不是历史的。

由以上的认识，我们可以看出罗贯中写《三国演义》的手法是文学的而不是历史的，因此，"演义"也就不是指大众化、通俗化的信史了。传统的文学批评者未能透视"演义"的特质是复原历史的真实感，而不是复原历史的真实性，结果演义就被逼到没有立锥之地了。

其实，对于上述"演义"体裁的重新认识，我们特别要感谢夏志清教授。就学术研究的立场来说，夏著《中国古典小说评介》（原1968年哥伦比亚大学出版，台湾则于1972年才有双叶书廊版）中有关讨论《三国演义》的许多精辟的见解，奠定了《三国演义》在中国古典小说中的新地位。对于"演义"的文学特质，夏志清曾有一段很重要的话，他说：

从清朝的历史学家章学诚到胡适，一连串的指责《三国演义》

不够信实，算不上是优秀的历史，同时又不够小说化，算不上是优秀的文学。但这种抱怨未免忽略了演义体小说（指其虚构部分）的特质和限制，其实正由于他对历史淡墨细致的渲染，复原了历史的实在性，所以算得上是优秀的文学。

在这里，夏志清认为演义复原了历史的实在性，我认为不如说是复原了历史的实在感来得适切。但无论如何，这段话是极其精彩的。因为，唯有这种新的细密的观察，才能为《三国演义》的文学性质找到一个立足点，由是《三国演义》也才能独立为文学的一种类别。往后如要评价《东周列国演义》《西汉演义》《隋唐演义》《清宫十三朝演义》等演义体裁的小说，也就有一客观的标准了。

三、《三国演义》的文学特质

上述对于"演义"内涵的界定，使我们重新认识到文学特质乃是在于复原历史的真实感。现在我们就以《三国演义》中精彩的情节，和《三国志》互相对照，借此观察演义所表现的文学与历史的分野。相信这样一来，我们对于《三国演义》的文学特质会有更深刻突出的认识。

《三国演义》第五回描写关羽的神勇，有一段斩华雄的情节，其文如下：（引自毛宗岗本，下同）

忽探子来报："华雄引铁骑下关，用长竿挑着孙太守的赤帻，来寨前大骂搦战。"绍曰："谁敢去战？"袁术背后转出骁将俞涉曰："小将愿往。"绍喜，便着俞涉出马。即时报来："俞涉与华雄战不三合，被华雄斩了。"众大惊。太守韩馥曰："吾有上将潘凤可斩华雄。"绍急令出战。潘凤手提大斧上马，去不多时，飞马来报，潘凤又被华雄斩了，众皆失色。绍曰："可惜吾上将颜良、文丑未至，得其一人在此，何惧华雄！"言未毕，阶下一人大呼出曰："小将愿往斩华雄头，献于帐下！"众视之，见其人身长九尺，髯长二尺，丹凤眼，卧蚕眉，面如重枣，声如巨钟，立于帐前。绍问："何人？"公孙瓒曰："此刘玄德之弟，关羽也。"绍问："现居何职？"瓒曰："跟随刘玄德充弓马手。"帐中袁术大喝曰："汝欺吾众诸侯无大将耶？量一弓手，安敢乱言，与我打出！"曹操急止之曰："公路息怒，此人既出大言，必有勇略，试教出马，如其不胜，责之未迟。"袁绍曰："使一弓手出战，必被华雄所笑！"操曰："此人仪表不俗，华雄安知他是弓手！"关公曰："如不胜，请斩某头。"操教酾热酒一杯，与关公饮了上马，关公曰："酒且斟下，某去便来！"出帐提刀，飞身上马，众诸侯听得关外鼓声大振，喊声大举，如天摧地塌，岳撼山崩，众皆失惊。正欲探听，鸾铃响处，马到中军，云长提华雄之头掷于地上，其酒尚温。

在这里我们必须知道：袁绍、袁术、曹操三人的对话，正史上是没有的，而且历史上真正刀劈华雄的猛将也不是关羽。据

《三国志》卷四十六孙坚传上说：

坚大破卓军，枭其都督华雄等。

可见斩华雄的是孙坚而不是关羽。

然而上面的描写虽非历史事实，却极具历史的真实感。首先我们注意袁绍、袁术、曹操三人的对话，都很合于他们的身份和个性，袁家是东汉以来的大族，所谓四世三公，所以袁家兄弟根本不把市井伧夫的关羽放在眼里，袁术要"乱棒打出"，袁绍想要试用关羽又怕失面子难为情，只有曹操因出身宦官养子，故不问出身的高下就愿试用关羽（参见夏志清《论三国演义》），这三人日后的成败，已在此对话中显露出来。其次，这段文字描写关羽的神勇和狂妄自负，也是可圈可点的。因为陈寿评关羽是"万人之敌"，同时又说他"刚而自矜"。我们看了关羽刀劈华雄的声势和"酒且斟下，某去便来"的狂傲口气，对于罗贯中的渲染不能不说是极具历史的真实感吧！《三国志》因为记事必须简洁，所以就显不出这种真实感来。

其次，《三国演义》第六十五回写关羽约战马超，其文如下：

一日，玄德正与孔明闲叙，忽报云长遣关平来谢所赐金帛。玄德召入，平拜罢，呈上书信曰："父亲知马超武艺过人，要入川来与之比试高低，教平就禀伯父此事。"玄德大惊曰："若云长入蜀，与孟起比试，势不两立。"孔明曰："无妨，亮自作书回之。"
玄德只恐云长性急，便教孔明写了书，发付关平星夜回荆州。平
回至荆州，云长问曰："我欲与马孟起比试，汝曾说否？"平答
曰："军师有书在此。"云长拆视之，其书曰："亮闻将军欲与孟起
分别高下，以亮度之，孟起虽雄烈过人，亦乃黥布、彭越之徒
耳！当与翼德并驱争先，犹未及美髯公之绝伦超群也。今公受任
守荆州，不为不重，倘一入川，若荆州有失，罪莫大焉。惟冀明
照。"云长看毕，自绰其髯而笑曰："孔明知我心也。"将书遍示宾
客，遂无入川之意。

这段插曲罗贯中用以暴露关羽的有勇无谋，极具写实感。其
实这件事的始末是这样的：建安十九年，马超归降了刘备，被封
为平西将军。时关羽在荆州，闻知此事，心中颇不服气，便修书
一封问诸葛丞相马超是何如人。事见《三国志》卷三十六关羽传：

羽书与诸葛亮，问超人才可谁比类？亮知羽护前，乃答之
曰："孟起兼资文武，雄烈过人，一世之杰，黥、彭之徒，当与翼
德并驱争先，犹未及髯之绝伦逸群也。"羽美须髯，故亮谓之髯，
羽省书大悦，以示宾客。

我们试把《三国志》和《演义》对照一下，便知罗贯中做了
两种渲染。一是罗贯中描写关羽看了诸葛的信，自绰其髯而笑曰：

"孔明知我心也！"这真是如见其人，如闻其声，狂傲的关羽可能真的以为马孟起不及他了。另外一点夸张是罗贯中写关羽要离开荆州入川比武，这更是突出地描绘了关羽的勇而无谋。因为荆州是三国时期争取天下的重镇，所以曹操的谋臣荀彧，东吴的鲁肃、周瑜，蜀汉的诸葛亮都曾为他们的主人打算独占荆州。后来赤壁一战，曹公败北，于是曹、刘、孙各取得荆州之一部分，三国皆以名臣宿将镇守，以免有失。例如东吴方面先后以周瑜、鲁肃、吕蒙、陆逊、陆抗镇荆州，对外屡摧强敌；赤壁之战大破曹公，猇亭之役大败刘先主，皆是威震敌国之战绩。蜀汉方面，早在建安十二年刘备到隆中寻访诸葛亮时，诸葛就主张一定要"跨有荆益，保其岩阻"，将来才能从荆州北伐，故蜀汉以关羽镇荆州亦是一时之选。无如关羽"刚而自矜"，勇而无谋，所以罗贯中就夸张关羽不知轻重，竟想入川与马超比武。在这里，只要我们能明白当日荆州之重要性，就知道罗贯中这段小插曲的描写是如何具有历史真实感了。

其次，《三国演义》第七十五回写华佗为关羽刮骨疗毒，亦是演义中的精彩文字。

其文如下：

忽一日，有人从江东驾小舟而来，直到寨前。小校引见关平。平视其人，方巾阔服，臂挽青囊，自言姓名，乃沛国谯郡人，姓华名佗，字元化，"因闻关将军乃天下英雄，今中毒箭，特来医

252

治。"平曰："莫非昔日医东吴周泰者乎？"佗曰："然。"平大喜，即与众将同引华佗入帐见关公。时关公本是臂痛，恐慢军心，无可消遣，正与马良弈棋。闻有医者至，即召入。礼毕，赐坐。茶罢，佗请臂视之。公袒下衣袍，伸臂令佗看视。佗曰："此乃弩箭所伤，其中有乌头之药，直透入骨，若不早治，此臂无用矣！"公曰："用何物治之？"佗曰："某自有治法，但恐君侯惧耳！"公笑曰："吾视死如归，有何惧哉？"佗曰："当于静处立一标柱，上钉大环，请君侯将臂穿于环中，以绳系之，然后以被蒙其首。吾用尖刀割开皮肉，直至于骨。刮去骨上箭毒，用药敷之，以线缝其口，方可无事。但恐君侯惧耳！"公笑曰："如此容易，何用柱环！"令设酒席相待。公饮数杯酒毕，一面仍与马良弈棋，伸臂令佗刮之。佗取尖刀在手，令一小校捧一大盆于臂下接血。佗曰："某便下手，君侯勿惊。"公曰："任汝医治，吾岂比世间俗子惧痛者耶？"佗乃下刀，割开皮肉，直至于骨，骨上已青。佗用刀刮骨，悉悉有声。帐上帐下见者皆掩面失色。公饮酒食肉，谈笑弈棋，全无痛苦之色。须臾，血流盈盆。佗刮尽其毒，敷上药，以线缝之。公大笑而起，谓众将曰："此臂伸舒如故，并无痛矣。先生真神医也。"

这一段传神的描写，几已成为中国民间家喻户晓的掌故了。但在事实上，华佗并未替关羽刮骨疗毒过。

关羽刮骨疗毒一事，正史上确有记载，但此事年代已无法确定，所以陈寿把它记于建安十九至二十四年之间。据《三国志》

卷三十六关羽传上说：

羽尝为流矢所中，贯其左臂。后创虽愈，每至阴雨，骨常疼痛。医曰："矢镞有毒，毒入于骨，当破臂作创，刮骨去毒，然后此患乃除耳！"羽便伸臂令医劈之。时羽适请诸将饮食相对，臂血流离，盈于盘器，而羽割炙饮酒，言笑自若。

于此可见《三国志》上实未言明替关羽刮骨疗毒的是华佗。而《三国演义》描写华佗为关羽疗毒的时间在建安二十四年，事实上亦没有可能性。因为华佗死于建安十三年以前，何能为关羽疗毒？可见这段插曲亦为罗贯中的移花接木手法。我们想在这里特别说明的是：华佗远在一千八百年前就精于古传之针灸，并发明麻沸散为病人施行手术，他是世界外科麻醉术的老祖师。据《后汉书》及《三国志》记载，华佗一生为人医过无数的怪症，其后曹操以私怨杀之，华佗临死，非常愤怒，就把手写的药书烧掉了，麻沸散因此失传。日本的一个医生千方百计研究实验麻沸散，却毒死了他的母亲，并使他的妻子双目失明，这个医生名叫华冈清洲（见蔡仁坚《古代中国的科学家》）。曹操杀死华佗的年代，可由下面的史料来推定：

（一）《三国志》卷二十九《华佗传》：

及后爱子苍舒（曹冲）病困，太祖（曹操）叹曰："吾悔杀华佗，令此儿强死也！"

（二）《三国志》卷二十曹冲传：

（苍舒）年十三，建安十三年疾病，太祖亲为请命。及亡，哀甚。……为聘甄氏亡女与合葬。

由此可见建安十三年苍舒死时，华佗早已物故。然则建安二十四年时，华佗绝无替关羽治病的可能性了。

由以上的情节，我们可以明白地看出罗贯中写《三国演义》的手法确实是"文学的"而不是"历史的"。只要能生动地复原历史的真实感，他根本不理会历史素材的真假美恶。所以罗贯中笔下的关羽，就是陈寿所批评的"刚而自矜"的悲剧性格的英雄，而不是民间所崇拜的"武圣"型的神明。罗贯中一再地渲染关羽的神勇，同时也一再地强调他是一个傲慢而无领袖才具的武将，这便是真正具有历史真实感的人物。（关羽的悲剧性格，详见《中国古典小说评介》，夏志清有详细讨论。）利用这条线索，去仔细观察《三国演义》中的人物，我们将会发现：罗贯中写曹操的奸诈并不失其为大政治家的风度，写刘备的仁厚也没有忘记他政治性的虚伪，写诸葛亮的道德使命感更是一再地强调他也有智穷力蹙的时候……罗贯中是以这样"写实"的态度去捉住了历史人物的个性，所以这些人物变成了我们心目中真正难忘的人。

四、《三国演义》的伦理和美学价值

米勒（Roy Andrew Miller）曾为《三国演义》的英译本写过一篇序，他说："这部书是以人类野心的本性为主题的小说。"这话极具启发性，其实说得详细一点，我们可以这样说：《三国演义》是以人类野心的动机，压倒道德使命的悲剧感作为主题的一部小说。

《三国演义》强烈地表现了道德使命被压倒的悲剧感，很显然的，这种悲剧感，足以刺激人的情绪，陶冶人类的情操，因此对于社会群众自然具有淑世教化的功用。但是，我们必须知道罗贯中强调这一伦理观念的时候，对主张以魏晋为正统的史学家，乃是一种非常的挑战。

罗贯中是明朝初年的人，那时魏晋早已被正统史家公认为东汉以后合法的继承者。因为自从晋朝的陈寿写《三国志》以曹魏为本纪，以吴蜀入列传，尊曹魏为正统以后，到了宋朝的大史学家司马光修《资治通鉴》的时候，又以魏晋宋齐梁陈一线相承，便也就以魏晋来纪年，称诸葛亮北伐为"入寇"，于是魏晋为正统的地位也就不可动摇了（参阅《司马光文集》中的《答郭纯书》，《内藤湖南全集》第十一卷论宋代史学发展的"正统论"部分）。从晋到宋，虽然也有一些学者反对这种看法，像晋人习凿齿的《汉晋春秋》、宋代朱熹的《紫阳纲目》、张栻的《经世纪年》都主张应以蜀汉为正统，可是这种说法不为传统史家所接受，所以到了明朝的时候，大概只有民间说书人为蜀汉抱不平之外，史学界是早就尊曹魏为正统了。罗贯中受了说书人的影响（因为演义的底本是《全相三国志平话》，罗以此书为骨架），而且显然他也看穿了在伦理上尊曹魏为正统的荒谬性，所以他就公开拥蜀，把曹魏集团的主要人物曹操、司马懿等扮作反派角色，代表人类野心的动机，时加讽刺；同时对于蜀汉集团的主要人物像诸葛亮、关羽等则赋予强烈的道德使命感，时加称扬，这便是《三国演义》所发挥的悲剧伦理的观念，这个观念和中国古代所谓的三不朽——立德、立功、立言的次序正好相符，于是中国人以道德伦理为首的英雄崇拜观念，便随着《三国演义》的流行更普遍地深入民间。

《三国演义》中对曹操的讽刺，到处可见，对于诸葛的称扬也触目皆是。在这里我们就以《三国演义》中表现君臣父子的伦理最感人的一幕来做说明。《三国演义》第八十五回写刘备托孤的场面：

孔明到永安宫，见先主病危，慌忙拜伏于龙榻之下。先主传旨，请孔明坐于龙榻之侧，抚其背曰："朕自得丞相，幸成帝业，何期智识浅陋，不纳丞相之言，自取其败。悔恨成疾，死在旦夕，嗣子孱弱，不得不以大事相托。"言讫，泪流满面。孔明亦涕泣曰："愿陛下善保龙体，以副天下之望。"先主以目遍视，只见马良之弟马谡在傍，先主令且退，谡退出。先主谓孔明曰："丞相观马谡之才何如？"孔明曰："此人亦当世之英才也。"先主曰："不然。朕观此人，言过其实，不可大用。丞相宜深察之。"吩咐毕，传旨召诸臣入殿，取纸笔写了遗诏，递与孔明而叹曰："朕不读书，粗知大略。圣人云：'鸟之将死，其鸣也哀；人之将死，其言也善。'朕本待与卿等同灭曹贼，共扶汉室，不幸中道而别。烦丞相将诏付与太子禅，令勿以为常言。凡事更望丞相教之。"孔明等泣拜于地曰："愿陛下将息龙体，臣等尽施犬马之劳，以报陛下知遇之恩也。"先主命内侍扶起孔明，一手掩泪，一手执其手曰："朕今死矣，有心腹之言相告。"孔明曰："有何圣谕？"先主泣曰："君才十倍曹丕，必能安邦定国，终定大事。若嗣子可辅则辅之；如其不才，君可自为成都之主"。孔明听毕，汗流遍体，手足失措，泣拜于地曰："臣安敢不竭股肱之力，尽忠贞之节，继之以死乎？"言讫，叩头流血。先主又请孔明坐于榻上，唤鲁王刘永、梁王刘理近前，吩咐曰："尔等皆记朕言，朕亡之后，尔兄弟三人，皆以父事丞相，不可怠慢。"言罢，遂命二王同拜孔明。二王拜毕，孔明曰："臣虽肝脑涂地，安能报知遇之恩也！"

　　先主谓众官曰："朕已托孤于丞相，令嗣子以父事之，卿等俱不可怠慢以负朕望。"又嘱赵云曰："朕与卿于患难之中，相从到今，不想于此地分别。卿可想朕故交，早晚看觑吾子，勿负朕言。"云泣拜曰："臣敢不效犬马之劳！"先主又谓众官曰："卿等众官，朕不能一一分嘱，愿皆自爱。"言毕，驾崩，寿六十三岁，时章武三年夏四月二十四日也。

罗贯中在这里把君臣父子朋友的关系，融成一种因共同的政治理想所凝结的永恒的感情，我们再也找不到历史上任何一对君臣的诀别像他们这样感人，这一幕伦理结合高于政治利害的描写，是《三国演义》最具伦理价值的场面之一。

然而，《三国演义》如果只具有这种淑世教化之用的伦理价值，没有更高一层的"冷澈观照"的美学价值的话，它还不能算是一部有文学地位的小说。

王国维在他的《红楼梦评论》上曾经说过：吾人之知识与实践之二方面，无往而不与生活之"欲"相关系，即与苦痛相关系。兹有一物焉，能使吾人超然于利害之外而忘物与我之关系，此时吾人之心境，如云破月出，以此心境观物，则自然界之山明水媚、鸟飞花落以及人类之言语动作，悲欢啼笑，皆是极美之对象也。

我们现在以王国维所阐释的美术的作用，和《三国演义》的《西江月》题词对照一下，就立刻可以发现《三国演义》正是这种寒冷无声的舞台剧：

滚滚长江东逝水，浪花淘尽英雄。
是非成败转头空，青山依旧在，几度夕阳红。

像这样冷澈的观照，才是《三国演义》真正具有美学价值和文学地位的所在。

《三国演义》中发挥高度美术技巧的地方，也是很多的。例如第五十七回写周瑜之死：

> （周瑜）徐徐又醒，仰天长叹曰："既生瑜，何生亮！"连叫
> 数声而亡。

这实在是一段绝美的文字。因为《三国演义》中的周瑜是一个面庞秀丽而又极具个人英雄主义气质的人物。他没有什么政治上的理想，只是愚昧自负地想帮助孙权横行天下（《三国志》周瑜传也说周瑜在赤壁江上反抗曹公只是因为"英雄乐尚横行天下"）。可是周瑜的野心动机，一再地被诸葛孔明所遏阻。结果周瑜不但不能觉醒横行天下的迷梦，反而在临死之前，怨恨苍天何以生下周瑜，又另外生了一个诸葛亮！

在这里，我们可以很清晰地看到，罗贯中对于人类自私的野心和愚昧的自负，以极高的艺术技巧来表现。因此只要人类自私的野心存在一天，罗贯中笔下的周瑜就将永远不朽。

此外，《三国演义》写赤壁战前的晚上，曹公在大江之上横槊赋诗，这一段场景也表现了罗贯中极高的艺术技巧。《三国演义》第四十八回写道：

> 曹操正谈笑间，忽闻鸦声望南飞鸣而去。操问曰："此鸦缘何
> 夜鸣？"左右答曰："鸦见月明，疑是天晓，故离树而鸣也。"操
> 又大笑。

时操已醉，乃取槊立于船头上，以酒奠于江中，满饮三爵，横槊谓诸将曰："我持此槊，破黄巾、擒吕布、灭袁术、收袁绍。深入塞北，直抵辽东，纵横天下，颇不负大丈夫之志也。今对此景，甚有怀慨，吾当作歌，汝等和之"。歌曰：

对酒当歌，人生几何！譬如朝露，去日苦多。

慨当以慷，忧思难忘。何以解忧？惟有杜康。

青青子衿，悠悠我心。但为君故，沉吟至今。

呦呦鹿鸣，食野之苹。我有嘉宾，鼓瑟吹笙。

明明如月，何时可掇？忧从中来，不可断绝。

越陌度阡，枉用相存。契阔谈讌，心念旧恩。

月明星稀，乌鹊南飞。绕树三匝，何枝可依？

山不厌高，水不厌深。周公吐哺，天下归心。

歌罢，众和之，共皆欢笑。

这大概是《三国演义》中最美、最凄凉的一段文字。原来建安十三年，曹操已经五十四岁的年纪了。这时候他好像是站在人生事业和名望的峰顶，俯瞰一生的戎马生涯，便有一种悲恸而又自负的感觉，但接着他又想到明日一战就可扫平江南，收揽江东二乔回到铜雀台去优游岁月，这不禁又使他开怀起来。然而这时大江之上，竟无缘无故地被惊起了一只乌鸦。这只乌鸦先是使他隐隐地感到不安。这种不安，在他喝下巨量的酒后，渐渐地扩大成为大醉中的清醒：今夜以前和今夜以后，其实并没有什么两样，人生就像是这只被惊醒的乌鸦，它永远是绕树三匝，无枝可依的！

这层境界就是《三国演义》在美学上所攀抵的最高峰，同时也是它在文学上不朽的成就。凡是用通俗小说的眼光来评估《三国演义》的人，显然是忽略了这点，而那些用"绝对的奸雄"的眼光来打量曹孟德的人，也将看不到这一精彩的情节。

五、无声的戏剧

就像是月光下岑寂的舞台，在所有的动作都停止以后，它自有一种严肃的悲凉。这正是歌德所谓的：

人类一切的呐喊，一切的挣扎，在众神的眼中，都只是一片永恒的宁静而已。

通过《三国演义》这一部"人类的戏剧"，我们对三国舞台上的群像以及他们清醒奋斗的悲剧意识，认识得更深刻了，"青山依旧在，几度夕阳红"，这真是矗立在人类面前永恒而真实的悲剧。